KB150542

http://www.bbulmedia.com

아빠는
신입
사원

Contents

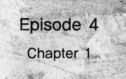

Episode 4

Chapter 1

긴장감이 점차 증폭되는 듯하였다. 심장이 뛰는 속도는 조금씩 빨라지고 있었고, 미래를 본다는 생각에 설렘마저 겹치며 묘한 기분이 찾아들었다.

"다시 말씀 드리지만, 미래의 일은 그 누구도 겪지 않은 일입니다. 어떤 일이 발생할지, 또 어떤 일이 이선우 씨를 기다리고 있을지 모릅니다."

실장은 다시 한 번 미래의 임무에 대한 무게감을 말로 표현해 줬다.

"임무의 내용을 숙지하십시오. 경기도 안양에 위치한 방위산업체입니다. 그곳에 가시면, 이선우 씨도 한눈에 알아볼 수 있는 기계가 있을 것입니다. 하지만 그 기계까지 다가서기는 쉽지 않을 것입니다. 그 방법까지 우리가 모두 알아서 해결해 주면 일은 쉽게 해결되겠지만, 아쉽게도 우리조차 의뢰받은 일에 대해 자세한 내용을 알지 못하니, 더 많은 정보를 제공해 줄 수 없다는 것을 이해해 주시기 바랍니다."

곧 서 팀장이 다가와 말했다.

한눈에 봐도 알 수 있는 기계. 그 기계까지 다가설 수 있다면 임무의 해결은 빠르다는 것이었다. 하지만 문제는 그 기계까지 가기가 힘들다는 그녀의 말이었다.

"임무 기간은 총 7일입니다. 7일 안에 해당 기계를 무력화 시켜야 합니다."

"7일이 지나서 임무에 실패하게 되면 어찌 되는 것입니까?"

서 팀장의 말을 듣고, 선우는 하나의 질문이 떠올라 물었다. 그러자 서 팀장, 그녀는 실장을 향해 시선을 돌렸다.

"의뢰인의 말을 빌려 한다면, 그 기계는 해당 시대의 시간을 기준으로 '지금으로부터 7일 후, 오작동을 일으켜 폭발한다'고 하였습니다."

의외로 싱거운 말이었다.

아빠는
신입
사원

이미 폭발하는 것을 알고 있다면, 그전에 전원을 차단하거나, 그럴 처지가 되지 않는다면 30년 후의 미래라고 하니 소방 시설도 잘 되어 있을 것이기에, 임무 실패 시 큰 부담감은 없을 것이라 여겼다.

"인공지능을 가진 기계가 폭발한다면, 어느 정도의 위력입니까? 그 공장을 모두 날려 버릴 정도의 위력? 뭐…… 그보다 조금 더 강한 폭발을 가지고 있다면, 공장 주변을 모두 날려 버릴 정도입니까?"

선우는 LED 위에 선 채, 몇 가지 질문을 더 하고 있었다.

도심에 핵폭탄이 떨어지지 않는 한 대규모 인명 피해는 없을 것이라 여겨 물은 것이었다.

"오작동을 일으키는 기계의 이름은 Human—2050이라는 기계로, 인간을 대신해 기계를 만들어 내는 또 다른 기계입니다. 그리고 그 기계의 동력은 다량의 핵연료로 움직이고 있습니다."

"……!!"

그저 평범한 임무가 아니라는 것은 이 한마디로 쉽게 알 수 있었다.

세상의 모든 종말을 가져올 물질 중, 가장 유력한 물질이 바로 방사능이라 하였다. 그런 물질이 폭발과 함께 경기도 일대를 덮는다면, 지난 과거의 체르노빌이나 후쿠시마의 방사능과 같은 일이 일어난다는 것이었다.

"무섭네요. 방사능이 퍼지면 경기도는 끝나는 것이겠죠?"

선우는 소름이 돋을 정도로 온몸이 오싹한 기분이 전해졌지만, 그의 입 밖으로 나온 말은 자신의 표정과는 어울리지 않는 나지막한 목소리였다.

"경기도뿐만이 아닙니다. 30년 후의 미래에는 방사능을 압축하여 보관할 수 있는 기술도 함께 개발되어 있습니다. 도심 한복판에서 다량의 핵연료를 사용할 수 있을 정도로 기술이 발전하였으니, 그에 맞는 캡슐 능력도 함께 발전하였겠지요. 그리고 경기도 안양에서 만들고 있는 그 인공지능 기계들에게도 일종의 방사능 성분이 함께 들어가 있습니다. 이는 세계 각지에서 시작되고 있는 보이지 않는 전쟁에 대비하여, 우리나라에서도 방사능을 담은 인공지능 군인을 만들어 그 군인을 적지에 침투시켜 전투를 벌이고, 최후에는 스스로 폭발하여 지니고 있는 방사능을 유출시키게 하는 작전이 수행되고 있는 시대이기도 합니다."

선우의 눈동자는 떨리고 있었다.

미래에는 많은 기술이 발전하였으니, 전쟁을 치르는 장

비도 많은 발전을 거듭하였을 것이란 말이었다. 그리고 총을 들고 나라를 지키는 군인들을 대신하여 기계들이 직접 몸에 방사능을 품고 적지에 들어가 싸운다는 말이었다.

"그리고 7일 후. 그 기계 장치가 오작동을 일으켜 폭발을 하면 경기도는 물론, 아래로는 대전, 위로는 평양까지 방사능 물질이 단 하루 만에 모두 덮을 것이며, 그 일대에는 절대 사람이나, 기타 생명을 가진 그 어떤 것도 살 수 없는 지역으로 변해 버립니다."

그냥 단순한 폭발은 아니라는 것이었다.

말 그대로 실패하면 그냥 경기도와 충청도, 강원도와 지금의 휴전선을 넘은 평양까지 모조리 생명체가 없는 불모지가 되어 버린다는 말이었다.

"시간 되었습니다. 그럼 건투를 빕니다."

더 물어볼 게 많았다. 하지만 그럴 시간적인 여유가 없는 것이었다.

단 하루라도 빨리 해당 기계를 멈추지 않는 한, 선우의 두 아들이 살아가야 할 미래의 한국은 아주 큰 혼란에 빠질 것이었다.

서 팀장의 말에 선우는 더 이상 어떤 것도 묻지 않았고, 두 사람을 그저 번갈아 보기만 할 뿐이었다.

"이선우 씨가 가는 곳은 경기도 안양이며, 그곳 시간으

로 2045년 7월입니다. 그럼 건투를 빌며, 퇴근 시간에
뵙겠습니다."

실장의 말을 끝으로 선우는 자연스레 눈을 감았다. 이
역시 지난 3주간 50층에서 임무를 수행하면서 자연스럽
게 습관화 되어 버린 그의 행동이었다.

눈을 뜨기가 두려운 선우였다. 주위는 시끌벅적하였다.
그리고 사람들의 목소리도 많이 들렸다.

하지만 30년 후의 미래를 눈으로 직접 확인하는 것에
대한 기대감과 두려움이 함께 선우의 머릿속을 장악하고
있었다.

선우는 아주 천천히 눈을 떴다. 그리고 자신의 앞에 보
인 30년 후의 경기도 안양을 보았다.

"뭐야…… 별반 다를 것이 없네."

잔뜩 기대하고 있었다. 하늘을 날아다니는 수많은 자동
차는 물론, 영화 속 최첨단 도시를 떠올렸다. 하지만 선우
의 눈앞에 보인 경기도 안양은 지금 선우가 살고 있는
2015년과 별반 다를 것이 없었다.

건물의 외관도 비슷했고, 심지어, 흔히 보던 대형마트
의 모습도 똑같아 보였다.

"이거…… 뭔가 실수한 것 아닌가? 30년 후의 미래라

고 했는데, 내 기억 속에 남아 있는 안양과 별반 다를 게 없잖아."

선우는 이미 경기도 안양의 지형을 잘 알고 있는 인물이었다. 또한 자신이 현재 서 있는 위치가 어디쯤인지도 다 알고 있었다.

하지만 뭔가 변했다고 말하기에는 많이 부족한 발전처럼 보였다.

"날아다니는 자동차도 없네. 그리고 도로 위의 자동차도 내가 살고 있는 시대와 다를 것이 없고……."

선우는 천천히 걸으며 주위를 둘러보고 중얼거렸다. 진정 변화란 것은 느끼지 못하고 있었다.

툭.

"뭐야? 이거 도로 공사를 어찌하는 거야? 이건 뭐. 옛날이나 지금이나 다를 게 없잖아. 세금낭비 마냥 괜한 보도블럭 까뒤집고, 또다시 덮고…… 비가 오면 움푹 파이고…… 시간만 지났을 뿐이지, 그냥 과거와 완전 똑같잖아."

주위를 둘러보며 걷던 중 선우의 발에 뭔가 걸려 넘어질 뻔하였다. 그리고 시선을 내려 자신의 발이 걸린 곳을 보았다. 인도의 보도블럭이 모두 지그재그로 얽혀 있고, 상태는 아주 좋지 않았다.

보도블럭에서 시선을 떼며, 도로도 보았다. 30년 전과 다를 것이 없는 도로였다. 곳곳에 임기응변으로 대충 메워 놓았지만, 그마저 다시 떨어져 나가 웅덩이가 생긴 곳이 여러 군데 보였다.

"뭐, 한편으로는 다행이군. 너무 변했으면 어쩌나 걱정했는데, 뭐…… 별거 없으니 오히려 임무 수행에 큰 문제는 없을 것 같군."

그의 말처럼 한편으로는 다행이었다. 너무 변해 버린 환경에 적응코자 노력할 시간을 단축할 수 있는 것이었다.

"어떻습니까? 이선우 씨가 39층의 레벨에 맞는 임무를 잘 수행할 수 있을 것으로 보입니까?"

한편. 선우가 임무 수행차 미래로 간 후, 50층의 실장은 다시 39층의 실장을 찾아 이선우에 대한 그의 생각을 물었다.

"아직 39층에 대한 첫 임무를 수행하지 않아, 그에 대한 판단은 내리기 쉽지 않을 것 같습니다. 그보다…… 이선우 씨. 정말 많은 비밀을 가지고 있는 인물이 맞습니까?"

"네. 회장님께서도 직접 언급하셨고, 무엇보다 세 번의 임무 중 단 한 차례의 임무 실패도 없었습니다. 이는 지금

아빠는
신입
사원

까지 입사한 신입사원 중, 유일한 케이스입니다."

두 사람은 회의실에 앉아 대화를 하고 있었다. 50층의 실장은 선우가 완수한 세 번의 임무에 대해 말했다. 비록 난이도가 어렵지 않은 임무였지만, 그는 잘 수행하고, 모든 임무를 완수한 유일한 신입사원이었다.

"어쨌든 39층의 임무도 잘 완수하여, 보다 빨리 최상위 레벨에 도전하는 인물이 나왔으면 합니다."

"그러게 말입니다. 지금까지 수많은 베테랑들도 도전하지 못했던 최상위 임무. 그 임무에 도전할 사원이 나온다면…… 나도 그 사원을 전폭적으로 지원하겠습니다."

짧은 대화를 마치고, 50층의 실장이 자리에서 일어서며 말하자, 곧 39층의 실장도 그의 말을 거들며 한마디 하였다.

"그나저나, 혹시 아십니까?"

50층의 실장이 회의실을 나서려던 순간, 39층의 실장이 물었다.

"무엇 말입니까?"

"마지막 최상위 레벨의 임무 말입니다. 저도 이 회사에 입사한 지 어느덧 10년이 넘어가지만 아직까지 그 임무에 대해 알지 못하고 있습니다. 필시 존재한다는 말은 들었는데, 그 임무가 무엇인지 도통 알지 못하겠습니다."

"저 또한 마찬가지입니다. 그 상위 임무란 것이 존재한다는 말만 들었지. 어떤 임무인지는 알지 못합니다. 뭐…… 언젠가는, 또 누군가는 그 임무를 수행할 때가 있겠죠. 그럼, 수고하십시오."

50층의 실장은 그를 보며 답한 뒤, 39층을 나섰다. 그리고 엘리베이터를 타고 다시 50층으로 돌아가던 길에, 39층의 실장이 한 말이 떠올랐다.

'최상위 레벨의 임무가 무엇인지는 아십니까? 그 임무에 대해 전폭적인 지지를 하신다고요? 과연 그럴까요? 그 임무가 무엇인지 알면, 과연 전폭적인 지지를 할까요?'

의미심장한 말을 홀로 중얼거렸다. 비웃는 듯 차가운 미소를 머금은 그는, 이미 그 누구도 경험하지 못한 최상위 임무에 대해 아는 듯 보였다.

"세상에…… 이게 뭐야?"

한편 30년 전과 별반 다를 것이 없다고 여기며 도로를 걷고 있을 때 그 블록의 마지막 부분을 돌아 큰 길로 나오자마자, 선우는 자신의 눈앞에 보인 광경을 보며 눈이 휘둥그레지고 있었다.

"이곳이…… 안양이야?"

조금 전 보았던 곳은 30년 전과 별반 다를 것이 없었다. 하지만 그 지역을 모두 벗어나자마자, 그의 눈앞에는 최소 50층은 넘을 고층 건물에 화려한 디자인을 자랑하는 수많은 자동차가 도로 위를 가득 채우고 있었다.

지나다니는 사람들도 조금 전에 보았던 사람들과는 차원이 달랐다. 모두가 원색으로 보이는 옷들을 입고 있었고, 안경처럼 보이는 것을 착용하고는, 웃고 떠들며 걷고 있었다.

"미치겠네. 갑자기 이런 변화가 있으면 적응을 해야 하잖아."

조금 전까지는 편했다. 적응을 하지 않아도 될 듯 보이는 미래였다. 하지만 그 미래는 단 하나의 지역에 한정된 곳이었다. 선우는 자신이 지나쳐 온 곳을 보았다.

미래 개발 제한 구역.

그곳에는 이런 팻말이 붙어 있었다.

"개발 제한 구역? 그래서 이곳만 지난 과거와 다르지 않았던 것인가?"

팻말을 보고서야 이해가 되고 있었다.

비록 30년 동안 많은 변화가 일어나지 않을 것으로 생각할 수 있지만, 30년 만에 경기도 안양은 많은 변화가 일어난 곳이었다.

날아다니는 자동차는 없었지만, 자동차의 화려한 디자인과 함께, 모든 자동차에는 전기자동차를 나타내는 표시가 있었다. 즉, 가솔린이나 디젤로 움직이는 자동차가 아닌, 전기로만 움직이는 자동차가 현 시대를 모두 덮고 있었다.

"일단 찾자. 임무를 빨리 끝내고 이 적응되지 않은 곳을 벗어나는 게 상책인 듯하다."

선우는 멍하니 있는 시간에 임무를 서둘러 끝내고 돌아가는 것이 우선이라 여겼다. 미래는 아직 자신이 살아가고 있는 현실 세계가 아니기에 굳이 이 세계에 미리 적응할 필요는 없는 것이었다.

"모든 것이 인공지능이네. 어째 세상 모든 일을 기계가 다 하는 것 같군."

임무 수행차 목적지로 이동하는 길에 보이는 많은 상점은 물론, 도로 공사와 함께 각종 일을 하고 있는 모든 게 사람이 아닌 로봇임을 확인하며 중얼거렸다.

패스트푸드점 아르바이트는 물론, 도로 공사, 자동차 정비 공장의 정비사도 모두 인공지능으로 움직이는 로봇이었다.

이런 광경은 미래를 배경으로 하는 많은 영화에서 보았

아빠는
신입
사원

기에, 새삼 놀랍거나 심장이 빨리 뛰는 건 아니었다.

"사람이 할 일이 없어진 것 같군."

단지, 이 하나의 생각만 들었다.

모든 것이 기계였다. 일을 하고 있는 모든 것이 다 기계였다. 사람은 없었다.

하지만 거리를 거닐며, 웃고 떠들고, 또 기계가 판매하는 음식을 먹으며 다정한 데이트를 즐기는 사람들은 많았다.

기계에게 할 일을 빼앗겼지만, 그만큼 생활에 여유를 가지게 된 사람들이라 여겨지고 있었다.

"위치상으로 보면 여기쯤인 듯한데……."

도로를 지나 고층 건물을 지나쳐 화려한 번화가를 가로지르고 난 뒤에야 저 멀리 굉장히 넓게 뻗은 공장 지대가 보였다.

그 공장은 높게 솟은 것이 아니라, 단층으로 보였다. 하지만 그 안의 내부는 보통 건물의 약 5층 정도에 해당하는 높이의 큰 건물이 있었고, 그 인근으로 건물을 둘러싼 작은 인공 강이 있었다.

인공으로 만든 강은 해당 건물을 둥글게 둘러싸고 계속하여 흐르고 있었는데, 물은 아주 맑아 보였다.

"앞선 임무에서는 임무 장소에서 가장 가까운 곳으로 이동시키더니 이번엔 왜 이렇게 먼 곳에 나를 내려 준 것인지 모르겠군."

선우는 임무를 수행해야 할 지역까지 찾아오는 시간만 계산해도 얼추 두 시간 이상은 소비된 듯하였다. 생각보다 먼 곳에서 나타나는 바람에 두 시간을 그냥 보내 버린 것이었다.

"업무 진행은 50층 실장님과 박 팀장이 훨씬 낫군. 그저 허비되는 시간은 만들지 않았으니 말이야."

선우는 39층과 50층을 비교하며 홀로 중얼거렸다. 그리고 곧 자신의 눈앞에 목적지가 보이자, 걸음을 멈춰 섰다.

"어마어마하네."

먼 곳에서 볼 때도 어마어마했다. 하지만 가까이서 보니, 아예 아주 큰 돔 형태의 긴 건물처럼 보이는 곳이었다.

"어찌 오셨습니까?"

선우가 해당 건물 앞에서 안을 두리번거리며 보고 있자, 정문에 서 있던 경비원이 그의 앞으로 다가서며 물었다.

"아…… 네. 그……."

그때였다. 누군가 다가와 선우에게 말을 걸었다.

"혹시…… 국방부에서 오신다는 이재훈 소령님이십니까?"

"네? 아 네…… 뭐, 그렇습니다."

경비원의 물음에 대한 답을 제대로 하지 못하고 있을 때, 그의 옆으로 한 30대 중반 정도의 사내가 다가서며 물었고, 선우는 얼떨결에 답을 주었다.

이재훈이 누군지도 모르지만, 일단은 내부를 확인해야 무엇부터 진행해야 하는지를 알 수 있기에 무작정 안으로 들어서는 것이 우선이라 생각하였다.

"안으로 들어가셔서 말씀 나누겠습니다."

곧 그 사내가 선우를 안으로 안내하며 말했다. 생각 보다 쉽게 안으로 들어섰지만, 만에 하나 그 이재훈 소령이란 사람이 이곳을 찾게 된다면, 자신이 가짜인 것은 금방 들통 날 것이었다.

사내와 함께 내부로 들어선 선우의 눈에는 영화 속 장면이 그대로 보이고 있었다. 현실 세계에서 자신이 처음 이 회사에 입사한 후 사무실 내부를 볼 때처럼, 지금 이곳도 그런 느낌이었다.

모든 것이 첨단화 된 기계 장치가 연신 무언가를 만들고 있었다. 그리고 그 기계들이 만들고 있는 물체를 조금 더 자세히 보기 위하여 가까이 다가섰다.

'오우…… 이게 뭐야.'

선우는 진정 놀란 눈이었다.

하지만 그 표현을 겉으로 표현하지 않았다. 지금 자신은 이 내용을 모두 알고 있는 군관계자로 이곳을 들어와 있는 것이기에, 과도한 표정은 자칫 의심을 살 수 있는 것이었다.

즉, 지금 이 광경을 보고 놀란다면 자신이 가짜라는 것이 그 자리에 바로 들통 날 것이었다.

"마음에 드십니까?"

"네? 아, 네. 정말 놀랍습니다. 우리 로봇 기술이 이 정도로 발전할 것이라고는 꿈에도 생각지 못했습니다."

선우는 진심으로 답한 것이었다.

그가 살고 있는 시대에서 로봇이라면 일본과 미국, 러시아가 최강국이다. 한국도 로봇에서는 뒤처지지 않는 나라였지만, 문제는 자금력이었다.

돈이 많아 무한의 경쟁을 갖춘 다른 나라와는 달리, 한국은 언제나 연구비에 목말라야 했다. 그래서 제대로 된 연구도 하지 못하여, 먼저 만들어 놓고도 일본이나 러시아, 미국에게 그 점유권을 모두 뺏기고 살아왔다.

하물며, 중국에서까지 이제 한국의 턱밑을 툭툭 치고

아빠는
신입
사원

있는 실정이었다.

"이 모든 것이 우리 이 박사 덕분입니다."

선우의 말이 끝나자, 곧 6~70대로 보이는 노인이 박사 가운을 입고 다가서며 말했다. 그리고 그는 선우를 안으로 데리고 온 사내의 옆에 서서 선우를 향해 보고 미소를 짓고 있었다.

"이 박사라는 사람은……."

"허허, 바로 앞에 두고도 모른다니…… 진심으로 한 말입니까? 이 소령님."

이 박사는 바로 선우를 입구에서부터 데려온 사내였던 것이다.

선우는 이 박사가 누군지 당연히 모르고 있었다. 하지만 노인은 그의 말을 진담이 아닌 농담으로 받아 주었고, 곧 너털웃음을 지은 뒤 다시 수많은 로봇들을 향해 돌아섰다.

선우는 이 박사를 보았다.

"과거에는 이런 기술을 발전시킬 엄두를 내지도 못했습니다. 뭐 좀 한다고 말하면, 나라에서는 예산부터 깎아내리기 시작했죠. 그러니 누가 연구를 하고, 누가 자신의 머릿속에 있는 지식들을 내보내려 하겠습니까?"

선우는 노인의 말을 들은 후, 조금 전 자신이 생각했던 부분이 그대로 일치하고 있음을 느꼈다.

지금 자신 앞에 선 노인은 얼핏 나이를 계산하면, 선우가 살고 있는 시대에서 선우와 거의 동갑내기나, 기껏 해봐야 아래위로 두, 서너 살 차이가 날 정도로 보였다.

즉, 지금 선우가 살고 있는 시대를 이 노인은 그대로 겪고 왔다는 것이었다.

"알고 있습니다."

노인의 말에 선우는 자신도 모르게 답을 하였다. 그러자 노인과 이 박사가 고개를 돌려 그를 보았다.

"제가 말하는 과거는 약 30년은 더 지난 아주 오래된 과거입니다. 그 과거에 무슨 일이 있었는지를 알고 계십니까?"

노인이 물었다. 선우는 자신도 모르게 자신이 현재 살고 있는 시대에 대한 흐름을 그대로 말한 것이지만, 그 말은 노인에게 농담으로 들리진 않은 것이었다.

"책…… 네, 책으로 보았습니다. 요즘 경제 쪽 책을 보면 과거의 일에 대해 많이 기록되어 있습니다. 아마 제가 그 책에서 본 듯합니다."

"하하…… 책이란 단어도 꽤 오랜만에 듣는군요. 아무래도 이 소령님께서는 과거의 문물을 참 많이 알고 있는 듯합니다."

선우의 가슴은 쿵쾅거리기 시작하였다. 지금 자신이 살고 있는 시대적 요인이나, 물건 등을 말하였지만, 지금 현재의 시대에는 존재하지 않는 것도 있다는 것이었다.

그중 하나가 바로 책이었다. 선우가 책이란 말을 하자, 그 말에도 두 사람은 놀란 눈이었다. 지금의 시대에는 책이란 존재하지 않는다는 것을 바로 알 수 있었다.

"과거에 대한 이야기는 차후에 다시 합시다. 지금은 이 로봇들에 대한 검토를 해야 하며, 수정 부분을 맞춰 되도록 빨리 군에 납품하는 것이 우선이니 말입니다."

노인은 과거에 대해 선우와 더 많은 대화를 나누고 싶어 하였다.

하지만 시간이 그리 많지 않은 것을 말한 뒤 곧바로 이동하기 시작하였고, 그의 뒤로 이 박사가 움직이며 선우를 향해 길을 안내하는 행동을 취하였다.

선우는 그의 안내로 노인의 뒤를 따라 움직이며 노인이 한 말이 떠올라, 이 박사의 목에 걸린 네임 카드를 보았다.

'이영민?'

네임카드에 찍힌 이름이 '이영민' 이었다. 그 순간 선우는 피싯하는 짧은 웃음을 지었다.

"왜? 그러십니까?"

그의 웃음에 이영민이 미소를 지으며 물었다.

"아무것도 아닙니다. 이 박사님의 이름이 제 아들놈 이름과 같아서 웃음이 나온 것입니다."

"그래요? 이 소령님의 아들이 이영민입니까? 몇 살입니까?"

"여섯 살입니다."

"하하, 그놈 귀엽겠습니다. 여섯 살이면 한참 말 듣지 않으려고 하는 나이인데도 귀엽지 않습니까?"

"귀엽죠. 너무나 귀여운데…… 가끔은 진심을 담아 머리 한 대 쥐어박아 주고 싶은 생각이 많이 듭니다."

조금 전까지는 꽤 서먹서먹한 분위기였다. 하지만 선우의 입에서 아들인 영민의 이름이 나오고, 아들에 대한 이야기로 소재가 바뀌자 분위기는 화기애애해졌다.

이 박사는 선우를 보며 연신 미소를 지으며 말하였다. 선우도 이 박사를 보며 마치 오랜 친구처럼 말이 잘 통하고 웃음까지 자신과 비슷하게 닮은 것에 긴장감이나 기타 불편함이 그 자리에서 모두 사라져 버렸다.

"그런데 어찌 이런 큰 공장에서 일하는 사람들이 많이 보이지 않습니다."

담소를 나누며 공장 내부를 보다 문득 느낀 것이 있어 선우가 물었다.

"모든 것은 기계화입니다. 그리고 우리 회사의 공장은 더욱더 기계화로 추진해야 하는 것입니다. 뭐, 이유는 아시다시피 방사능입니다. 아직 이 공정에서는 방사능 유입이 없지만, 최종 공정에서는 여기서 만들어진 이 로봇들에게 방사능 물질이 주입됩니다. 그때부터는 이들을 만질 수 있는 사람이 극소수에 불과합니다. 피폭 방지를 위하여 모든 장비를 갖춘 자들만이 이 로봇들과 조우할 수 있는 것입니다."

선우는 이 박사의 설명을 들으며, 수없이 많이 뻗어 있는 로봇들을 보며 서 있었다.

임무 내용대로 이 기계들이 오작동을 일으켜 이곳에서부터 터진다면…… 그 여파가 어디까지 가며, 무슨 일이 일어날지는 보지 않아도 훤했다.

"그런데…… 아까 저 어르신이 이 박사께서 이런 시스템이 우리나라에 정착되도록 한 일등공신이라는 말을 하였습니다. 그 말은 무슨 뜻입니까?"

선우는 로봇들을 보며, 조금 전 노인이 한 말이 떠올라 물었다.

"뭐, 대단한 것은 아닙니다."

"왜 대단하지 않은가? 그보다 더 대단한 게 그럼 무엇이야?"

이 박사의 말에 곧 노인이 다시 돌아서며 말했다. 그러자 이 박사는 자신의 머리를 긁적거리며 그저 가만히 서 있기만 하였다.

"조금 전, 내가 하다 말은 말인데…… 과거에 우리나라는 그 뭐야. 그 쓸데없는 국가 부서가 너무 많았어. 그래서 뭔 정책을 실현시키려 해도, 꼭 딴지를 걸고 나오는 곳이 있었지. 그래서 진정 국위선양을 위하여 노력하는 많은 학자들이나, 스포츠인들, 기타 나라를 빛내는 사람들의 앞길을 그들이 하나하나 다 막고 있었다네. 이는 그 시대에 살았던 그 누구나가 모두 알고 있었지."

노인이 말한 시대는 지금 이선우가 살고 있는 시대다.

하지만 정치적인 이야기에 대해서는 선우가 잘 알지 못한다.

쓸데없는 부서? 당연히 그런 부서도 있을 것이다.

하지만 어떤 면에서 쓸 곳이 없는지를 확인하지 못하기에, 사라지지 않는 부서다.

한 가지로 통합할 수 있는 일이지만, 문어발처럼 여러 갈래로 나뉘어 업무를 진행하고, 그 진행된 업무를 다시 조합하려니 문제도 많이 생겨나는 것이었다.

"그런 문제들을 모두 바꿔 놓은 인물이 바로 우리 이 박사잖아. 쓸데없는 국가 기관을 없애고, 또 통합시키며,

국민들 세금을 줄임과 동시에, 국민들의 삶의 질을 높이면서, 또 한편으로는 국가의 미래를 위해 투자되는 모든 부분에 대해 장기적이며 안정적인 투자를 해야 함을 강조하였지. 그래서 지금 세계에서 우리나라가 건설이나 자동차, 로봇 분야에서 최고의 자리에 앉아 있지 않은가. 이 세 가지는 정부에서 아주 든든한 지원을 해 주었고, 그로 인하여 전 세계가 감히 견주지 못할 정도의 발전을 이뤄 냈지."

선우는 이 박사를 보았다. 30대 중반으로 보이는 젊은 나이에 이미 나라 운영에 대해 한 가지 변화를 직접 준 인물이기도 하였다.

"이 박사, 오늘 자네 아버지와 술 한잔 하려 하는데, 함께 가겠나?"

"아닙니다, 전 빠지겠습니다. 두 어르신의 옛날이야기는 이제 귀에 딱지가 않을 정도로 들었습니다. 제 꿈에서조차 나와서 옛날이야기를 하시니, 오늘만은 쉬겠습니다."

이 박사는 노인의 말에 웃으며 답을 주었다. 마치 두 사람은 부자지간이라 하여도 될 정도였다.

"다음 공정은 그냥 볼 수 있는 것이 아니니 오늘은 이쯤에서 마무리하시고, 다음 공정에 대한 내용은 PC에 저

장된 시뮬레이션을 통해 확인하도록 하겠습니다."

이 박사는 노인과 농담을 주고받은 뒤, 곧 선우를 향해 보며 말하였다. 선우는 두 사람의 나이에 맞지 않은 귀여운 장난을 보면서 미소를 지었다. 그리고 이 박사의 말을 들은 후 그와 함께 연구실로 향하였다.

"참 많은 일을 하시나 봅니다. 이렇게 로봇도 만드시고, 또 저 어르신의 말을 들으니, 나라 정책에도 참여하시고…… 저 보다 어려 보이시는데 나라 발전에 많은 도움을 주고 계신 것이 부럽습니다."

"별말씀을요. 그만큼 배웠으니, 그만큼 나라를 위해 쏟아부어야 하지 않겠습니까. 전 그냥…… 제가 배운 대로하면서 나라의 발전에 하나의 길을 제시하고 있을 뿐입니다."

선우는 이 박사를 보며 부러운 눈빛이었으며, 한편으로는 부끄럽기도 하였다.

나이를 떠나, 누구는 나라를 위해 이토록 많은 업적을 쌓고 있는데, 누구는 먹고 살기 위하여 바둥거리는 삶이라…… 선우는 이 박사를 제대로 볼 수 없을 정도로 부끄러웠다.

'이재훈이란 사람에게는 미안하군. 나라 일을 하는 군인 같은데, 내가 명의를 도용해서 이런 좋은 구경을 모두

해 버렸으니, 나중에 혹시나 만나게 되면 술이나 한잔 사 줘야겠군.'

선우는 그들과 함께 연구실 방향으로 움직이며 홀로 중얼거렸다.

그리고 왜 39층의 서 팀장이나, 실장이 그 먼 거리에서부터 걸어서 이곳까지 오도록 만들었는지에 대해서도 이해를 할 수 있었다.

바로 지금과 같은 상황 때문이라 여겨졌다. 가까이 있었다면 필시 이 상황을 잡지 못하여 오늘 하루를 그냥 외부에서 보내다 돌아갔을 것이었다.

하지만 39층의 새로운 실장과 팀장은 선우가 이곳까지 도착하여, 이 박사와 만나게 되는 시간까지 모든 것을 다 계산한 뒤, 그 지역에 내려 준 것이라 여겨졌다.

이 박사를 따라 연구실에 도착하니, 또 다른 분위기였다. 기계 공정에 들어가 완성되고 있는 로봇들의 실제 모형이 연구실 내부에 자리하고 있었다.

키는 약 190센티 정도 되어 보였으며, 20대 초반의 남성을 형상화 한 로봇처럼 보였다.

"이 로봇의 이름은 K—Soldier입니다. 그냥 한국 군인이라고 보시면 편합니다. 초기 모델이며, 앞으로 더 버전업된 공정을 거쳐 더 강한 놈으로 성장하게 될 것입니다."

이 박사의 설명을 듣고, 선우는 그 로봇 앞으로 움직였다. 진정 사람과 같았다. 피부도 같고, 눈썹이나 눈동자의 촉촉함도 같았다. 입술의 핏기도 같아 보였고, 머리카락 한 올 한 올까지 다 같아 보였다.

"사람이라고 해도 될 정도입니다."

"맞습니다. 사람입니다. 사람과 단 한 치의 오차도 없이 만들었으니 사람입니다. 단지…… 이들은 명령에만 복종합니다. 자신의 목숨에 대해 안중하지 않습니다. 오로지 명령입니다. 죽고 살고는 이들이 결정하는 것이 아니라, 우리가 결정하는 것입니다."

이 박사의 말을 들은 후, 선우의 표정은 조금 전과 달리 조금은 어두워졌다.

로봇으로 인하여 전쟁을 일으키면 진정 살벌할 것이라 여겨지고 있었다.

생각하는 두뇌가 없으며, 오로지 명령에 의해 움직이니, 만약 적이라 인식될 경우 인정사정 볼 것 없이 죽일 것이었다. 그것이 어린아이든, 여인이든…… 그 로봇에게는 그저 죽여야 할 대상일 뿐이라는 말이었다.

"그렇게 어두운 표정 짓지 마십시오. 이들이 하는 일은

단 하나입니다. 군사 지역 침투입니다. 절대 민간인을 대
상으로 하는 살상 무기가 아니니 염려하지 않으셔도 됩니
다."

"제…… 생각을 어찌 아셨습니까? 제가 조금 전, 그것
에 대한 생각을 하고 있었는데……."

"처음…… 이재훈 소령님을 볼 때, 군인이라 생각지 않
았습니다. 지금의 군인들이 가진 그런 눈이 아니었습니다.
그저 평범한 아버지의 눈빛, 평범한 가장의 눈빛. 그것뿐
이었습니다. 지금도 그랬습니다. 이 기계들을 보며 잔뜩
꿈에 부푼 표정이 아닌, 걱정이 먼저 앞선 눈빛. 그런 눈
빛은 군인이 짓지 않는 눈빛입니다. 그냥 아버지의 눈빛
일 뿐이니, 당연히 당신이 무엇을 생각하는지 쉽게 알 수
있지 않겠습니까?"

선우는 이 박사를 빤히 보았다. 군사 시설이나, 기타
군사적인 장비를 만드는 인간이 쉽게 내뱉을 수 있는 말
이 아니었다.

"오늘은 이만 하시겠습니까? 아니면 구체적인 것을 조
금 더 확인하시겠습니까?"

이 박사가 선우를 보며 물었다. 그의 눈빛이 촉촉하게
젖어 있는 것을 두고 한 말이었다.

"더 볼 것이 있습니까?"

"뭐, 딱히 더 볼 것은 없지만, 더 보고 싶다면 최강의 전투 로봇을 보여 드리려 했습니다."

이 박사는 선우의 말에 눈에 힘을 잔뜩 주며 말하였고, 그의 말에서 로봇이라는 단어가 또 나오자 선우는 내심 궁금한 면도 있었다.

최강이라고 하였으니, 지금까지 보았던 정교한 이놈들보다 더 정교하며 강할 것이라 생각되었다.

"보여 주십시오. 그것까지만 보고 가겠습니다."

선우는 그가 말한 로봇을 보고 싶었다.

이 박사는 그를 데리고 다시 연구소를 나섰고, 지금까지 있던 곳과는 전혀 다른 분위기가 느껴지는 곳으로 이동하고 있었다.

어두운 조명을 내뿜고 있는 가로등 같은 것만이 몇 개 있었고, 주위는 온통 어두웠다. 아무래도 지하실처럼 보이는 곳이었다.

"어둡네요."

"네, 어둡습니다. 이놈의 형상을 누구나가 쉽게 봐서는 안 되니까요."

"네? 이유가 있습니까?"

"이유도 많지만, 무엇보다 우리 기술을 빼 가려는 다른 산업체나 기타 외국 기업들을 상대로 보안을 철저하게 하기 위하여 그렇습니다. 그 이유가 가장 큰 이유입니다."

이 말 역시 쉽게 납득할 수 있었다.

과거나 현재, 그리고 미래에서도 기밀에 대한 보안은 중요하였다.

정보 하나로 나라 하나를 가볍게 전복시킬 수 있는 것이 지금의 시대다.

하물며 이와 같은 가공할 힘을 가진 로봇들에 대한 정보가 아무런 대가도 없이 그냥 국외로 술술 흘러 나간다면, 지금까지 이들에게 투자한 모든 것이 다 수포로 돌아가며, 그 성공으로 인한 강대국의 꿈도 모두 헛된 꿈이 되는 것이었다.

점점 더 어두워지자 선우는 그의 옷자락을 잡고 조심스럽게 한 발, 한 발 내딛으며 앞으로 걸어갔다.

정말 칠흑 같은 어둠만이 존재할 때, 그제야 이 박사의 걸음은 멈추었다.

"다…… 왔습니까?"

선우가 물었다.

"네, 이제 잠시만 기다리십시오. 서서히 조명을 밝히겠습니다."

그는 선우를 한곳에 세워 두고 서서히 이동하였고, 곧 주위가 조금씩 밝아지기 시작하더니, 이내 선우의 눈에도 주위의 모든 것이 조금씩 보이기 시작하였다.

"……!!"

그리고 눈에 보이기 시작하는 최강의 로봇. 그 모습에 선우의 눈빛은 조금씩 흔들리고 있었다.

"멋지지 않습니까?"

선우는 그의 말을 듣고도 그저 멍하니 그 로봇을 보고만 있었다. 대체 어딜 봐서 저토록 당당하게 멋지다는 말이 나오는지 모를 정도의 형태를 가진 로봇이었다.

"아…… 네, 뭐 멋지네요."

선우는 건성으로 답을 주었다.

그리고 그가 해당 로봇을 보고 눈동자가 떨린 이유는 그 로봇이 멋지기에 나오는 행동이 아니었다.

'대체…… 어딜 봐서 로봇이라는 건지…….'

바로 이 때문에 눈동자가 흔들린 것이었다. 어딜 봐도 로봇이라고 생각할 수 없는 형태였다.

그저 정사각 기둥처럼 보였다. 팔다리도 없었고, 머리통도 없었다. 무엇을 하기 위해 만들어진 로봇인지도 몰랐다.

아니, 특별히 무엇을 하기 위해 만들었는지 알 필요까지는 없었다. 그저 네모난 쇳덩어리가 무엇을 할 수 있겠느냐는 생각만이 먼저 들고 있었다.

아빠는
신입
사원

"이 로봇은 훗날…… 이 세상에 아주 큰 변화를 가져올 것입니다. 이 로봇은…….."

"오늘은 이만 바빠서 가 봐야겠습니다. 이 로봇은 다음에 와서 자세한 설명을 듣도록 하겠습니다."

뭔가 거창하게 연설을 시작할 듯 보였다. 선우는 그가 입을 열고, 많은 말을 하기 전, 그의 입을 닫게 하기 위해서 말을 자르며 자신의 할 말을 먼저 하였다.

비록 여러 가지 정보 중 하나일 수도 있지만, 지금 앞에 있는 정사각형의 이 쇳덩어리가 폭발하는 것도 아니며, 또 7일 후, 오작동을 일으켜 폭발하는 Human—2050도 아니기에 없는 시간 쪼개 가며 그의 연설을 듣고 있을 시간이 없었다.

"바쁘시다니, 어쩔 수 없군요. 오늘은 이만 하겠습니다. 다음번에 꼭 이 로봇에 대해 자세한 설명을 해 드리도록 하겠습니다. 아마…… 군인이 아니라도 이 로봇에 대해서 듣고 나시면, 절로 군침을 흘리게 될 것입니다."

무엇으로 인하여 저토록 당당한지는 알 수 없었다. 하지만 그의 당당함과는 달리, 선우는 네모난 쇳덩어리에 대해 별다른 관심을 주고 싶은 마음은 없었다.

이 박사가 야심 차게 설명하려던 네모난 쇳덩어리를 뒤로하고, 다시 밝은 곳으로 나왔다. 어두운 곳에서 너무 오

래 있던 탓인지, 밝은 곳으로 나오자 눈을 제대로 뜰 수
없었다.

"당신…… 누구야?"

제대로 눈을 뜰 수 없는 상황에서 들려오는 목소리, 필
시 우호적인 목소리가 아님은 바로 알 수 있었다.

"이 박사…… 뒤로 물러나게. 저 사람은 이재훈 소령이
아니야. 대체 어디서 온 스파이냐? 우리 기술을 빼내기
위하여……."

"아닙니다. 전 그냥…… 그냥……."

"이 사람이 이재훈 소령이 아니라는 것은 애초에 알고
있었습니다. 그리고 산업스파이가 아니라는 것도 조금 전
알았습니다. 그러니…… 이리 위협적인 행동은 하지 마십
시오."

노인의 목소리가 들렸고, 그의 목소리에 선우는 너무나
놀라 눈을 뜨고 해명을 하려 하였지만, 유독 자신에게 비
춰지고 있는 조명들 탓에 제대로 눈조차 뜰 수 없었다. 그
리고 그때 이영민이 모두를 향해 말했다. 그의 말에 선우
는 서서히 고개를 돌려 그를 보았다.

"무슨 뜻인가? 이 박사. 저 사람이 이재훈 소령이 아닌
것을 알면서도 우리의 로봇들을 모두 보여 주었나? 그리

고 그가 산업스파이가 아니라는 것은, 자네의 실수를 덮기 위한……."

"제가 제 실수를 덮고자 이와 같은 일을 하겠습니까? 생각을 제대로 하십시오. 내가 아니면, 이런 위대한 것을 누가 만들었겠습니까? 이는 썩어 빠진 이 나라 정부가 지원해 줘서 이런 발전을 거듭한 것이 아니라, 내가 잘나서 이런 것을 만든 것입니다. 어디서…… 내 기술을 가져가려 그런 술수를 쓰려 하는 것입니까?"

"……!!"

선우는 놀란 눈으로 그를 보았다. 조금 선까지 진정 이 분야에 대해 굉장한 열정을 보이며, 무엇보다 나라의 발전을 위해 헌신하는 과학자로 보였다.

하지만 지금은 아니었다. 심지어 아버지와 아들의 관계처럼 보이던 노인과 그의 대화도 조금 전과는 달랐다.

또한 자신이 이재훈 소령이 아니라는 것을 알면서도 그는 계속하여 더 많은 것을 보이려 하였다.

하지만 선우가 조금만 더 그의 말을 깊게 생각하고 들었다면, 이미 선우가 K—Soldier를 처음 볼 때 이영민과의 대화에서부터 자신이 군인이 아니라는 것이 들통 났다고 바로 알 수 있었을 것이었다.

"내가…… 그리 멍청한 인간으로 보였습니까? 내가 이

놈들을 만드는 데 얼마나 많은 노력을 했는데, 그것을 정부에서 그냥 꿀꺽 드시겠다? 어림없지요. 적어도 이런 대단한 놈을 만들었으니, 그에 대한 대우는 해 줘야 하는 것 아닙니까!"

"말은 바로 하게! 어찌 이 모든 것을 자네가 만든 것인가? 자네의 돈에 의해, 자네 집안의 권력에 의해, 그 장단을 맞춰 주긴 하였지만, 이 모든 것을 만든 인물은 자네가 아닌, 진짜 이영민 박사 아닌가!"

"……!!"

전혀 생각지 못한 두 사람의 언쟁이 시작되었고, 언성이 높아지면서, 분위기는 살벌하게 변해 가고 있었다. 그리고 노인의 마지막 말에 선우의 눈동자가 커지며, 이영민이란 네임 카드를 메고 있는 사내를 보았다.

곧 회사 안에 있던 사람들이 나오기 시작하면서 일부는 노인의 뒤로, 또 일부는 이 박사…… 아니, 이 박사를 사칭하는 인물의 뒤로 섰다.

그리고 그 중앙에 선우가 서 있었다.

선우는 멍하니 양쪽을 번갈아 보며 섰고, 자신을 향해 웃어 주고 있는 이 박사를 향해 보았다.

"이쪽으로 오십시오. 저들은 당신을 스파이라 말하였지만, 난 당신을 가장이라 말하였습니다. 이미…… 당신을

42
아빠는 신입 사원

보는 눈부터가 다르지 않습니까?"

이 박사는 선우를 향해 보며 미소를 지었다. 그리고 손을 흔들며 말했고, 곧 그의 뒤로 선 몇 사람들이 선우를 향해 보고 서 있었다.

'대체…… 무슨 일이 일어난 거야? 왜 갑자기 싸우지? 분위기는 왜 또 이런 거야?'

이런 분위기를 원한 것이 아니었다. 그저 이 방위산업체에서 앞으로 일어날 일에 대해 알아낼 것이 있다면 단한 가지라도 알아내고자 한 것뿐이었다. 하지만 이런 노사 간의 언쟁처럼 보이는 싸움을 보고자 한 것은 아니었다.

"돈이며, 권력이면 모든 것을 좌지우지 할 수 있다는 생각은 버리게. 자네가 이영민 박사의 흉내를 내고 있다하여, 그 누구도 자네를 이영민으로 보지 않네. 자네는 그냥 이택수야! 돈으로 권력을 샀고, 그 권력으로 과학을 짓밟고 있는 인간!"

"저…… 노인네가 진정 노망이 든 모양이군. 조금 전까지 나의 아버지와 술 한잔 한다 어쩐다 말하고서는 뭐, 저따위 말을 저리 쉽게 할 수 있어? 안 그래?"

노인은 그를 이택수라 불렀다. 그의 본명인 듯하였다.

이 모든 시스템을 만들고, 나라의 변화를 이끈 진짜 이영민을 흉내 내고 있는 가짜 이영민, 그의 이름이 이택수였다.

그리고 그는 선우를 향해 보며 노인을 비꼬는 듯한 어투로 물었다.

"어느 누가 진실인지는 알 수 없지만, 이런다고 뭐가 달라지는 것은 없지 않겠습니까? 듣자하니 그쪽은 자금력과 함께 이 기술이나 로봇들을 유통시킬 수 있을 정도의 능력은 되는 듯 보이고, 또 어르신은 아마 이 시스템을 만드는 데 일조한 사람인 듯한데, 서로 뜻을 같이해서……."

"저런 인간과 함께 뜻을 같이해? 내가 내 머리를 향해 총을 쏘는 것이 더 현명한 판단일 것이네."

선우의 말이 끝나기도 전에, 노인이 그를 노려보며 말했다. 너무 극단적인 말이었지만, 그 말이 뜻하는 바가 컸다.

자신이 죽으면 죽었지, 절대 이택수와 같이 일을 할 수 없다는 뜻을 제대로 밝힌 것이었다.

"뭐…… 어차피 하루이틀도 아니고, 오늘을 시작으로 7일 후에 결판을 지읍시다. 지금까지 질질 끌어온 것도 힘든데, 딱 일주일 후, 여기에서 이 모든 것의 실질적인 소유권과 함께, 나라에서 인정하는 사람이 누군지, 그때 결판 지읍시다!"

이택수가 소리쳤다. 그리고 그의 뒤에 선 모두가 환호성을 질렀다. 하지만 노인을 비롯하여 노인의 뒤에 선 인물들의 표정은 굳어 있었다.

"빤한 결과를 두고 왜 그리 시간을 끌려 하는가? 일주일이든, 백 일이든, 자네의 생각이라면 그 생각이 곧 결정으로 나타나는 것이 지금의 현실이거늘. 왜 시간을 끌며……."

"그렇게 하는 것이 좋을 것 같습니다. 어차피 모든 것에는 시일이 있고, 또 그 정해진 시일 안에 결정적으로 서로 타협을 보는 경우도 많습니다. 이택수 씨의 말처럼, 일주일 후, 이 모든 것에 대한 결정을 내는 것이 좋을 것 같습니다."

노인의 말이 끝나기 전, 선우가 노인과 이택수를 번갈아 보며 말했다.

두 사람을 비롯하여, 두 사람의 뒤로 선 사람들 모두가 선우를 향해 보았다.

"대체…… 당신은 누구요? 누군데……."

"그건 중요치 않습니다. 이미 제가 스파이가 아니라는 것은 이택수 씨가 확인하였고, 또 제가 대한민국 국방부에서 나온 이재훈이 아니라는 것은 어르신이 확인하였습니다. 저는 이재훈도 아니고, 스파이도 아니지만, 그렇다고 폐를 끼치는 인물 역시 아닙니다. 하지만 무엇보다 이 상황을 보고 난 뒤 이곳에서 그냥 물러나지 못할 것 같습니다. 제가 누군지를 지금 이 자리에서 밝히지는 못하겠지만, 결코 이 일과 무관하지 않다는 것만은 말씀 드리겠습니다. 그리고 전…… 오늘 짧은 시간에 이 회사의 많은 것을 보았습니다."

그의 마지막 말에 모두가 다시 그를 집중하여 보았다.

"저에게…… 일주일 동안 이 일에 관여할 수 있도록…… 그렇게 해 주시겠습니까?"

선우는 자신의 말이 끝나고 난 뒤에도 아무런 말을 하지 못하고 있는 노인을 향해 보며 다시 물었다.

노인은 선우를 본 뒤, 다시 자신의 주위에 서 있는 사람들과 몇 의견을 나누는 듯하였다.

"일주일. 일주일 후에 결정을 짓도록 하지."

노인은 선우의 의견을 받아 주었다. 그리고 선우는 다시 시선을 돌려 이택수를 보았다.

"난 뭐 별 상관없습니다. 내가 일주일이라 말했으니, 그 일주일 안에 나를 제압할 수 있는 제대로 된 것을 가지고 오십시오. 그렇지 않으면 당신들의 연구비는 물론, 그동안 연구비로 탕진된 모든 국가의 돈까지 그대들에게 다 청구할 것이니 말입니다. 하하하."

이택수는 큰 소리로 웃으며 그 자리를 벗어나기 시작하였다.

그리고 선우는 그의 뒷모습을 잠시 동안 보고 있었고, 이내 시선을 돌려 노인을 보았다.

"제가…… 마음대로 뭔가를 결정하여 죄송합니다."

선우는 노인을 향해 보며 고개 숙여 사과하였다.

"얼핏 보니…… 꼭 내가 아는 누군가의 젊었을 때와 좀 닮은 듯하군. 자네 이름이 뭔가?"

선우는 망설였다. 지금의 분위기에 자신의 실명을 그대로 말해 줘도 되는 것인지 모르기에 망설였다.

"이…… 지민입니다."

"이지민? 허허…… 이영민의 형 이름이 이지민 아니었나?"

"네. 맞습니다, 박사님."

"……!"

선우는 이리저리 생각하다 큰 아들인 지민의 이름을 말했다.

그 순간 노인은 이영민의 형에 관해 말했고, 그 이름이 이지민이라는 것을 주위에 있는 사람들이 말해 주었다. 선우는 웃는 얼굴을 보이고 있었지만, 이내 표정이 굳어지고 있었다.

"지금…… 이영민 박사의 형이 이지민이라 하셨습니까?"

"그렇네, 아주 대단한 형제지. 이택수가 아닌, 진짜 이영민은 조금 전 말했듯이 이 나라의 많은 정책을 변화시킨 젊은 영웅이며, 그의 형인 이지민은 생명공학을 연구하여, 세상 모두가 절대 불가능이라 말하는 불로장생을 실현시키려 하고 있으니 말이야."

"……!!"

놀라지 않을 수 없었다.

지금 이 노인이 말하고 있는 인물은 필시 이선우의 두 아들 이야기였다.

이지민과 이영민, 비록 두 형제를 둔 가족 중, 이 이름을 사용하는 가족이 있을 것이다.

하지만 그 가족이 경기도 안양에 살 수 있는 확률은 정말 희박할 것이었다.

"이영민…… 박사 좀 만날 수 있겠습니까?"

선우는 어렵게 노인에게 물었다.

"나도 그렇게 해 주고 싶지만, 지금은 어렵네."

"왜? 이유가 무엇입니까?"

선우는 조금은 언성이 높아진 상태에서 물었다.

"자네도 보았듯이 이택수가 이영민 박사 행세를 하고

다녔어. 저놈이 이영민을 어찌한 것 같은데, 어디에 있는지 우리도 찾지 못하고 있어. 그리고 그를 찾기 위하여 저놈이 원하는 연극을 해 주고 있었지만…… 도저히 참을 수 없어, 자네의 안전은 생각지 않고 이런 일을 벌인 것이네."

선우의 눈빛이 날카롭게 변했다.

자신의 아들일 수도 있는 이영민을 이택수가 어딘가에 숨겨 놓았다는 것이다. 그리고 그가 자신의 아들 행세를 하고 있다는 노인의 말에 화가 서서히 오르고 있었다.

"그럼…… 이택수가 이영민이 아니라는 것을 알면서도 계속하여 그를 이영민처럼 대우를 해 주신 것입니까?"

선우가 다시 물었다.

"어쩔 수 없는 일이었네. 그렇지 않을 경우, 진짜 이영민이 어디에 있는지 알아낼 수 있는 방법도 없었고, 또 아직 국방부에서 소유권 인정이 확정되지 않은 K—Soldier에 대한 문제가 해결도 되기 전에 이곳에서 쫓겨나야 할지 모르니 저놈의 광대놀이에 광대가 되어 줘야 했었네. 하지만 더 이상 참을 수 없어 사실을 밝히려 일을 벌인 것이네."

선우는 노인을 다시 보았다. 그 또한 박사이니, 영민과 함께 이 K—Soldier를 만든 인물 중 한 명일 것이었다.

이 박사를 돕는다면, 영민이 어디에 있는지 찾을 수 있는 확률이 높아진다는 것이었다.

"박사님, 일주일 안에 이택수의 집안을 상대하려면 더 많은 힘이 필요한 상황입니다. 이영민 박사가 있다면 쉽게 상대할 수 있겠지만, 저들이 쉽게 이영민 박사를 내주지 않을 것 같은데……."

박사의 뒤에선 사내가 말했다. 그 말을 들을수록 선우의 표정은 점점 더 어두워지고 있었다.

비록 이 일 역시 지난 두 번째 임무와 같은 경우가 일어난 것이라 말 할 수 있었다.

바로 동물원에서 유괴된 영민이의 일과 흡사하였다.

미래의 일이며, 선우가 현실에서 겪지 않을 일이었다. 굳이 그의 생사에 대해 깊은 관여를 하지 않아도 된다.

하지만 마음은 그렇지 않다. 관여하지 않는 것이 원칙이지만, 영민이가 진정 자신의 아들이 맞다면, 또다시 관여하려 하는 선우였다.

선우는 이택수에 관한 것을 먼저 알아봐야 할 상황이었다. 그들이 이 산업체와 무슨 연관이 있으며, 어떤 권력 행세를 하고 있기에 천문학적인 금액을 제시해도 될 첨단 인공지능 로봇을 만든 과학자들을 저토록 우습게 만드는지 확인해야 했다.

"어르신. 혹시 조금 전, K—Soldier를 보았을 때……
이영민의 아버지와 술 한잔 할 생각이었다고 하시지 않았
습니까?"

"그랬지?"

"그 아버지는 이택수의 아버지입니까? 아니면 이영민
의 아버지입니까?"

"지금까지의 상황을 보면 답이 나오지 않는가? 내가 정
신 나간 놈도 아니고, 이택수의 애비와 만나 무슨 술을 마
시겠는가? 내가 말한 인물은 바로 이영민의 아버지일세,
그 양반도 과거 시절 꽤나 유명했다고 하던데, 왜 같은 세
대를 산 내가 모르고 있는지 의문이긴 하지……."

선우는 그의 말을 들은 후, 잠시 동안 심호흡을 하는
듯하였다. 하지만 이 시대의 이선우가 지금 현재의 이선
우의 미래라는 보장은 없는 것이었다.

선우는 이미 미래도 여러 개의 갈림길이 있다는 것을
임무 중에 알았다. 그 미래에는 자신이 살아갈 미래가 있
으며, 또 다른 이선우가 살아가고 있는 미래가 있다는 것
을 알았다.

"어르신, 이영민의 아버지 이름을 알고 있습니까?"

"알다마다. 벌써 한 20년 정도 만났는데, 그놈의 이름
을 모른다면 말이 안 되지."

"무엇입니까?"

선우는 뜸을 들이지 않고 바로 물었다. 지난번처럼 궁금한 것을 두고 시간을 지체하다 결국 답을 듣지 못하는 현상을 만들지 않기 위함이었다.

"최 박사님! 서둘러야겠습니다! 이택수가 K—Soldier의 상표 및 저작권 등의 등록을 준비 중이며, 국방부에 자신이 개발자라고 통보할 예정이라고 합니다."

"제기랄! 아주 돈으로 산 권력질을 제대로 하고 있군."

그 답을 들을 참이었다. 하지만 항상 영화나 드라마처럼, 이럴 때 절묘하게 타이밍을 잘 치고 들어오는 대사나 인물이 있었다.

지금 바로⋯⋯ 그 타이밍이 되었다.

결국 답을 듣지 못하고 노인은 그들의 곁으로 급히 움직였다. 당장이라도 따라가서 그 답을 듣고 싶었지만, 그렇지 못했다. 자신의 궁금함이 저들에게는 하찮은 것일 수도 있는 노릇이었다.

지금 저들은 일주일 안에 이택수를 잡을 수 있는 대책을 마련하는 것이 급선무였다.

비록 선우가 중간에 끼어드는 바람에 이택수가 내건 일주일간의 조율 기간이 받아들여졌지만, 저들은 그 기간을 제대로 활용해 볼 참으로 움직이고 있는 듯하였다.

그에 반해, 일주일이란 시간에 동참하기로 선동하였던 선우는 멍하니 있었다.

"결국…… 기계적인 오류로 인한 오작동으로 저 K— Soldier가 폭발하는 것이 아니라. 두 권력층의 힘자랑에 의해 스스로 터져 버린 상황이 만들어질 수도 있는 것이네."

선우는 자신이 이 임무를 맡을 때 실장에게 들은 이야기를 떠올린 후 지금의 상황과 대조해 보았다.

기계적인 오류로 인한 오작동. 충분히 가능성 있었다. 하지만 그것은 자연적인 재해가 아닐 수 있다는 생각이 들었다.

지금…… 이택수를 중심으로 한 인물들은 돈으로 산 권력으로 이 산업체의 모든 것을 가지려 한다. 반면에 이 모든 것을 진정 개발하고 만들어 낸 과학자 집단은 노인을 중심으로 자신들의 권리를 찾으려 한다.

만에 하나 일주일 후, 원하는 답을 얻지 못한 누군가가 기계적인 오류를 인위적으로 조작한 것이라면, 이건 인재가 되는 것이었다.

즉, 자신의 욕심을 채우지 못하여 국민들을 대상으로 벌인 살인극밖에 되지 않는 것이었다.

선우는 모두가 제자리로 돌아간 공장의 중앙에 떡하니

서 있었다. 경비원도 그를 보며 그저 허탈한 웃음을 지을
뿐, 조금 전처럼 어디서 왔는지 물으며 내쫓으려 들지 않
았다.

—삐—이!

전자음이 울렸다. 39층으로 올라와 처음으로 접한 임
무의 첫날을 끝내는 전자음이었다. 선우는 아주 빠르게
지나가 버린 하루의 일과를 마치듯, 회사 건물의 한쪽 구
석으로 이동하여 살며시 눈을 감았다.

"수고하셨습니다."

실장의 굵직한 목소리가 들렸다.

"수고하셨습니다."

연이어 서 팀장의 고운 목소리도 함께 들렸다. 이 역시
50층과는 약간 달랐다.

50층에서는 실장과 박 팀장 두 사람 중, 한 사람만이
언제나 자신을 반겨 주었다. 하지만 여기서는 두 사람이
동시에 선우를 반기고 있었다.

"39층에서의 첫날, 첫 임무를 소화한 기분이 어떻습니
까?"

서 팀장이 물었다. 이 역시도 50층과는 달랐다. 50층
에서는 실장이 많은 질문을 하였다.

하지만 여기서는 서 팀장이 주로 질문을 하는 편이었다.

"첫날에 이미 일주일 후의 일을 알아 버린 격입니다."

"네? 벌써요?"

그의 말에 서 팀장이 놀라 물었고, 곧 아무런 말이 없던 실장도 그를 힐끗 보았다.

"무슨 일이 있었습니까?"

"뭐, 아직 정확한 것을 확인한 것이 아니니, 확답은 하지 않겠습니다. 오늘 임무를 조금 더 생각해 보고, 또 내일 있을 일을 어찌 대처하는지 생각도 좀 해 봐야겠습니다. 이만…… 퇴근해도 되겠습니까?"

"네? 아, 네. 근무 시간은 끝났습니다. 언제든지 퇴근하셔도 됩니다."

예전의 이선우가 아니었다. 그는 자신이 먼저 분위기를 이끌며 대화를 주도했고 퇴근도 자신이 먼저 말하였다. 진정 50층에 있던 신입사원 이선우가 아니었다.

서 팀장은 그의 말을 듣고 잠시 멍하였다. 한층 더 심화된 임무로 인해, 많은 질문을 할 거란 예상에 그 대답의 준비도 꽤 많이 해 둔 그녀였다.

하지만 질문은커녕, 준비한 신고식 대신 크게 뒤통수를 맞은 기분이었다.

이선우가 회사를 나선 후 서 팀장과 실장은 잠시 그대로 서 있었다.

"같은 곳, 다른 느낌이랄까…… 레벨이 높아졌다는 말은 하였지만, 그다지 어렵다는 느낌은 들지 않았던 하루네."

선우는 회사 정문 앞에 서서 홀로 중얼거렸다. 오늘 출근길에는 잔뜩 긴장까지 하였다. 50층의 실장이 레벨이 오를 것임을 말해 주었기에, 그에 따른 기대감과 함께 작은 두려움도 있었다.

하지만 괜한 걱정이었다. 별반 다를 것이 없는 39층의 첫 임무였으며, 첫날이었다.

오히려 독립운동가를 만났던 그 시절의 임무가 가장 어려웠고, 가장 무거웠으며, 가장 마음이 아팠던 경험이었다.

"그래도…… 오늘 승진한 거니, 삼겹살에 소주나 한잔 해야겠다."

선우는 집으로 향하던 길에 마트에 들렸다.

마트에 들려 이런저런 장을 보고 있을 때, 주위에서 동네 아주머니들의 웅성거림이 그의 귀에 들려왔다.

"어머…… 802호 지민이네 아빠잖아. 퇴근하면서 장도 보나 봐."

"우리 남편은 밤 12시에 들어와도 나 보고 소주 사 오라고 시키는데…… 어째 같은 남편인데 저리 달라."

아주머니들의 웅성거림에 대한 주제는 바로 이선우였다. 그는 아주머니들의 말을 들은 후, 자신도 모르게 어깨에 살짝 힘이 들어갔다. 각종 반찬거리와 함께, 안주거리, 그리고 소주와 맥주를 사서 계산대로 향하였다.

"어쩜…… 무엇을 사도 저리 딱 맞게 사는지……."

아주머니들의 부러움은 계속 이어졌다. 선우가 장바구니에 담은 재료들이 딱 무엇을 만들어 먹을 것인지 잘 알수 있을 정도로 알맞게 구입하였고, 삼겹살에 소주와 맥주, 그리고 아이들 주스까지 다 챙기는 것에 연신 부러움만이 계속 커지고 있었다.

"느낌 좋은데…… 이런 맛에 남자들이 장을 보나……."

선우는 마트에서 나오며 홀로 중얼거렸다.

가끔 자신도 마트에서 장을 보고 나오는 남편들을 본적이 있었다. 하지만 자신은 이번이 처음이었다.

자신이 장을 볼 수 있는 시간적 여유가 지금까지 단 한번도 없었다.

아니, 주말에는 있었지만, 주말은 자신에게 있어 일주일 동안 쌓인 피로를 풀 수 있는 유일한 휴식 일이었으니까.

간단하게 본 장바구니를 들고 집 문 앞에 섰다.

"어머, 여보."

초인종을 누르려고 할 때, 앞집 문이 열리며 그곳에서 아내가 나왔다.

"어, 여보. 나 왔어."

선우는 앞집에서 나오는 아내를 보며 조금 당황스러운 표정이었다. 앞집 아주머니가 선우가 든 장바구니를 보며 어색한 미소를 짓고 있었기 때문이었다.

"들어가요."

아내는 서둘러 선우를 데리고 집으로 들어섰다. 그리고 그가 들고 있는 장바구니를 보았다.

"뭐예요?"

"오늘 삼겹살이 갑자기 먹고 싶어서 좀 사 왔어."

"하하, 저도 오늘 삼겹살이 먹고 싶어서 조금 전에 마트에서 사 왔는데……."

"소주도……."

"맥주도……."

"하하하."

두 사람은 웃었다. 서로 마음이 맞은 하루였다. 사 온 것도 어찌 그리 똑같은지 정말 파 하나 빼놓지 않고 모두 똑같은 물품을 사서 왔다.

"영수증을 복사한 것 같아요. 어떻게 제가 사 온 것과 단 하나도 빠짐없이 같은 것으로 사 왔어요?"

아내도 놀란 눈이었다. 우연이라고 하기에는 너무나 정확하였다. 종류도 한두 종류가 아니었는데, 정말 10원 단위까지 모조리 같은 것을 골랐다.

심지어 삼겹살의 량은 물론, 상추 등 각종 채소까지 같아서 금액이 아주 정확하게 일치하였다.

"하하!! 오늘 복권이라도 한 장 사야 하나."

선우는 농담을 하며 큰소리로 웃었다.

"아빠, 오셨어요?"

아내와 함께 큰소리로 웃고 있을 때, 아이들 방문이 열리며 지민이와 영민이가 똑같은 모습으로 눈을 비비며 방에서 나오다 선우를 보며 인사하였다.

"그러고 보니 오늘 아빠가 우리 두 아들의 인사를 제대로 받지 못했군. 이리 와 봐! 오늘 아빠하고 찐하게 한잔 할까?"

"한잔?"

"그래, 오늘 삼겹살에 한잔 하자."

"여보, 애들한테……."

"뭐 어때. 난 소주, 엄마는 맥주, 그리고 너희들은 맛있는 주스! 어때?"

"좋아요, 아빠! 어서 먹어요! 배고파요!"

삼겹살로 인하여 갑자기 모두가 배가 고파지고 있었다. 아내는 서둘러 쌈 종류를 씻기 시작하였고, 선우는 고기를 굽기 위하여 고기판을 꺼내 들었다.

마늘과 김치, 버섯 등을 올려놓고 삼겹살을 굽기 시작하였다.

지난 3주 전, 지민이 백 점 시험 때 먹은 삼겹살이 생각났다. 그날은 기구하게도 자신이 권고퇴직한 날과 겹쳐서 힘차게 건배를 해 주지 못 했었다. 선우는 잘 익은 삼겹살에 김치를 얹어 맛있게 쌈을 싸서 지민의 입에 넣어 주자, 지민이 역시 조막만 한 손으로 싼 쌈을 선우의 입에 넣어 주었다.

"건배!"

그리고 주스와 소주를 서로 들고 힘차게 건배하였다.

'그래. 화려한 식당에서 와인을 먹으며 건배를 하는 것만이 대단한 것이 아니다. 비록 마트에서 산 저렴한 삼겹살을 집에서 굽고, 소주와 주스를 담은 컵을 서로 부딪히며, 그보다 더 큰 즐거움을 느끼고 있는 지금이…… 행복하다.'

선우는 아들과 아내의 해맑은 웃음과 미소를 보며 생각하였다.

비싸고 고급스러운 것들을 사 주지 못하지만, 그보다
더 값지고 뜻이 있는 것을 함께하며, 서로가 공감할 수 있
도록 하는 지금이 그 어떤 것보다 더 값진 행복이라 느끼
고 있었다.

Episode 4

Chapter 2

다음 날, 이선우의 몸 상태는 최고라 말할 수 있었다. 전날 사랑하는 가족이 모두 모여 해맑은 표정으로 웃고, 세상 그 어떤 행복 보다 더 한 행복을 가진 듯한 날을 보냈다.

"아빠! 잘 다녀오세요!"

지민이가 방학을 하면서 영민이도 유치원 방학에 들어갔다.

아내는 당분간 미륵이 된 채, 시간을 보내야 했다. 오전 시간이나마 자유를 누릴 수 있었던 아내는 이제 24시간을 두 아들과 붙어 있어야 하는 상황이었다.

두 아들의 힘찬 목소리에 아내의 얼굴을 보았다. 피곤함이 보이지만, 미소를 여전히 간직하고 있는 아내였다.

세상에서 그 어떤 엄마가 자식을 곁에 두고 힘들다고 말할 수 있을까.

두 아들을 키우기 위해서는 미륵이 되어야 한다는 말은, 아마 그 정도로 키우기 힘들다는 뜻을 담고 있는 것이지 진짜 미륵이 되라는 말은 아닐 것이다.

선우는 집을 나선 후에도 아내의 표정이 잊혀지지 않았다.

"오늘은 일찍 일 끝내고 퇴근해서 아이들과 놀아 줘야겠다."

선우는 회사를 향해 가며 홀로 중얼거렸다. 두 아들을 하루 종일 보는 것에 의해 치쳤을 아내를 위해, 퇴근 후부터는 자신이 모든 시간을 다 책임진다는 각오였다.

"안녕하십니까!"

선우는 기분 좋게 우렁찬 목소리로 실장과 서 팀장에게 인사하였다. 두 사람은 그의 모습을 보며 미소를 지고, 곧 그의 곁으로 다가섰다.

"저희 39층의 일이 무척 마음에 들었던 모양입니다. 어제 그렇게 기쁜 마음을 간직하고 퇴근할 것이라고는 생각지 못하였습니다. 그리고 저희는 이선우 씨가 임무를 끝내고 난 뒤, 돌아오면 많은 질문을 할 것이라 여겨 많은 것을 준비했었는데 말이에요."

서 팀장은 이선우의 앞에 서서 자신이 어제 생각했던 일을 말해 주었다. 이선우는 그녀를 보며 미소만을 지었고, 그녀가 준비한 답변이라는 것에 대해 관심을 가지지 않았다.

곧 실장이 이선우의 바로 앞으로 다가와 섰다.

"어제의 임무가 워밍업에 불과하다는 것은 이미 50층에서의 임무들을 기억하시면 바로 아실 것입니다."

"물론입니다. 그래서 다른 많은 말을 하지 않고, 어제는 바로 퇴근한 것입니다."

실장은 이선우에게 조금이라도 긴장을 하도록 말했다. 하지만 이미 이선우는 실장의 의도를 다 알고 있는 듯이 답을 주었다.

"걱정 마십시오. 레벨 39…… 그 레벨이 그냥 주어지지 않는다는 것은 알고 있습니다. 필시 그 레벨에 맞는 임무가 배정되었겠지요. 제가 베테랑이 아니라 임무의 난이도에 대한 이해력이 부족합니다. 지금 맡은 임무가 어려운 것인지, 아니면 레벨에 맞는 평범한 것인지는 모르지만 최선을 다할 뿐입니다."

이선우는 실장의 선글라스 속 눈동자를 똑바로 보며 말했다. 실장은 그가 한 말을 들으며 한동안 선글라스 속 눈동자를 일체 움직이지 않은 채 자신의 눈을 보고 있는 이선우의 눈동자와 마주쳤다.

"금일…… 임무 2일차입니다. 어제와 달리, 이선우 씨는 해당 방위산업체 연구실로 바로 보내질 것입니다. 오늘도 조심하시고, 임무 완수를 위해 노력해 주십시오."

잠시 동안 그를 보고 있던 실장이 입가에 미소를 지으며 말했고, 곧 이선우도 그를 보며 미소를 지었다.

그리고 LED 위로 올라섰다.

"아직 임무시간 전입니다. 휴게실에서 커피라도……."

"아닙니다. 그냥…… 그냥 이렇게 잠시만 있다, 바로 임무를 위해 떠나겠습니다."

아직 시간이 남았다. 50층에서 이선우는 항상 출근과 함께 휴게실에 들려 아침 일과를 시작하기 전, 실장 및 박 팀장과 몇 가지 임무에 관한 말들을 주고받으며 임무 시작 전의 시간을 제대로 활용했었다.

하지만 지금 39층에 이틀째 출근하는 길이지만, 아직 서먹한 탓인지 실장과 서 팀장에게 많은 말을 하지도 않으며 그들과 마주하고 앉아 있지도 않았다.

"시간되었습니다."

곧 9시가 다가왔다. 서 팀장이 이선우를 향해 보며 말했고, 이선우는 그제야 눈을 떴다.

"가겠습니다."

짧은 말을 하며 다시 눈을 감았다.

"이런 멍청한 것들! 지금 그것을 말이라고 해?! 내가 얼마나 많은 돈을 퍼부었는데, 이런 기술 따위를 내 것으로 만들지 못하는 거야!"

아직 이선우의 눈은 감겨 있는 상태였다. 그리고 그의 귀가 먼저 열렸다. 바로 어제 이영민을 연기한 이택수의 목소리가 그의 귀에 먼저 들렸다.

"사장님. 회장님의 도움을 받는 것이 어떠하겠습니까? 최 박사는 물론, 그를 따르는 많은 박사들의 권력 또 한 무시하지 못합니다. 그들이⋯⋯."

"시끄럽다. 고작 기계 좀 만지는 놈들이 어찌 돈을 앞지를 수 있다는 말이야. 걱정하지 말고 내가 시키는 대로 밀어붙여. 그 최 박사⋯⋯ 아니, 그냥 그 최 노인의 곁에 있는 박사들에게 상상 못할 돈 좀 제시하고, 또 다른 연구를 할 수 있도록 연구비 지원을 해 주는 조건으로 그의 곁에서 떨어지도록 만들어 둬."

"알겠습니다. 바로 실행하겠습니다."

이택수는 뭐든지 돈으로 해결하려는 생각을 하고 있는 것 같았다.

곧 그의 앞에 있던 사내들이 먼저 나가고, 잠시 후 이택수도 문을 열고 나가자 그제야 이선우는 외부로 나올 수 있었다.

"휴…… 어째 이런 곳에다 보낼 생각을 했을까? 역시 50층과는 생각하는 자체가 달리, 대담하군."

이선우는 자신이 나온 옷장을 향해 보며 중얼거렸다. 50층에서는 언제나 해당 인물과 약간의 거리를 두고 절대 마주 치지 않을 거리에서 나타나도록 하였다.

하지만 지금 이택수와의 거리는 불과 3미터도 되지 않는 아주 짧은 거리였다. 만에 하나 이곳에 나타난 그 즉시, 이선우가 재치기를 하든지 인기척을 하였다면 바로 이택수에게 들통 났을 것이었다.

"서 팀장님의 작품인지, 실장님의 작품인지…… 스릴 좀 느끼게 해 주는군요."

이선우는 입가에 미소를 지으며 중얼거린 뒤, 이택수의 사무실 문을 열고 외부로 나섰다.

역시 어제와 마찬가지로, 이 넓은 건물 안에 사람들은 많이 보이지 않았다. 대부분이 로봇들이었다. 기계들이 움직이며 또 다른 기계를 만들고 있는 모습이었다.

"K—Soldier……. 저 기계를 만든 장본인이 영민이…… 참 느낌이 새롭군. 아직 그놈의 미래에 대해 생각지도 못했는데, 이런 기계공학 쪽으로 소질이 있는 놈이었다니……."

이선우는 길게 줄을 서 있는 로봇들을 보며 중얼거렸다. 하지만 마냥 웃음꽃이 피는 표정은 아니었다.

훌륭한 것은 인정하지만, 지금 그가 만든 이 로봇으로 인하여 자칫 수많은 인명피해가 일어날 수 있다는 것이었다.

아니, 이미 미래에서는 K—Soldier를 생산하고 있는 저 기계들인 Human—2050의 오작동으로 인하여 수많은 K—Soldier들이 동시다발적으로 폭발하였다고 하였다.

"영민이가 만든 로봇이 아닌, 저 로봇을 만드는 기계가 오작동을 한 것으로 인하여 폭발이 일어났다고 했지? 그래, 좋게 생각하자. 영민이가 만든 저 로봇은 이상 없어. 하지만 영민이에게 반감을 가진 인물이 다른 조작을 하여 일이 발생한 거다. 그래, 그렇게 생각하자."

이선우는 지금 이곳에서 말하는 이영민이 자신의 둘째 아들일 것이라 확신하고 있었다. 그리고 미래에서 한 차례 폭발한 이 사건은 절대 이영민과는 무관함을 애써 연결 짓고 있었다.

삐~이! 삐! 이!

잠시 로봇들을 보고 있을 때, 갑자기 경고음이 울렸다. 눈앞에 보이는 모든 사이렌들이 동시에 울리기 시작하였고, 조금 전까지 단 한 명도 보이지 않던 사람들이 꽤 많이 보이며 서둘러 건물 밖으로 뛰어나고 있는 모습들이었다.

—안내 방송입니다! 조금 전, K—Soldier 한 대가 생산 실수로 피부 파열이 일어났습니다. 이로 인하여 작업장 내에 방사능 물질이 유출될 수 있으니, 서둘러 대피하시기 바랍니다.

"⋯⋯!"

선우는 놀란 눈으로 주위를 둘러보았다. 방사능 물질이 유출되었다는 말은, 이곳에 있으며 피폭될 수 있다는 말이었다.

선우는 좌우를 살폈다. 길을 알아야 빨리 나갈 수 있겠지만, 어디를 향해 달려야 이곳을 빨리 나갈 수 있을지 몰랐다.

"일단 뛰고 보자!"

그 자리에 있다고 길이 알아서 열리는 건 아니었다. 선우는 한쪽 방향을 잡고 뛰기 시작하였다. 계속하여 뛰었지만, 아래로 내려가는 계단조차 보이지 않았다.

"대체…… 뭐야, 이 건물은."

짜증이 밀려오고 있었다. 사이렌 소리는 계속하여 울리고 점점 더 두려움이 몰려오는 상황이지만, 이곳을 나갈수 있는 길을 찾지 못하자 화까지 치밀어 올랐다.

"여기서 뭐하나?"

한참을 돌았지만 길을 찾지 못해 난관을 부여잡고 머리를 숙이고 있자, 노인의 목소리가 들렸다.

"박사님?"

선우는 그를 보며 구세주를 만난 듯한 표정을 지었다.

"이곳에서 뭐하냐고 묻는 걸세? 그리고 저 사이렌 좀 그만 끄지."

"지금 이러고 계실 때가 아닙니다. 로봇 한 대가 파손되어 방사능이 유출되고 있다고 하였습니다. 서둘러……."

"정신 차리게."

선우는 급했다. 방사능이 이미 유출되어 이 건물 전체에 퍼지고 있을지도 모르는 일이었다.

하지만 최 박사는 느긋하다 못해, 서둘고 있는 선우를보며 여유 있는 어투로 말했다.

"지금 제가 아니고 박사님께서 정신을 차려야 합니다! 방사능, 방사능이……!"

"아무리 멍청한 놈이라고 해도, 방사능을 이런 허술한 시설에서 주입하거나, 관리할 것으로 보이는가? 주위를 둘러보게. 방사능을 어디다 보관하고 있겠는가? 어디서 저 로봇들에게 그 방사능을 주입할 것인가? 이렇게 쭉 뻗은 넓은 공터에서 대체 무슨 수로 방사능을…… 정신 좀 차리게."

선우는 박사의 말을 들은 후, 다시 시선을 돌려 길게 줄을 지어 늘어서 있는 로봇들을 보았다.

노인의 말처럼 그저 로봇들이 줄지어 서 있는 것뿐이었다. 한쪽으로 그 로봇을 만드는 또 다른 기계들이 있긴 하지만, 그 기계들이 방사능을 다루는 기계처럼 보이지는 않았다.

"어제 말했는데, 하루 만에 잊은 건가?"

"네?"

선우는 박사의 말을 들은 후, 그의 말뜻을 몰라 다시 물었다.

"이곳 공정은 로봇을 완성하는 단계라고 하였네. 그리고 이다음 공정이 쉽게 볼 수 없는 공정이라고 말했지. 바로 방사능이 주입되는 공정이니 말이야."

선우는 이제야 생각나고 있었다. 하지만 조금 전까지는 전혀 생각에 떠오르지도 않았다. 어찌해서든 이곳을 빠져 나가야 한다는 생각만이 온 머릿속에 가득 차 있었을 뿐이었다.

"그럼……."

"그래, 지금 여기에는 어딜 둘러봐도 방사능은 없지. 그 방사능이라는 것은 이다음 공정. 회사 안에 가장 안전한 곳에 지어져 있는 방사능실이네."

선우는 멍하였다. 그럼 왜 그리 급하게 방송까지 하며, 사이렌까지 울렸는지 이유를 알 수 없었다.

"아무래도 이택수가 이곳에 남은 사람들에게 계속하여 혼동을 주기 위해 노력을 하고 있는 것 같은데……."

선우는 박사의 말을 들은 후, 시선을 이리저리 돌려 보았다.

그리고 조금 전 방사능 유출을 일으켰다는 로봇들 사이로 유유히 걸어가며 고개를 들어 자신을 향해 보고 있는 이택수를 보았다.

그는 박사와 선우를 보며 걷던 걸음을 멈추고, 곧 머리를 숙여 인사까지 하는 행동을 취하였다.

"무엇 때문에 이런 짓을 하는 것입니까?"

선우가 물었다.

"말하지 않았던가. 바로 K―Soldier의 소유권과 함께 상표권 등, 기타 모든 상품 가치를 가져가려는 것이지."

"어제는 이 모든 기술 개발에 투자한 곳이 국가라고 하였습니다. 정부가 돈을 투자하여, 이와 같은 성과를 만들어 냈다고 하였습니다. 그런데 그걸 개인이 가로채 갈 수 있는 것입니까?"

선우로서는 이해할 수 없기에 물었다.

분명 정부 예산에서 투자되어 이런 과학 기술을 발전시키고, 인공지능이 탑재된 군인까지 만드는 단계를 접한 것이었다. 모든 것이 과학자를 믿은 국가의 투자라고 말했다.

"국가의 투자? 그래, 국가가 투자한다고 하자. 그런데 그 돈은 어디서 나올까? 예산? 그래 쉽게 말해서 예산이라고 하지. 하지만 나라는 돈이 없어. 쓸데없는 데 이미 너무나 많은 예산을 낭비해 버렸어. 이영민 박사가 쓸데없는 세금 낭비를 줄이고자 만든 정책 변화를 일부는 반겼지만, 이미 부패해 버린 정치인들은 반기지 않았어. 그들은 이영민을 궁지에 몰아넣을 방도를 모색하였고, 그 해결책으로 이택수를 선택한 것이라 생각되고 있네."

선우는 박사의 말을 들은 후, 눈매가 변하였다.

자신들의 부패 정치를 이어 가고자 그것을 막기 위하여 나선 젊은이를 오히려 쳐 내기 위한 술수를 쓰고 있고, 그

술수가 바로 이 나라의 미래를 바꿀 수 있는 과학 기술 분야의 핵심 기술들이라는 말과 같았다.

즉, 이영민이 만든 모든 것을 다, 한 개인이나 기업에 매각하여 다시 국고를 채워 넣고, 또 그 국고를 세금 낭비로 탕진하겠다는 것으로 풀이한 선우였다.

"하지만 그게 일부 정치인들만으로 되는 것은 아니지 않습니까? 이런 엄청난 과학 기술을……."

"권력."

"권력이요?"

선우가 이해하지 못하여 몇 가지 물으려 하자, 박사는 아주 짧은 말했다.

그리고 그 한 단어가 선우의 수많은 궁금증을 바로 해소해 주는 듯하였다.

"가진 자들은 자신들의 힘을 과시하는 버릇이 있지. 자네의 말처럼 과학 기술…… 그래, 이 K—Soldier뿐 아니라, 수많은 과학 기술은 한국의 미래를 책임질 것이네. 하지만 지금 이 시대를 살아가고 있는 이들에게는 다가올 미래에 대한 걱정 따위 자신들의 몫이 아니야. 그건 후손의 몫이지. 그러니 지금 자신들의 배만 잘 채워 놓으면 후손들이 어찌 사는 것에는 큰 관심이 없는 것이 지금의 현실이네."

박사는 여전히 시끄럽게 울리고 있는 사이렌 소리에도 전혀 인상조차 구기지 않은 채, 정확히 로봇들 사이에 서 있는 이택수만을 노려보며 선우에게 말하고 있었다.

"나라가 투자한 것이지만, 결국 개인이나 기업이 투자한 것이기에 정부는 뒷짐을 지고 있을 것이란 말입니까?"

"어쩔 수 없는 일이야. 이미 오래전부터 그렇게 해 왔고, 그것이 지금 이 나라를 이끌어 가고 있는 이들에게 습관처럼 되어 버린 판국이니 말이야."

박사의 목소리는 조금씩 힘을 잃고 있었다. 선우는 어제까지만 해도 이런 분위기는 상상도 못하고 있었다.

그저, 갑과 을의 입장에 선, 기업인과 노동자들의 대립 정도로만 여기고 있었다.

하지만 너무나 많고, 너무나 깊은 관계들이 이리저리 다 얽히고설켜 있었다. 선우는 머리가 아팠다. 자신이 이 일을 해결할 수 있을지, 벌써부터 고민하게 되었다.

50층에서 바로 39층으로 올라와 접한 첫 번째 임무, 첫날은 어렵다는 생각을 전혀 하지 않았다. 하지만 둘째 날…… 노사 간의 대립과 함께, 정치와 권력까지 합세해 버린, 골치 아픈 일이 모두 얽혀 버린 장소가 바로 이곳이었다.

노인은 곧 선우의 어깨를 토닥거리며 다시 걷기 시작하

였고, 선우도 그의 옆으로 따라 움직이며 걷기 시작하였다.

"그런데 저 이택수란 사람…… 저 사람의 집안이 그리 대단합니까?"

선우는 그와 나란히 걸으며, 시선을 아래로 향해 이택수를 보며 물었다.

"집안이라…… 대단하지. 아마 마음만 먹으면 경기도 일대 웬만한 건물 및 땅은 다 구입할 수 있을 정도는 되지 않을까?"

"네?!"

박사의 말에 선우의 걸음이 멈춰 섰다. 도저히 이해할 수 없는 말이었다.

아무리 돈이 많아도, 경기도 일대의 웬만한 곳을 다 구입할 정도의 부유층은 없는 것으로 알고 있었다.

"지금으로부터 약 30년 전…… 하나의 작은 기업이 대기업을 잡아먹는 기이 현상이 일어났지. 그 누구도 예측하지 못한 상황이었어, 시가총액이 만분의 일도 되지 않는 기업이 어찌 그 큰 덩치를 먹을 수 있었을까…… 지금 생각해도 아이러니 하지만, 결국 그 작은 기업은 큰 덩치를 집어삼켰고, 그로 인하여 큰 덩치의 예하 기업들까지 모조리 다 흡수되면서, 그 몸통은 순식간에 커져 버렸지.

그리고 지금 그 회사가 이 나라에서 제조 및 유통시키고 있는 수많은 전자 제품이나, 자동차 등, 기타 필요 생필품의 점유율이 90%가 넘어가고 있는 실정이네."

"네? 설마요……. 90%라면 이 나라를 하나의 기업이 이끌어 나가는 것이라 보아도 무방할 정도입니다."

"그래, 그 말 그대로야. 그러면 지금까지 내가 한 말을 아주 쉽게 모두 이해하게 되는 거야."

선우는 멍했다. 진정 있을 수 없는 일이라 생각되었다.

어찌 한 나라에 생산, 유통되는 수많은 것의 90%가 한 기업이 다 차지할 수 있는지가 의문이었다.

만약 그것이 진실이라면, 이미…… 이 나라는 무너져 가고 있다는 증거였다.

'생각보다 너무 복잡하다. 그냥 오작동을 일으킨 저놈을 막는 게 문제가 아니야. 너무나 복잡해. 어쩌지…….'

선우는 조금 전에도 같은 생각이 들었지만, 문득 또다시 같은 생각이 들었다.

자신이 처리하기에는 점점 더 어렵게 진행되고 있는 듯한 느낌이 전해지고 있었다.

"일단 가세. 남은 시간 동안 이택수를 막을 방법을 찾아봐야 하지 않겠나. 자네가 그 일주일이란 시간을 우리에게 던져 주었으니, 그 시간 동안 자네도 힘을 좀 보태야 하지 않겠냐는 말이야."

박사의 말에 선우는 고개를 숙였다. 자신이 왜 그런 말을 했는지, 후회되고 있다는 행동이었다.

"그나저나 자네는 대체 누군가? 내가 일전에 말하려고 했지만, 자네는 내가 알고 있는 이의 젊은 시절과 너무 닮았어. 혹시…… 그놈이 숨겨 놓은 아들이라도 되는가?"

"네? 하하, 어르신……. 농담도 참……."

선우는 박사의 말에 어색한 웃음을 지으며 말했다. 그리고 그 박사의 말을 듣고 나니, 지난 세 번째 임무가 떠올랐다.

바로 자신의 할아버지인 이상현에 관한 것이었다. 자신과 너무나 닮아 많은 오해를 받았었다. 그리고 지금 최 박사가 선우를 보며 누군가의 젊은 시절과 닮았다는 말을 하니, 그 사람이 누군지 선우는 바로 알 수 있었다.

이런저런 대화를 하며 박사와 걸었고, 도착한 곳은 몇 박사들이 모여 있는 연구실이었다.

"인사들 하게. 이 사람들은 나와 30년은 넘게 함께 해온 내 벗들이네."

박사는 자신의 연구실에 있는 사람들을 가리키며 말했다.

나이가 70은 넘어 보이는 노인부터, 약 50대 초중반으로 보이는 중년사내까지. 약 일곱 명 정도가 모여 있는 작은 연구실이었다.

"참…… 신기하기도 하네."

그리고 한 노인이 선우를 이리저리 보며 말했다.

"무엇이 말입니까?"

선우가 그 노인을 보며 물었다.

"어찌 이리 닮았어? 그렇지 않아?"

노인은 선우의 물음에 답하지 않은 채 동료들을 향해 보며 물었고, 동료들도 모두 하나같이 그와 같은 생각을 하고 있는 듯 고개를 끄덕거렸다.

"그런데 이름이 달라. 나도 처음에는 꼭 이영민 박사의 아버지인 이선우의 젊은 시절을 보는 듯했는데, 이름이 이지민이란 사람이야."

"……."

비로소 이 사람들이 말하는 이영민과 이지민, 그리고 그 둘의 아버지가 누군지 확실하게 들은 순간이었다.

지난 세 번째 임무 때, 과거로 돌아가 자신의 할아버지와 할머니, 그리고 아버지를 바로 앞에 두고도 확신을 얻지 못해 불러 보지도 못하고 돌아왔었다.

하지만 지금은 달랐다. 이미 모든 것이 확실시 되는 순간이었다.

선우는 이미 어느 정도 예상은 하고 있던 터라 놀라지는 않았다.

최 박사가 말하는 술동무가 또 하나의 미래를 살고 있는 자신이었으며, 지금 이택수로 인하여 행방을 알 수 없는 인물이 바로 그의 둘째 아들 영민이라는 것이 확실해졌다.

"이택수…… 저놈을 상대하려면 무엇이 필요합니까?"

선우의 표정이 변하였다. 예상하고 있을 때와 확신이 섰을 때는 그 느낌이 다르다. 이택수가 선우에게 적이 되어 버린 순간이었다.

"일단 급한 것은 이영민 박사를 먼저 찾는 것입니다. 이영민 박사만이 가지고 있는 마지막 프로그램을 아직 이택수도 구하지 못한 것 같으니, 그 프로그램을 입수한 쪽이 아무래도 마지막 승자가 되지 않을까 싶습니다."

한 노인이 말했다. 즉, 영민이 만들었다는 K—Soldier는 아직 완전체가 아니라는 것이었다. 그로 인하여 이택수가 나머지를 손에 넣고자, 발버둥치고 있다는 결론이었다.

"제가 이영민 박사를 찾겠습니다. 그러니 박사님들께서는 이택수를 막아 주시기 바랍니다."

"그렇게 해 주겠나? 이택수가 우리는 외부로 나서지도 못하게 하니, 이 박사를 찾을 길이 없었는데, 자네가 그

일을 해 준다고 하면, 우리가 어찌하던 이택수를 막아 보
겠네."

"알겠습니다. 그럼 마지막 결전이 있는 남은 기간 안에
제가 이영민 박사를 데리고 다시 이곳으로 오겠습니다."

선우는 자신이 영민을 찾는 것에 자처하였다.

비록 미래의 시대에서 만나는 아들이지만, 그래도 자
신의 아들이었다. 다른 이들에게 아들의 안위를 맡기는
것보다 자신이 직접 하는 것이 더 났다고 생각한 것이었
다.

선우는 곧바로 움직였다. 영민의 행방을 알기 위해서는
무엇보다 이택수 쪽 사람과 친해져야 하는 것이 우선이었
다.

임무 2일차, 선우가 이번 일을 해결하기 위하여 무슨
일부터 해야 하는지가 확실해진 날이었다.

자신은 로봇이나 기타 과학에는 관심도 없었고, 소질도
없었다. 자신에게 이런 일을 맡기는 것 자체가 어쩌면 해
결 불가가 될 임무일 수도 있었다.

하지만 조금 전까지 불안했던 마음을 진정시킬 수 있는
생각과 방법이 떠올랐다. 바로 아들 영민이를 찾는 일이
었다.

로봇을 만지고, 그 로봇을 조작하며, 또 복잡하게 정치

고, 기업 나발이고 다 얽힌 이 산업체의 일을 떠나서 아들을 찾는 것은 자신이 충분히 할 수 있는 것이었다.

'괜히 복잡한 일을 머릿속에 담아 두고 있었군. 우리 아들놈만 찾으면, 그놈이 다 해결할 수 있는 것인데 말이야……'

선우는 다시 마음이 편해지고 있었다. 그의 말처럼 자신이 해결해야 할 것은 없었다. 이들의 일에 개입하라는 것도 없었다.

단지 일주일 후, 해당 기계가 오작동을 일으키지 않고, 또 폭발이 일어나지 않도록 하는 것이 임무였다.

선우는 자신의 임무를 너무나 폭넓게 생각해 버리면서 머리가 복잡하게 돌아갔던 것이다.

선우는 연구실을 나섰다. 그리고 주위를 둘러보았다. 이택수를 찾는 것이었다.

넓은 건물 안에서 그를 찾지 못하여 건물 외부로 나왔다. 아직 해가 중천에 떠 있었고, 여러 대의 차량들이 건물 안으로 출입을 반복하고 있었다.

"노인네들과 붙어 다니면 뭐라도 떨어진다고 합니까? 그 노인네들 머릿속에는 아무것도 없습니다. 하지만 나의 주머니에는 돈이 있습니다. 세상을 살아가는데 돈만 있으면 모든 것이 다 되는데, 왜…… 왜 다들 돈보다 저 노인네의 말에 현혹되어 넘어가는지 모르겠습니다."

수많은 차량들의 왕복을 보고 있을 때 이택수의 목소리가 들렸다. 곧 시선을 돌리자, 그는 세 명의 사내에게 경호를 받으며 떡하니 서서 선우를 보고 있었다.

선우는 그의 행동과 말에 살짝 눈살을 찌푸렸지만, 이내 환하게 표정을 풀고 그의 앞으로 다가섰다.

"그러게 말입니다. 노인네들이 무슨 생각을 하는지 좀 들어 보려 곁에 붙었더니…… 이건 뭐. 과학기술이 어쩌고, 특허가 어쩌고, 나라의 미래가 어쩌고 하는데…… 도통 나의 관심 밖이라 집중이 되지 않아서 이렇게 바람이나 쐬러 나왔습니다."

선우는 그의 앞에 서서 그의 눈을 똑바로 보며 거짓말을 하고 있었다.

'하…… 나도 사기꾼 다 되었군. 이제 사람의 눈을 똑바로 보면서도 거짓말이 아주 술술 나오는구나…… 젠장.'

선우는 자신의 행동이 못마땅하였지만, 목적을 위해서 하는 선의의 거짓말 정도는 충분히 두 아들이 용서할 것이라 믿었다.

언제나 아들에게 거짓말은 나쁜 것이라 가르치며 살아왔는데, 자신이 거짓말 한 것을 아들들이 안다면, 절대 아빠의 말을 제대로 들으려 하지 않을 것이었다.

"그렇지요? 노인네들이 아주 배불리 먹고 등 따뜻하게 있더니, 세상의 흐름을 다 잊어버린 듯합니다. 세상은 똑똑한 사람들이 이끌어 가는 것이 아니라 돈을 가진 권력자가 이끌어 가는……."

"저기…… 배가 고파서 그러는데 혹시 점심 먹을 곳이 이곳에 있습니까?"

선우는 그가 어제하지 못한 연설을 내뱉을 준비를 하고 있을 때, 그의 말을 자르며 식당을 물었고, 이택수는 두 손에 잔뜩 힘을 주고 있었지만, 이내 힘을 다시 풀고 선우를 보았다.

"이렇게 만난 것도 인연이라면 인연인데, 나와 함께 식사라도 합시다. 나도 저 노인네들과 연신 떠들고 싸우느라, 그새 배가 고파진 것 같습니다."

선우는 그와 친해질 첫 번째 찬스를 잡은 것이었다. 하지만 이미 여러 번 겪은 임무에서처럼 무엇을 하려 해도 돈이 없는 게 가장 큰 문제였다.

그리고 이번에도 그런 문제는 닥쳤다. 밥을 먹자고 했지만, 선우는 밥값을 가지고 있지 않았다.

이택수는 선우와 함께 걸으며 계속하여 박사들의 험담을 늘어놓고 있었다.

노인네들 죽지도 않는다, 돈을 줘도 받지도 않는다 등 자신과 의견이 맞지 않은 부분에 대해 계속하여 화를 내면서도, 선우를 보면 또 목소리를 부드럽게 하고 말했다.

"이곳 식당이 이 인근에서 가장 맛있는 식당입니다. 그냥 일반 아주머니가 하는 식당인데, 일류 요리사 부럽지 않은 실력을 겸비한 아주머니입니다."

이택수는 허름한 식당 안으로 들어서며 말했다. 그 식당 안에는 많은 사람들이 있었다. 아직 점심시간이 되기도 전이지만, 벌써부터 점심을 먹고 있는 사람들이 많았고, 길게 줄을 서서 자신의 순번을 기다리고 있는 사람들이 많이 보였다.

"줄을 서 있습니다. 우리도……."

"줄은 무슨 줄입니까? 난 항상 이렇게 미리 전화로 예약을 해 둡니다."

선우는 길게 늘어진 줄에 선 사람들의 따가운 시선을 한 몸에 받으며 그와 함께 신발을 벗고 안으로 들어섰고, 곧 자리에 앉았다.

"더 올 사람이 있습니까?"

선우는 자리에 앉은 후 자신의 좌우를 살피다 말고 이택수에게 물었다.

"더 올 사람은 없습니다. 선생님과 저…… 둘만 식사를 합니다. 그런데 그건 왜 묻습니까?"

"둘만 식사를 한다면, 테이블을 하나만 쓰도 되지 않겠습니까? 사람은 두 명인데 테이블을 네 개나 붙이니, 이 또한 낭비입니다. 테이블 세 개를 떼어 내면, 그 자리에 적어도 여섯 명은 앉을 수 있는 자리가 나오지 않습니까?"

선우는 이택수를 보며 말했다. 그러자 주위에 있던 사람들의 따가운 시선이 조금은 누그러져 들어가는 듯하였다.

그 역시 이택수와 함께 식사를 하고자 들어서니, 이택수와 별반 다르지 않을 것이라 여겼던 사람들이었다.

하지만 선우는 남은 테이블을 따로 분리시켜, 그로 인하여 줄을 길게 늘어서고 있던 몇 사람을 더 안으로 들어서게 만들었다.

"돈으로 모든 것을 다 할 수 있다고만 생각지 마십시오. 조금 전과 같이, 아주 사소한 일이지만 이 하나의 일로 사람들은 당신을 달리 볼 수 있는 것입니다."

이택수는 선우의 말을 들은 후 주변 사람들의 눈빛을 보았다.

항상 이 자리에 앉아 밥을 먹었지만, 오늘과 같은 그들의 눈빛은 진정 처음이었다.

"뭐…… 그래도 세상은 어차피 자본이 움직이는 것입니다. 여차하면 내가 이런 식당 하나 만들어 나 혼자만의 전용 식당으로 사용해도 되는데, 내가 굳이 이런 초라한 식당을 이용해 가며, 밥값을 지불하는 이유는 더불어 사는 사회라는 것을 알리고자 하는 것입니다."

뚫린 입이라고 말은 청산유수였다.

하지만 선우는 지금 그의 말을 듣고 걷어차 낼 처지는 아니었다. 되도록 그의 곁에 붙어서 이영민의 행방을 알아내야 하는 것이었다.

"참, 듣자하니 저 박사들이 이영민 박사 어쩌고 하면서 이영민 박사가 만든 모든 것을 당신이 가져가려 한다는 말을 하였습니다. 그 말이……."

"썩을 노인네들! 내가 돈 줘서 만들게 했으면 내 것이지, 어째서 이영민 것이야! 노인네들이 누구 돈으로 지금까지 살아왔는지는 생각지도 못하고 말이야!"

이택수는 선우의 말이 끝나기도 전에 식당 안에서 고래고래 소리치며 목청을 높이고 있었다.

"그런데 왜 이영민 박사의 흉내를 내고 지내셨습니까? 저를 처음 본 어제도 이영민 박사의 네임 카드를 목에 걸고 있었고, 또……."

"내가…… 만들었다는 것을 알리려고 한 것뿐입니다.

내가 이영민은 아니지만, 이영민이 나라는 것을 알리고 또 박사들과 회사 사람들에게 그렇게 인식되도록 하여 이 모든 것을 내 것으로 만들려 하였습니다. 원래 내 것이니까요."

선우의 물음에 이택수는 아주 당당하게 말하였다.

그 순간에도 선우는 주먹을 꽉 쥐어 그의 입을 쥐어박고 싶었지만, 꾹 참으며 그에게 어설픈 미소를 보내고 있었다.

"그리고 원래 세상사가 그런 것이지 않겠습니까. 화장실 들어갈 때와 나올 때 다른 것처럼, 지금 저 박사들도 딱 그런 마음을 가지고 당신에게 맞서고 있는 것 같습니다."

"맞습니다! 딱 그 꼴입니다! 진짜 물에 빠진 사람 구해 줬더니 보따리 내놓으라고. 연구하라고 돈 줬더니 연구 끝나고 돈도 다 받아먹고, 발명품도 자신들이 가지고. 그럼 난 뭐야? 난 땅 파서 장사한 거야 뭐야!"

이택수는 자신의 가려운 곳을 제대로 긁어 주는 듯한 시원스러운 질문과, 그 질문에 대한 답을 제대로 할 수 있도록 말하는 선우가 마음에 들었는지 연신 목청을 높이고 자신이 할 말을 다 내뱉고 있었다.

"기분 좋군요. 오늘 나와 술 한잔 하겠습니까?"

"죄송합니다. 오늘 저녁에는 제가 약속이 있어서 안 되겠습니다."

마음 같아서는 술 한잔 먹으며 그의 속내를 다 뒤집어까고 싶었던 선우였다.

하지만 오후 5시가 되면 소환이다. 하루 업무가 종료되는 시간이기에, 그와 만나 술 한잔 할 시간은 없는 것이었다.

"저녁 때 약속이 있으시다면 지금 먹으면 되지 않겠습니까? 내가 모처럼 내 마음과 맞는 사람을 만나서 기분이 좋아 그렇습니다."

소환되기 전 먹는 술이라면 마다할 이유가 없었다. 그리고 그로 인하여 이영민에 대한 정보를 알아낸다면 이번 임무에 관해 많은 것을 얻어 낼 수 있을 것이라 생각하였다.

점심시간에 이 식당에 들어와 밥을 먹으며 식사에 이어 술 한잔 하기 시작하였다.

미래의 술맛은 어떨까 궁금하였지만, 예나 지금이나 다를 것은 없었다.

물 탄 맥주에, 머리 아픈 소주.

하지만 이영민에 관한 정보를 알아내고자, 선우는 두 눈을 크게 뜨고 그와 앉아 술을 먹기 시작하였다. 어느덧 식당에서 밥을 먹었던 사람들이 모두 나가고 난 뒤에도 두 사람만이 남아 술을 계속하여 먹고 있었다.

"그러니까. 내가 이 모든 것을 만들게 해 준 장본인인데, 왜 나를 빼냐는 것이야! 왜…… 왜 내 마음을 아무도 몰라주고, 나만 빼려고 하냔 말이야, 대체!"

취기가 오른 이택수였다. 그리고 그에 반해 선우는 전혀 취기가 오르지 않았다. 그에게서 영민에 관한 정보를 빼내기 위하여 술을 자제했다. 그리고 정보를 얻었다. 하지만 영민에 관한 정보는 아니었다.

전혀 생각지 못했던 정보였다. 바로 이택수의 진심이었다.

그가 왜 자금을 앞세워 권력을 움직였고, 그 권력으로 박사들의 목을 조이고 있었는지에 대해 듣게 된 것이었다.

이 모든 것이 서로에게 부족했던 대화였다.

자금을 지원하며 모든 것을 맡겼던 이택수. 그리고 그 자금으로 자신들이 원하는 모든 것을 연구하게 된 박사들.

그들이 왜 마지막에 이토록 틀어지게 된 것인지를 알아내야 하는 또 하나의 숙제가 생긴 것이지만, 그래도 돈으로만 해결하려는 악독한 인물이라 생각했던 이택수가 사실은 모두가 생각하는 것과 다르다는 사실을 확인한 건 꽤 큰 수확이었다.

"이제 그만 사장님을 모시고 가야 할 것 같습니다."

이택수의 횡설수설이 계속하여 이어지자, 그의 경호원들이 다가서며 선우에게 말했다.

"아직 멀었어! 이봐이봐 너! 마음에 너무나 들어. 내일 다시 만나서 이야기해!"

그는 경호원들에게 끌려가면서도 선우를 향해 고래고래 소리쳤고, 식당 주인은 선우를 향해 어리둥절한 표정으로 보고만 있었다.

"아휴…… 이렇게 오랫동안 한 자리에 앉아 술을 먹는 것도 처음이었네."

선우는 경호원들이 고마웠다.

더 이상 이택수에게 들을 말도 없었다. 영민에 대한 말을 할 것 같았지만, 그는 영민에 대한 그 어떤 말도 하지 않았다. 계속하여 자신의 말을 제대로 들어 주지 않는 박사들을 향해 내뱉는 쓴소리만이 있을 뿐이었다.

식당에서 나왔다. 박사들과 일을 나누어 하기로 하였지만, 오후 내내 이택수와 앉아서 술을 먹은 것이 전부였다.

―삐~이!

"시간은 잘도 맞아떨어지는군."

딱이었다. 몸도 찌푸둥하고, 진짜 시원하게 맥주도 한 잔 생각나는 때였다.

마침 전자음이 울렸고, 선우는 식당 뒤편으로 돌아가 하늘을 향해 보며 눈을 감았다.

"고생하셨습니다."

실장의 목소리가 들렸다. 이틀 동안 새로운 층에서 임무를 시작하였고, 그 마감도 두 번째였다. 그리고 듣는 업무 종료 인사말, 한 번은 서 팀장이 하였고, 오늘은 실장이 직접 하였다.

하지만 두 사람의 목소리는 아직 50층의 실장과 박 팀장에 대한 기억을 지워 버리기에는 부족한 시간이었다.

"오늘도 마음이 편해 보이십니다. 업무가 그다지 어려운 것이 아니었나 보군요."

서 팀장이 다가서며 물었다.

"어렵습니다. 더 정확히 말하면, 몸이 어려운 것이 아니라 머리가 어렵습니다. 너무 꼬인 것이 많아요. 서로 간의 오해부터, 또 그 오해가 어디서부터 시작되었는지…… 알아야 할 것이 너무 많습니다. 어쩌면 일주일이란 시간이 부족할지도 모르겠습니다."

선우는 LED 위에서 걸어 나오며 말했다. 그리고 어제와는 달리 휴게실로 향하였고, 곧 자리에 앉았다.

이는 지난 50층에서 이선우가 주로 하던 행동이었다.

자신이 맡은 임무나 기타 궁금증이 많을 때, 항상 취하던 행동이기도 하였다.

"일의 진행 상태가 느리다는 뜻입니까?"

실장이 그의 앞으로 앉으며 물었다.

"느린 것인지, 아니면 빠른 것인지는 아직 모르겠습니다. 하지만 알아야 할 것이 너무 많아서 자칫 시간이 촉발할 수도 있겠다는 생각이 들었습니다."

"알아야 할 것이 많다고 하셨는데…… 뭔가 문제라도 생긴 것입니까?"

실장이 다시 물었다.

"뭐가…… 문제인지를 모르니, 그게 더 문제지 않겠습니까? 정확하게 왜 서로 다투는지를 먼저 알아야 하고, 또 일주일 후, 아니죠, 이미 이틀이 지났으니 닷새 후, 오작동을 일으키는 기계가 기계적인 결함이 아닌, 누군가의 손에 의한 오작동이라면…… 여러모로 문제가 복잡해질 것 같습니다."

실장과 서 팀장은 선우의 말을 들은 후, 서로 눈을 마주쳤다.

그저 간단한 의뢰로 여겼고, 이제 레벨을 올려 39층으로 올라온 이선우에게 적합한 임무라 여겼다.

하지만 그의 말을 들은 후 여러모로 얽힌 내용이 많다

는 것에 난이도 조절을 잘못한 것이라 판단하고 있었다.

"일단 이선우 씨는 퇴근하십시오, 오늘도 수고하셨습니다."

정해진 임무 시간이 끝났으니, 굳이 그를 잡아 둘 필요는 없는 것이었다.

선우를 서둘러 집으로 보내고 난 뒤, 두 사람은 뭔가 논의를 하려 하였다.

"그럼 내일 뵙겠습니다."

선우는 별다른 생각 없이, 하루의 임무를 끝내고 회사를 나왔다.

평소와 같았다. 아직 해는 떠 있지만, 하루를 알차게 마감한 것이기에 마음은 편한 상태였다.

"실장님 베테랑 투입을 고려해 보아야 하지 않겠습니까?"

선우가 퇴근한 후, 서 팀장이 실장에게 물었다.

"생각보다 복잡하다는 것은 이선우 씨의 말만 듣고 판단하는 것이다. 아직 정확한 그쪽 이야기를 알 수 없다. 무턱대로 베테랑을 투입하였다가, 일이 생각보다 쉬운 것이었다면, 그 베테랑과의 계약에 의해 우린 수천만 원에서 수억 원의 보수를 지급해야 한다. 그리고 베테랑들은 단 하루 만에 그 일을 끝내 버릴 것이고…… 여러모로 서둘기는 아직 일러."

서 팀장과 실장의 의견은 달랐다.

자칫 복잡해질 수 있는 임무라면 인명피해까지 유발할 수 있기에 그에 대한 방편을 미리 만들자는 서 팀장의 의견이었지만, 회사의 차원에서 단 하루의 임무로 인하여 수천, 수억의 임무 수행료를 지급하는 것은 아주 큰 손실이기에 그것을 먼저 생각하는 실장이었다.

"우리 영민이가 그런 인공지능 로봇과학에 흥미가 있을 줄이야⋯⋯. 전혀 생각지도 못했는데. 그리고 지민이가 생명공학이라니⋯⋯ 하⋯⋯ 앞으로 돈 많이 들겠군."

선우는 집으로 향하는 길. 오늘 하루 임무 중 알게 된 사실에 대해 생각하고 있었다.

어제까지는 그럴 수 있겠다는 하나의 확률을 생각하였지만, 오늘은 영민과 지민이 자신의 아들이라는 것을 확실하게 알았기에, 두 아들의 미래를 본 일에 기분이 묘하였다.

비록 현재 자신이 살아가고 있는 현실에서 연결된 미래인지, 아니면 또 다른 미래에서 살아가고 있는 자신의 아들인지는 모르지만, 그래도 아들인 것만은 확신하니 기분이 묘한 것이었다.

선우는 집으로 향하는 동안, 두 아들에 대해 생각하였다.

언제나 지구 외의 우주에 많은 관심을 가지고 있었던 지민이가 지구 과학이 아닌, 생명공학을 연구하는 박사가 되었을지는 전혀 생각지도 못하였다. 또한 로봇이라면 아예 만화도 보지 않던 영민이가 로봇을 만드는 최고의 인물이 되어 있었다는 것도 놀랄 일이었다.

"역시…… 애들은 모르는 것이군. 미래도, 건강도, 생각하는 것도. 단 하나도 어른이 생각하는 것과 일치하는 행동을 하지 않는 것이 아이들인 것 같다."

선우는 새삼 아이들의 또 다른 세상을 생각하게 되었다.

항상 어른들의 기준으로 무언가를 생각하고 결정하지만, 진정 그 모든 것을 생각하고 결정해야 하는 아이들에게는 자신들만의 또 다른 세상이 있고, 생각이 있는 것이었다.

선우는 자신이 보고 온 두 아들의 미래에 대해, 더 이상 그 어떤 참견도 하지 않겠다는 다짐을 하였다.

"아빠! 다녀오셨습니까!"

두 아들의 힘찬 목소리로 인사를 받으니, 하루의 피곤

은 그냥 날아가 버리는 듯하였다.

그리고 두 아들을 유심히 보았다.

'아니야…… 왜 전혀 매치가 되지 않지?'

선우는 생명공학과 로봇과학에 대해 생각하면서, 두 아들을 매치해 보았다. 하지만 전혀 매치가 이루어지지 않고 있었다.

그냥…… 말 그대로 그냥 열 살의 사내와 여섯 살의 사내였다. 딱 그것까지였다.

"들어오지 않고 뭐하세요?"

신발장에 서서 두 아들을 멍하니 보고 있던 선우에게 아내가 물었다.

"아…… 들어가야지. 내가 잠시 딴 생각을 하고 있었나 봐."

선우는 아내의 말에 미소를 지으며 안으로 들어섰다. 그리고 다시 두 아들을 보았다.

"아들들!"

"네, 아빠!"

선우는 자신을 보고 있는 두 아들을 보며 불렀다. 그러자 두 아들은 힘찬 목소리로 선우를 올려다보며 답했다.

"뭐 갖고 싶은 것 없어?"

선우의 생뚱맞은 질문에 아내가 의아한 눈빛으로 선우

를 보았다.

"뭐 갖고 싶은 것 있으면 아빠한테 말해. 아빠가 다 사
줄게."

"여보…… 당신 오늘 무슨 좋은 일 있었어요?"

선우의 오버 아닌 오버에 아내는 그의 곁으로 다가서며
물었다.

"아니…… 그냥, 왠지 오늘 두 아들이 뭔가 나에게 바
랄 것이 있을 것만 같다는 생각이 들어서 말이야."

아내는 도저히 이해할 수 없었다. 술을 먹고 온 것도
아니었고, 뭔가 심하게 기분이 좋아진 것도 아니었다. 그
냥 평소보다 조금은 기분이 좋아 보일 정도. 딱 그 정도였
지만, 선우의 행동은 평소와 전혀 달라 보였다.

"음…… 난 자전거를 갖고 싶어."

"자전거? 뭐…… 사람의 형태로 된 뭔가…… 기술적인
그, 뭐라고 할까. 뭐, 그런 것이 아니고?"

선우는 지민의 말에 횡설수설 거리며 다른 답을 얻어
내고자 하였다. 하지만 그럴수록 자신을 보고 있는 아내
와 두 아들의 눈빛이 너무나 달라 보였다.

"하…… 그래. 아빠 쉬는 날 자전거 사러 가자."

"와! 신난다! 약속했어요, 아빠?"

"그래, 이제 열 살이니 자전거를 타도 되겠지."

선우는 지민과 약속하였다. 그리고 아내가 곧바로 그의 옆으로 다가와 옆구리를 쿡쿡 찔렀다.

"자전거는 위험해서 안 된다고 그렇게 말하고서는 갑자기 무슨 자전거예요?"

아내의 말에 선우는 어색한 미소를 지었다. 그 어떤 것보다 자전거에 대해서는 민감한 반응을 보였던 선우였다. 그래서 다른 것은 다 사 줘도, 자전거만은 절대 사 주지 않았었다.

하지만 오늘 그는 그동안 꺾지 않았던 자신의 뜻을 꺾은 듯, 지민에게 자전거를 사 주기로 약속하였다.

"전 RC카 사 주세요."

"RC카? 로봇이 아니고 RC카야?"

"네, RC카가 갖고 싶어요. 친구들은 다 가지고 있는데 저만 없어요."

선우는 영민을 보았다.

로봇과학을 이끌어 가는 대한민국 최고의 과학자가 되어 있었으니, 어렸을 때부터 로봇과 친해져서 지냈을 것이라 여겼다. 하지만 오산이었다.

영민은 자동차에 더 많은 관심을 가지고 있었다. 그것도 무선 조종으로 경주를 벌일 수 있는 RC카를 원하고 있었다.

"하…… 다 내 마음 같지 않구나."

선우는 두 아들이 원하는 것을 들은 후, 자신이 보고 온 미래와는 전혀 다른 삶을 아직은 살고 있다는 것을 알 수 있었다.

아내는 그를 빤히 보았고, 이내 미소를 지으며 그를 안아 주었다.

"오늘 업무 중에 무언가를 보았군요. 사람에 대해 연구하는 아이라든가, 또는 로봇을 연구하는 아이…… 이런 아이들을 직접 본 모양이네요."

역시 아내는 대단하였다. 선우가 몇 마디를 하고, 두 아들과 나눈 대화만으로 정확히 오늘 선우가 무엇을 생각하고, 무엇을 겪었는지를 파악하고 있었다.

"그냥 내 욕심이었나 봐. 아직은 이놈들이 스스로 무언가를 하고 싶은 것이 따로 있을 텐데. 난 내가 생각하는 그 무엇을 이놈들에게 요구하려 했었나 봐."

선우는 바로 인정하였다.

자신이 보고 온 미래의 두 아들에 대해 조금 더 빨리 무언가를 보고자 한 것이었다.

하지만 역시 아니었다. 아이들은 자신만의 세계를 언제나 가지고 있다. 어린 시절 느끼는 그 세계에 어른들의 생각을 강제적으로 주입시켜서는 안 되는 것을 느끼고 있었다.

언젠가 그때가 되면 아이는 자신이 생각하는 것을 직접 보게 되는 것이었다. 그것을 기다리며, 또 믿어 주는 게 바로 부모가 할 일인 것이었다.

"어서 밥 먹자! 오늘은 아빠가 배고프니까, 밥을 많이 먹을 거야! 누가 아빠와 밥을 맛있게 먹는지 내기할 사람!"

"저요!"

"저요!"

선우는 기다리기로 한 것이었다. 이미 알고 있지만, 스스로 선택할 수 있도록 기다리려 하였다.

그리고 여느 때처럼 환하게 웃으며 두 아들을 안아 주었고, 곧 아내까지 안으며 큰소리로 웃었다.

"당신…… 우리 지민이와 영민이에게 따로 시키고 싶은 것이 있는 거예요?"

두 아들을 재운 후 간단하게 맥주를 마시고 있을 때, 아내가 선우를 보며 물었다.

지금까지 단 한 번도 아들의 미래에 대해 생각하고, 또 그것을 행동으로 보인 적이 없던 선우였다.

하지만 오늘은 유별날 정도로 집착하는 것을 보았기에 아내가 묻는 것이었다.

"나도 모르게 그런 생각이 들었나 봐. 하지만 지금은

아니야. 우리 두 아들이 어떤 일을 하며, 또 어떤 결과를 가지고 올지 모르지만 난 그냥 기다리기로 했어. 당신의 사랑으로 자라고 있는 이 두 아들이, 설마 세상이 바라지 않는 일을 하겠어? 진짜…… 진짜 세상이 원하는 그 무엇을 하고 있을 것만 같아."

선우는 아내를 보며 미소를 지은 채 두 손을 잡아 주며 말했다.

지민은 많은 사람의 생명을 책임지는 것을 이루려 하고 있었다. 그리고 영민은 로봇으로 전 세계에 우뚝 서는 인물이 되어 있었다.

그 모든 것을 알고 있지만, 선우는 자신이 보고 온 30년 후의 미래가 이 두 아들의 미래라 장담하지 않았다. 바뀔 수도 있으며, 중간에 또 다른 어떤 영향으로 생각 자체가 전혀 다른 방향으로 갈 수도 있을 것이라 생각하였다.

선우는 아무런 말없이 웃으며 아내를 보았고, 아내는 선우의 미소가 뭔가 어설퍼 보이기는 하였지만, 그의 어설픈 미소에 자신의 입술을 살며시 붙이며 미소를 지었다.

"아이들의 미래는 아무도 몰라요. 그리고 지민이와 영민이가 커서 어떤 일을 하게 될지도 모르지만, 벌써부터 두 아들에게 미래를 걱정하라는 말은 하고 싶지 않아요."

　아내의 말이 백 번 맞는 말이었다. 비록 두 아들의 미래를 보고 왔지만, 그 미래가 결코 정해진 것이 아니라 생각하고 있는 선우였고, 아내였다.

Episode 4

Chapter 3

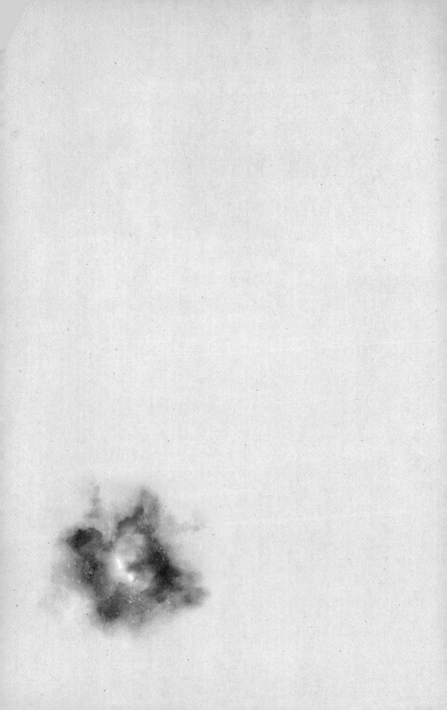

"아빠! 잘 다녀오세요!"

오늘도 두 아들은 아빠의 출근길에 환한 미소와 함께 힘찬 목소리로 파이팅을 외쳐 주었다.

체력이 남아도는 두 아들을 아내에게만 맡기고 출근하는 것이 한편으로는 미안했지만, 또 다른 한편으로 이 또한 아내의 낙이라 생각하는 선우였다.

아내에게 가벼운 키스를 해 준 후 두 아들을 꼭 껴안고 난 뒤 선우는 출근길에 올랐다.

"39레벨의 일은 할 만합니까?"

회사 정문에서 50층의 실장을 만났다. 단 3일만이지만, 무척 오랜만에 그를 보는 듯하였다.

"네. 아직은 무리 없이 진행하고 있습니다. 실장님은 괜찮으시죠?"

선우도 인사하였다. 그리고 실장과 함께 승강기에 올랐다.

"39레벨은 더 높은 레벨을 오르기 위하여 모든 사원이 꼭 한 번은 거쳐 가는 레벨입니다. 이선우 씨도 그 많은 사원들 중 한 명으로 그 레벨을 거쳐 가고 있는 중입니다."

실장은 승강기에 오르고 해당 층의 버튼을 누르지 않은 채, 선우에게 먼저 말을 건넸다.

"모두가 거쳐 간다면, 꼭 필요한 무언가를 얻을 수 있는 곳이기도 하겠네요."

실장은 선우의 말을 들은 후, 미소를 지었다. 다른 사원들과 처음부터 다르다는 것을 느끼고 있었다. 지금의 말도 다른 사원들과는 전혀 다른 느낌을 줬다.

모두가 레벨이 오를수록, 그에 대한 보수를 먼저 생각하는 타입이었다. 하지만 선우는 가장 처음 수행했던 임무를 제외하고는 다음부터 이루어지는 임무에 대해 단 한 번도 보수에 대한 말을 언급하지 않았다.

심지어 세 번째 임무였던 독립운동가의 임무 때는 보수도 받지 않고 모든 임무를 다 완료한 최초의 사원이기도 하였다.

"이선우 씨는 잘 해낼 것입니다. 이미 회사의 임원들께서도 이선우 씨에 대해 많은 관심을 가지고 있습니다."

"네? 저에 대해서요? 제가 뭔가 특별한 것이라도……."

"그건 제가 알 수 없습니다. 하지만 임무 평가 보고서에 의한 사원 평가서에 이선우 씨에 대한 많은 이야기들이 나오고 있습니다. 이는 긍정적인 반응으로, 사원들에게는 무척 좋은 현상이기도 합니다."

실장은 선우와 몇 대화를 나눈 후에야 50층의 버튼을 눌렀고, 곧 39층의 버튼도 눌러 주었다.

"39층의 첫 임무를 완수하게 되면, 저와 술 한잔 더 하시겠습니까?"

승강기가 지하 15층을 통과할 때쯤, 실장이 먼저 말을 건넸다.

"저야 마다할 이유가 없죠. 실장님의 말이라면 당장이라도 다시 50층으로 복귀할 마음까지 있습니다."

선우는 실장의 말에 웃으며 답하였고, 그의 답을 들은 실장도 미소를 지었다.

승강기는 곧 39층에 도착하자 선우가 먼저 내린 뒤,

승강기 문이 닫히기 전 실장을 향해 고개 숙여 인사하였
다.

"오셨습니까?"

39층에 도착하여 사무실로 들어서자, 서 팀장이 선우
를 반겼다.

"오늘도 역시 미소를 짓고 계시는군요. 이선우 씨는 언
제나 밝은 미소를 먼저 보여 주시니 저희들도 하루 일과
를 시작하기 전, 활기를 찾고 있습니다."

서 팀장도 선우의 미소에 답하듯 미소를 지으며 말했
고, 곧 실장이 그의 곁으로 다가섰다.

"임무 3일차입니다. 앞으로 남은 기간이 4일이지만,
이선우 씨가 어제 한 말처럼 아직 풀어야 할 숙제가 많으
니, 도움이 필요하다면 인원을 더 추가해 드리도록 하겠
습니다."

이 이야기는 선우가 세 번째 임무. 즉, 독립운동가의
임무를 수행할 때 50층의 실장에게 들었던 말이었다.

임무 수행이 시작되고 그 임무를 완수하기에 벅차다고
느껴진다면, 또 다른 사원을 투입시킬 수도 있다는 말을
들었다.

"아닙니다. 아직은 제가 할 수 있습니다. 만약 힘들다

아빠는
신입
사원

고 느껴진다면 그때…… 실장님께 다시 부탁드리겠습니다."

선우는 그의 제안을 거절하였다. 그리고 미소를 지은 뒤, 휴게실에 들리지 않고, 곧바로 LED 위로 올라섰다.

오는 길에 50층 실장을 만나 몇 대화를 하느라 시간을 소비하였기에 휴게실에 앉아 커피 한 잔을 마신 후 임무에 투입될 여유가 없었다.

"오늘도 건투를 빌겠습니다."

서 팀장이 선우의 앞으로 다가서며 말했다. 50층과는 달리 여전히 실장보다는 서 팀장이 더 나서고 있었다.

서 팀장의 인사를 듣고 난 후 눈을 감았다 바로 떴다. 이제는 감은 눈을 뜰 때 두려움이나 갑갑함은 없었다. 그저 일상처럼 느껴지는 선우였다.

지난날 식당의 뒤편에서 퇴근하였다. 그리고 지금은 식당의 바로 앞이었다. 이곳으로 왔다는 것은 이곳에서 뭔가 할 일이 있다는 말과 같았다.

"어이쿠야. 아침 일찍 다시 보게 되는군요, 이지민 선생."

식당을 등지고 회사를 마주 보고 있을 때, 그의 뒤에서 이택수의 목소리가 들려왔다. 이택수는 아직도 선우의 이름이 지민인 것으로 알고 있다.

이는 이택수뿐만 아니라, 박사들도 모두 그렇게 알고 있었다.

"안녕하십니까?"

선우는 그를 보며 인사한 뒤, 그와 함께 서 있는 또 다른 여인을 보았다.

어제는 보지 못했던 여인으로 고운 피부에 미소가 아름다운 여인이었다. 큰 키였으며, 고운 머릿결이 길게 늘어져 있었다.

"이지민 선생도 남자라, 여자가 눈에 먼저 들어오나 봅니다."

선우의 눈이 향한 곳을 본 이택수가 말했고, 선우는 서둘러 시선을 돌렸다.

자신의 아내 외에는 그 어떤 여자에게도 시선을 주지 않았다고 자부하던 그였지만, 지금 이택수의 옆에 서 있는 여인에게 한동안 넋이 나간 듯 보고 있었던 것은 사실이었다.

"아니, 아닙니다. 난 그냥 어디선 본 듯하여⋯⋯."

"다들 그렇게 말합니다. 하지만 사람이 눈앞에 보이는데 어찌 보지 않을 수 있겠습니까? 그것도 이토록 아름다운 여인인데 말이에요, 하하하."

이택수는 자랑하듯 말하였고, 곧 선우의 옆으로 다가섰다.

"어제는 제가 술을 먹고 횡설수설 한 것이 많았던 것 같습니다. 혹여 내가 실수한 것이 있다면…….."

"없습니다. 실수는 단 한 번도 하지 않으셨습니다. 그리고 이택수 씨의 마음을 듣게 되어 그것이 더 좋았습니다. 이 일이 잘 마무리 될 수 있도록 해 보겠습니다."

선우는 그의 말이 끝나기 전 웃으며 말하였다. 그러자 이택수가 선우를 보며 의미를 알 수 없는 미소를 지었고, 곧 자신의 옆에 있던 여인을 다시 불렀다.

"인사하거라. 나의 새로운 친구가 된 분이시다."

그의 말에 선우의 시선은 다시 그녀에게로 돌아갔다. 진정 아름다운 외모를 지니고 있었다.

자신의 아내가 가장 아름다운 여인이라 믿고 살아왔지만, 그 믿음이 잠시 흔들릴 정도로 그 여인의 미모는 아름다웠다.

"제가 잠시 약속이 있어서 가 봐야 하는데, 우리 지희 씨가 지민 선생님께 회사 안내 좀 마저 해 주겠나."

"알겠습니다, 사장님."

이택수는 그녀를 선우의 옆으로 이동시킨 뒤, 자신은 차량을 타고 그 자리를 서둘러 벗어나는 듯하였다.

선우는 멍하니 서 있었다. 처음 보는 여인이며, 아내 외에는 이렇게 가까이서 여자와 서 있는 것조차 너무나 오랜만인 그였다.

"이지민…… 당신의 정체가 무엇인지는 모르지만, 용이하게 쓰일 것 같아 내가 특별히 아끼는 여인을 당신에게 붙여 준 것이오."

이택수는 차량 안에서 홀로 중얼거렸고, 곧 큰소리로 웃었다. 하지만 그 웃음소리는 선우의 귀에 들어가지 않았다.

"안으로 들어오십시오."

그녀가 선우를 데리고 안내하기 시작하였다. 엊그제는 우연찮게 국방부 관련 인사로 오해를 받아 들어갈 수 있었지만, 오늘은 정당하게 정문을 통해 안으로 들어서고 있는 선우였다.

"저기……."

선우는 아무런 말없이 자신을 안내하고 있는 여인을 보며 말문을 열었다.

"말씀하십시오."

그녀는 업무적인 어투와 행동이었다. 남자를 남자로 보는 것이 아니라, 회사에서는 오로지 공적 관계로만 보는 듯한 그녀였다.

"이택수 사장님 말이에요. 어떤 사람입니까?"

선우는 그와 함께 붙어 다니는 여인이라 하였으니, 이택수에 대해 잘 알 것이라 여겨 물었다.

일단은 최 박사 쪽으로 서 있는 선우였기에, 이택수에 관한 것을 먼저 알아볼 필요가 있었다. 또한, 자신이 모습을 보이 전까지 최 박사와 친했던 것으로 보였다. 거기다 이영민의 흉내까지 내고 있던 것을 왜 갑자기 다 엎은 것인지를 알고 싶었다.

"저희 사장님에 대해 왜 알고 싶으신지요? 혹시 돈이 필요하십니까? 돈이 필요하다면 말을 돌리지 않고 바로 말씀하십시오. 저희 사장님은 말을 돌리는 것을 싫어하십니다. 직설적으로 바로 말하세요. 그래야만 당신이 원하는 것을 얻을 수 있을 것입니다."

선우는 그녀의 말을 들은 후, 더 이상 질문을 하지 않았다. 그저 그녀를 따라 안으로 더 들어서기만 하였다.

그녀에게서 이택수에 관한 그 어떤 것도 들을 수 없다는 것은, 조금 전 그녀가 한 말로 인하여 바로 알 수 있었다.

"저기…… 이지민 씨 아닙니까? 우리 일을 도와주겠다며 나갔던 사람이 왜 이택수 쪽의 사람과 저리 붙어 있는 것입니까?"

한편 회사 안으로 들어서자, 박사들의 눈에 그 여인과 함께 선우가 들어오는 것이 보였다. 몇 박사들은 눈매를 매섭게 한 채, 그 모습을 보며 물었다.

"다…… 생각이 있지 않겠습니다. 그리고 이것은 우리가 할 일입니다. 언제부터 우리가 저 사람에게 의지하였습니까? 저 사람은 단 이틀 동안 이곳에 있던 사람입니다. 그리고 저 사람대로 뭔가 처리하려 노력하는 듯하니, 우리는 우리가 할 일만을 합시다."

최 박사가 말하자 모두는 다시 시선을 돌리며 자신들이 해야 할 일을 찾아 움직였다. 하지만 최 박사는 그 자리에 서서 선우와 함께 그 여인을 한동안 보고 있었다.

여인은 이동 중에 간간히 눈을 힐끗하며 선우를 보았고, 또 박사가 서 있는 곳도 가끔씩 보았다.

박사는 자신을 힐끗 보는 여인과 잠시 잠깐 눈이 마주쳤어도 절대 그 시선을 거두지 않았다. 끝까지 선우와 지희를 보며 눈길을 다른 곳으로 돌리지 않았다.

"이지민에 대해 더 알아봐라."

한편 차를 타고 이미 회사 인근을 다 벗어난 이택수는 자신의 비서에게 말했다. 비록 사흘째지만, 그가 하는 행동이 계속 신경을 거슬리는 듯 느껴졌기 때문이었다.

이 또한, 그의 갑작스러운 변화였다. 어제는 그를 옹호하는 듯한 말을 하였지만, 오늘은 또 그를 의심하며 그에 대한 모든 것을 밝히도록 명령 내리고 있었다.

"이곳은 어제 오지 못한 곳입니다."

같은 시각. 여인을 따라 이리저리 회사 안을 이동하던 중, 어제는 와 보지 못한 새로운 곳으로 이동하자 선우가 그녀를 보며 물었다.

"이곳은 저희 사장님 외에, 박사들도 함부로 들어올 수 없는 곳입니다."

"네? 그런데 당신은 이렇게……."

"당신…… 누구십니까?"

"……!!"

선우는 그녀의 뒤를 따라 움직이다 말고, 그녀의 갑작스러운 물음에 놀라 그 자리에서 멈췄다.

"무…… 슨 말씀이십니까? 난 그냥……."

"그냥…… 이곳에 들어온 사람이다? 국방부 관계자로 오해하여 이택수 사장님에 의해 들어온 그냥 사람이다, 이 말입니까?"

"네, 맞습니다. 딱 그렇습니다. 난……."

"당신은…… 그냥 민간인이 아닙니다. 이 사업, 이 K—Soldier 사업에 대해 무엇을 알고자 온 것입니까?

어디 소속이며, 누구의 명령으로 온 것입니까?"

선우는 멍하니 그녀를 보았다.

마치 자신을 산업스파이나, 아니면 정부기관에서 감사차 나온 인물이라 여기고 있는 듯하였다.

"뭔가 오해가 있으신 듯합니다. 난 그냥 민간인입니다. 작은 회사에 다니는 영업사원입니다. 그것이 전부입니다."

선우는 그녀의 눈을 보며 똑바로 말했다.

하지만 이번엔 거짓말이 아니었다. 비록 이곳 세상에서 하는 영업은 아니지만, 자신의 직업에 대해 속이지는 않았다.

"당신…… 이곳의 많은 사람들이 당신에게 관심을 가지고 있습니다. 불과 이틀 전만 해도 당신은 이곳에 없었습니다. 하지만 갑자기 이곳에 나타났고, 그로 인하여 박사들과 이택수 사장의 신경전에 당신이 불씨를 던져 놓았습니다."

"아니요. 내가 불씨를 던지기 전, 이미 이택수씨가 불을 지펴 두었습니다. 그리고 그 불을 최 박사가 받았고, 내가 조금 더 활활 타오르게 한 것뿐입니다. 뭐…… 두 사람의 신경전을 붙여 놓은 것은 인정합니다. 하지만 단지 누구 잘못이며, 누가 이 모든 것을 가져야 한다는 그런

아빠는
신입
사원

얼토당토 않는 말을 하기에 내가 끼어든 것입니다."

"뭐라고요?!"

선우는 자신이 어제 들었던 이야기와 함께, 자신이 중재에 나서려고 했던 이유에 대해 말했다. 그의 말에 여인은 인상을 찌푸리며 그를 보고 소리쳤다.

"난 어제 최 박사인가 하는 노인은 물론, 이택수 사장이 하는 말을 다 들었습니다. 서로가 이 사업에 대해 소유권을 가져야 한다는 것을 내세우고 있었습니다. 여기까지는 당신도 인정하십니까?"

선우는 말을 하던 도중 자신이 한 말에 대해 사실 유무를 그 자리에서 바로 확인하였다.

여인은 고개를 끄덕거렸다. 단 몇 마디였지만, 그 말까지는 틀린 것이 아니었기에 인정하였다.

"왜 최 박사와 이택수 사장만이 소유권을 경쟁하는지를 모르겠더군요. 두 사람의 대화 중에 계속하여 이영민 박사라는 사람이 거론되었습니다. 이영민 박사…… 그 사람이 누군지는 아실 테니 뭐, 굳이 따로 설명은 드리지 않겠습니다."

선우는 그녀를 똑바로 보며 말했다. 그리고 자신의 입으로 자식 자랑을 하려니 창피함이 느껴졌다. 그래서 따로 설명을 하지 않겠다는 말로 돌려 하였다.

"이영민 박사. 왜 그 사람은 쏙 빼놓고, 두 사람만이 소유권 경쟁을 하고 있습니까? 실질적으로 이 모든 기술과 함께, 연구에 주축을 이루었던 인물이 이영민 박사라고 말하고서는 왜 그 사람은 이 자리에 한 번도 나오지 않느냐는 말입니다."

선우의 말에 그녀는 눈동자를 미세하게 떨고 있었다. 그리고 아무런 말을 하지 않았다. 그저 가만히 서 있기만 하였고, 이리저리 눈동자만을 움직이고 있었다.

불안해 보이는 눈동자인지, 아니면 무엇에 의해 놀란 눈동자인지 구분하기 힘든 그녀의 눈빛이었다.

"말씀해 보십시오. 그 사람, 이영민이란 사람은 어디에 있습니까? 그 사람은 어디에 있기에, 이택수 사장이 이영민의 흉내를 내고 있었고, 또 그런 흉내를 내는 사람을 왜 모두가 다 받쳐 주었습니까? 모두가…… 모두가 한통속으로 사기극을 벌이고 있는 것입니까?"

"……!!"

이어지는 선우의 말에 그녀는 고개를 들어 여전히 흔들리는 눈빛으로 선우를 보고 있었다. 놀란 눈동자는 더욱더 놀라며, 눈물마저 흘러내릴 듯 보였다.

"그…… 아름다운 여인에게 너무 말을 막 하시는 것 아닙니까?"

선우는 그녀가 무언가를 알고 있는 듯한 눈빛으로 자신을 보고 있는 듯하였다. 조금만 더 그녀를 압박하면, 작은 단서라도 하나 얻을 수 있을 것이라 여겼다.

하지만 그 순간 한 사내의 굵직한 목소리가 들렸고, 선우를 뚫어지게 보고 있던 그녀의 시선이 그에게로 돌아갔다. 그리고 그녀의 눈동자가 떨리는 것도 멈추었다.

"너는 돌아가라. 이제부터 이 사람의 안내는 내가 하겠다."

사내가 다가서며 여인에게 말했다. 하지만 여인은 바로 움직이지 않았고, 선우를 향해 다시 보았다. 무언가 하고자 하는 말이 있는 듯 느껴졌지만, 그 순간에는 아무런 말도 할 수 없는 상황이었다.

"어서 돌아가라."

사내가 다시 굵직한 어투로 말했다.

"누군지는 모르지만, 난 이택수 사장님께 직접 이 여인으로부터 회사 안내를 받도록 한 사람입니다. 그런데 당신이……."

"당신? 지금 나에게 당신이라고 했소?"

"그럼…… 그럼 뭐라 불러야 합니까?"

선우는 그의 매서운 눈빛과 어투에도 주눅 들지 않은 채 다시 물었다.

"세상이 얼마나 험한지 모르시나 보군요. 그 옛날 과거에는 뭐…… 이 정도의 실랑이 정도는 서로 웃으며 한 대씩 쥐어박고 넘어갔다고들 하던데……. 지금은 다릅니다. 마음에 들지 않으면 그냥 죽이면 됩니다. 그것이 지금입니다."

"……!!"

선우는 그의 말에 놀란 눈을 하였다. 그리고 자신보다 더 놀란 눈을 하고 있는 그녀를 보았다. 그녀는 조금 전보다 더 심하게 몸과 눈동자를 떨고 있었다.

무슨 이유인지는 알 수 없었다. 단지 영민의 이름이 나오면서부터, 그녀의 심기는 흔들리기 시작하였고, 이 사내가 나타나면서부터 더 심하게 떨고 있는 그녀였다.

"어서 가라고 하지 않느냐!"

사내가 다시 소리쳤고, 그제야 여인은 그 자리를 벗어나기 시작하였다.

"나와 함께 갑시다. 난 저런 사람에게 회사 안내를 받고 싶은 생각이 없습니다."

선우도 그녀를 따라 움직였다. 하지만 당장이라도 바로 따라 나오며 선우를 잡을 것만 같았던 사내는 의외로 움직이지 않은 채, 그 자리에 가만히 서 있기만 하였다.

"대체…… 무슨 일입니까? 또 저 사람은 누굽니까? 누

아빠는
신입
사원

군데 이택수 사장의 명령이라고 해도 꿈쩍도 하지 않는 것입니까?"

선우가 그녀의 옆을 따라 계속 이동하며 물었다.

"그만 가세요. 더 이상 당신에게 회사 안내를 해 줄 수 없을 것 같습니다."

여인은 선우의 물음에 답하지 않았다. 그리고 서둘러 한쪽 길로 접어든 후, 어느 사무실 안으로 급히 들어가 버렸고, 선우가 손잡이를 잡아 돌려 보았지만 이미 문은 잠긴 상태였다.

"뭔가…… 꼬인 부분이 있는 것 같다."

선우는 직감적으로 무언가 매끄럽지 않다는 것을 느꼈다.

자신을 너무나 쉽게 믿고 있는 것 같지만, 또 의심을 가지고 있는 이택수. 그리고 최 박사.

두 사람은 이틀 전 자신을 처음 보았지만, 두 사람 모두 선우를 너무나 잘 믿는 눈치를 주면서 의심을 하는 듯하였다. 그리고 조금 전의 여인과 무서운 사내. 필시 뭔가가 얽혀 있는 듯하지만, 도저히 연관된 그 어떤 것도 생각나는 것이 없었다.

그냥 적과 적인 최 박사와 이택수. 그리고 적과의 동침 같은 분위기를 보여 준, 여인과 사내.

선우는 어제와 달리, 오늘의 이 네 사람이 주는 분위기는 전혀 무엇과도 연결할 수 없는 듯한 기분이었다.

띠리리리.

선우와 여인이 조금 전까지 있었던 자리에는 사내가 여전히 지키고 서 있었고, 곧 그의 휴대전화가 울렸다.

"네, 사장님."

—강지희가 이지민 씨를 데리고 그곳으로 왜 갔을까? 그 이유는 알아냈나?

"알지 못했습니다. 하지만 염려하지 마십시오. 강지희는 물론, 그 사내도 더 이상 안으로 들어서지 못했습니다."

—그래, 잘 관리해라. 그 안으로 그 어떤 누군가도 들어가서는 안 된다. 강지희가 무슨 꿍꿍이를 가지고 있는지 모르지만, 그렇다고 지희에게 함부로 하지 마라. 그녀는 오로지 나…… 나만 그녀에게 손을 댈 수 있는 것이다.

"네, 사장님."

이택수는 전화를 끊은 후, 표정을 구겼다. 그는 강지희를 특별하게 생각한다. 그러면서도 그녀를 선우에게 붙인 이유는 그에 대해서 알아 오라는 뜻이었다.

하지만 강지희는 전혀 다른 일을 진행하였고, 이택수가

내린 명령이 아닌, 자신이 개인적으로 알고 싶어 하는 질문만을 하였다.

"지희야…… 왜 나에게 이러는 것이냐? 내가 돈도 주고, 차도 주고, 또 집도 주었는데. 무엇이 모자라서 나에게 이런 행동을 하는 것이냐."

그는 지희의 행동이 괘씸하다고 여기며 인상을 구긴 것이었지만, 이내 다시 풀며 마치 사랑하는 여인에게 홀로 말하듯 중얼거렸다.

선우는 홀로 회사 안을 돌아다니고 있었다. 이택수도, 또 강지희 역시 안내를 하지 않고 있기에 특별히 누군가의 안내를 받을 수 없어 홀로 떠돌듯 돌고 있는 것이었다.

"오늘은 왜 혼자이십니까?"

그의 모습을 보며 경비 아저씨가 다가섰다. 선우는 그를 보며 가볍게 인사한 후 물음에 답은 하지 않은 채 다시 걷기 시작하였다.

"……."

그러다 뭔가 생각이 난 듯, 걸음을 멈추었다. 서서히 몸을 돌려 경비 아저씨를 보며 의미를 알 수 없는 미소를 지었다.

"한 가지 궁금한 것이 있습니다. 답변을 얻을 수 있을까요?"

"무엇입니까?"

선우는 그의 곁으로 다가서며 묻자, 경비 아저씨는 그를 경비실 안으로 들어서도록 하였다.

"이 회사가 방위산업체로서 그 인지도가 높습니까?"

"아이구야. 어제는 우리 사장님과 친분이 있는 듯하더니만, 이쪽 사람이 아닌가 보군요. 이 회사, 즉, 우리 휴먼테크롤로지는 국방 관련 모든 것을 다 생산했습니다. 그러다 약 10년 전, 젊은 과학자가 입사하였고, 그로 인하여 인공지능을 갖춘 로봇이 만들어지게 되었죠."

"젊은 과학자요? 혹시 그 사람이……?"

"네, 이영민 박사입니다. 20대의 젊은 나이로 이미 로봇에 대해서는 천재적인 능력을 인정받고, 전 세계에서 그의 로봇을 인정하며, 투자를 하려 했지만, 결국 우리 이택수 사장님이 모든 돈을 다 투자하여 그를 잡았죠. 그리고 지금 그분으로 인하여 이 휴먼테크롤로지는 전 세계에서 가장 인정받는 군사물자 생산 업체가 되었습니다."

선우는 경비의 말을 들은 후, 몇 가지 생각을 하게 되었다. 필시 이 로봇에 관한 투자는 나라에서 진행했다고 최 박사가 말했다. 하지만 경비는 다른 말을 하였다.

로봇 발명에 대한 모든 지원을 나라가 아닌, 이택수가 홀로 한 것이란 말이었다.

만약 경비의 말이 맞다면, 이 모든 투자 이익은 나라가 아닌 이택수가 가져가야 하는 것이며, 이에 대한 특허나 기타 모든 소유권도 이택수가 가지고 있다는 것이 맞는 말이었다.

"혹시…… 이영민 박사가 어디에 있는지 아십니까?"

"그건 저도 모르겠습니다. 정확히 모르지만 오래전 갑자기 사라졌는데, 아무도 그분의 행방을 알지 못하고 있습니다. 이택수 사장님도 그렇고, 이곳 박사님들도 그분이 있어야 이 문제가 해결될 것이라 말하는데…… 대체 어디로 가신 것인지……."

경비는 말을 흐렸다. 오래전, 이영민이 행방을 감추면서 이 문제가 불거졌다는 말과 같았다.

"그래요? 그런데 이틀 전, 이택수 사장이 이영민 박사의 흉내를 내고 다니던데…… 그것은 왜……."

"아, 그거요? 그건 이영민 박사가 없으면 국방부에서 거래를 하지 않겠다고 말해서 어쩔 수 없이 그랬다고 하는데…… 그것에 대해서는 잘 모르겠네요. 워낙 기밀사안이 많아서요."

"고맙습니다. 혹시 또 궁금한 것이 있다면 찾아와도 되겠습니다."

"얼마든지요. 그런데 대체 누구시오? 듣자하니 국방

관계자도 아닌데, 우리 사장님께서 이리 잘 대해 주시니…….”

“그냥 우연찮게 이 회사에 대해 알게 되었는데, 이택수 사장님께서 저를 잘 보셨는지, 원하지 않은 많은 것을 보여 주셨습니다. 그것이 전부입니다.”

선우는 경비의 물음에 답한 뒤 다시 경비실을 나섰다. 경비는 그가 나간 후 잠시 그의 뒷모습을 보고 있었다.

“이상하군. 이택수 사장이 아무런 연관도 없는 사람을 회사에 들어서도록 내버려 둘 사람이 아닌데…….”

경비는 홀로 중얼거렸지만, 이내 큰 관심을 가지지 않으려는 듯 TV를 켜서 뉴스를 시청하였다.

“이택수와 최 박사…… 두 사람 모두 이영민을 원하는데 이영민이 오래전 자취를 감췄다? 대체 어찌 된 일인지 모르겠군. 그리고 경비도 왜 이택수가 이영민의 흉내를 내고 다니는지 그 이유를 잘 모르고 있고…… 어찌 보면 모두가 알고 있는 듯한데, 자세히 알고 있는 사람은 없는 것 같다. 최 박사와 이택수를 제외하고는…… 젠장, 오늘 3일차 임무인데, 알아낸 것 없이 머리만 복잡해지고 있군.”

선우는 머리를 긁적거리며, 다시 회사 건물 한편으로 걷기 시작하였다.

아빠는
신입
사원

꽤 넓은 부지에 지어진 회사라서 돌아다니는 것만으로도 한참의 시간이 소요되고 있었다.

"여기는⋯⋯."

회사의 전면을 모두 돌고 난 뒤, 왼쪽 끝 부분에 서자, 뒤편에 또 다른 건물이 있다는 것을 알았다.

건물의 높낮이가 있다면 건물이 몇 개 정도인지를 알 수 있겠지만, 모든 건물이 외부에서는 전부 단층으로 보이듯, 아주 큰 컨테이너를 엎어 놓은 듯하였기에 몇 개의 건물이 지어져 있는지 알 수 없었다.

뒤로 돌아가자, 그곳에는 몇 인부가 지게차를 이용하여 뭔가 짐을 나르고 있었다.

선우는 그들의 곁으로 다가서기 시작하였다.

"누구십니까? 이곳은 관계자 외 출입을 금하고 있는 곳입니다."

그들에게로 더 다가서려 할 때, 정장을 입고 선글라스를 착용한 사내가 그의 앞을 막으며 말했다.

그가 이어 마이크까지 착용하고 있는 것으로 보아 경비보다는 조금 더 높은 보안을 책임지는 인물로 보였다.

"아⋯⋯ 아닙니다. 길을 잘못 들어서⋯⋯."

"길을 잘못 들어섰다면, 왔던 길을 따라 그대로 가시면 됩니다. 가시죠."

그의 선글라스 속 눈동자를 볼 수 없었다. 마치 회사에서 실장들이 착용하고 있는 선글라스처럼, 자신의 눈동자를 전혀 보이지 않으려는 듯하였다.

"그런데…… 이곳은 전면부의 건물과는 또 다른 업무를 보는 곳인가 보네요."

"돌아가십시오. 그 역시 관계자 외에는 말씀 드릴 수 없습니다."

냉정하였다. 몇 마디만 들어도 조금은 추리를 해 보려는 선우였다. 하지만 어림도 없었다.

하는 수 없이 선우는 다시 왔던 길을 돌아 전면부 건물로 나왔다.

"그곳에서 뭔가를 보긴 한 것인가?"

곧 최 박사 일행이 그의 앞을 지나쳐 가며 그에게 물었다.

"아닙니다. 들어서지도 못했습니다. 저곳은 무엇을 하는 곳입니까?"

선우가 그를 보며 물었다.

"그곳은 우리도 제대로 가지 못하는 곳이네. 20년을 넘게 이곳에서 근무하였지만, 우리도 아직 저곳이 어떤 곳인지를 모르고 있네."

선우의 시선은 다시 그곳으로 향해 돌아섰다. 이곳에서

20년을 넘게 근무하고, 관련 업무를 한 박사들조차 그곳을 가지 못했다는 것은 그만큼 비밀이 많다는 것이었다.

"그보다…… 이택수의 마음은 어떤 것 같던가? 그가 우리의 발명품을 아직도 자신의 소유로 가지고자 하는 것 같은가?"

최 박사는 선우에게 물었다.

"아직…… 정확한 확답을 듣지는 못했습니다. 하지만 이택수 사장의 마음은 조금 알 것 같았습니다."

"그래, 무엇이던가? 이택수가 무슨 생각을 하고 있던가?"

선우의 말에 최 박사는 주위를 둘러본 뒤, 그를 데리고 한쪽으로 이동하여 곧바로 물었다.

"뭐, 깊은 말은 아니지만, 자신은 이 모든 것에 대해 투자하고, 그 투자한 만큼의 수익을 보장받고 싶다는 말이었습니다. 또한 박사님들과도 잘 어울리고 싶다는 말을 취중에 하였습니다."

"술을 먹고 대화를 했단 말인가?"

최 박사는 어제 낮에 선우와 이택수가 점심식사를 시작하면서, 줄곧 대화를 나눈 것을 알지 못하였다. 그리고 무엇보다 술을 함께 먹은 것을 의아하게 여기는 듯, 조금은 놀란 눈으로 물었다.

"네, 어제 낮에 먹었습니다."

"이택수가 술을……? 그 사람이 안면이 없는 사람과 술을 먹는다는 것 자체가 이상하군. 일단 남은 기간 안에 우리가 우리의 권리를 보장받을 수 있도록 많은 준비를 해야 하니, 자네는 계속하여 이택수에 대한 것과 함께, 이영민이 어디에 있는지 좀 알아봐 주게."

"알겠습니다."

최 박사는 그의 어깨를 토닥거린 뒤, 다시 박사들과 함께 어디론가 움직였고, 선우는 그들의 뒷모습을 그대로 보고만 있었다.

"어지럽군. 뭐가 뭔지 하나도 모르겠어. 이택수와 저들의 관계, 또 이영민. 아휴…… 그냥 머리에서 쥐가 날 듯하군."

선우는 또다시 머리를 심하게 긁적거리며 말했다.

"누구를 만나서 무엇을 알아내야 할지도 모르겠어. 사람도 없고, 뭔 놈의 회사에 사람이라고는 박사들과 경비…… 그리고 지게차를 몰고 다니는 인부 몇인지 원……. 이 큰 회사에 그리 사람이 없나."

선우는 주위를 둘러보며 중얼거렸다. 진정 회사 자체는 아주 넓었다. 축구장 네다섯 개는 합쳐 놓은 듯한 너비였지만, 그에 비해 사람은 터무니없이 적었다.

아빠는
신입
사원

"오전이 다 지나가는 동안 뭘 한 건지……."

오전에 이곳에 모습을 보인 후, 이택수를 만나 지희라는 비서를 소개받았고, 그녀에게 몇 가지 안내를 받았지만, 그마저도 험상궂게 생긴 사내가 막아 버리면서 더 이상 안내를 받지 못하였다.

또한 회사 내의 뒷면에 있는 건물에 대해 알아냈으면서, 그곳으로 다가서지도 못하였다.

"어디로 가야 하나…… 어디로 가야 이영민에 대한 것을 알아낼 수 있을까."

선우는 홀로 중얼거렸다. 어디에도 이영민에 관한 힌트는 없었다. 아니, 그가 있었다는 곳만이라도 알 수 있다면 좋겠으나, 이영민의 연구실도 아직 어딘지 모르고 있었다.

"응? 이택수?"

건물의 벽에 기댄 채 홀로 별의별 생각을 다하고 있을 때, 회사 정문을 통과하는 이택수의 차량이 보였다.

선우는 그 즉시 그에게 달려갔다.

"구경은 잘 하셨습니까?"

이택수는 차에서 내리자마자 자신에게로 달려온 그를 보았고, 곧 아무것도 모르는 척 그에게 물었다.

"아, 네. 구경은 어느 정도 한 것 같은데…… 어제 본 것과 별반 다를 게 없었습니다."

"그래요? 내가 강 비서에게 많은 곳을 구경시켜 드리라 했는데, 강 비서가 그렇지 못한 모양입니다."

이택수는 그의 말에 웃으며 답한 뒤, 자신이 직접 그를 안내하는 듯 선우가 궁금해했던 건물 뒤편으로 움직이기 시작하였다.

"그렇지 않아도 이곳으로 가 보고 싶었는데…… 고맙습니다."

선우는 마치 이택수가 자신의 궁금증을 알고 있는 듯, 바로 움직여 주는 것이 고마웠다.

"이곳은 관계자 외에 절대 그 누구도 갈 수 없는 곳입니다."

"그 관계자라는 사람들은……."

"저 혼자입니다. 저만이 이곳을 통과하여 저 안의 세상을 볼 수 있는 것입니다."

경비가 삼엄한 이유를 알 수 있었다. 이 큰 회사에서 유일하게 이택수만 갈 수 있는 곳. 그런 곳이니 정문 경비와는 전혀 다른 레벨의 경비를 세웠을 것이었다.

곧 이택수와 함께 조금 전 저지당했던 곳에 도착하였다. 하지만 이번엔 경비원이 자신을 잡지 않았다. 오히려 고개까지 깍듯하게 숙이며 그를 반기고 있었다.

"하…… 기분 묘하네요. 조금 전에는 마치 눈빛으로 레이저를 쏠 정도로 노려보더니, 이제는 인사라……."

"저와 함께 있기에 가능한 것입니다. 들어가 보실까
요?"

3일차를 그냥 보내게 될지도 모른다고 여기고 있었었
다. 하지만 우연인지, 이택수가 다시 회사로 돌아왔고, 돌
아오는 즉시 그와 만났기에, 비밀스러운 이곳을 보게 된
것이었다.

이택수와 함께 경비원이 삼엄한 경계를 하고 있는 지역
을 통과하고, 곧 지게차가 무엇인가를 운반하는 곳도 지
나쳤다. 그리고 아주 큰 철문 앞에 다다랐다.

"이 문은 리틀보이가 떨어져도 부서지지 않을 정도로
탄탄하게 만들어진 문입니다."

"네? 정말입니까?"

선우는 자신 앞에 아주 크고, 굵직하게 느껴지는 철문
을 보고 섰고, 그 철문에 대해 이택수가 말하자 놀란 눈으
로 그를 보았다.

리틀보이는 2차 대전 당시 일본을 초토화 시키고, 일본
의 항복을 얻어 낸 무기.

그 무기가 떨어져도 거뜬하다는 것에 놀라지 않을 수
없었다.

"들어가 보시겠습니까?"

여기까지 왔는데 그냥 돌아갈 수 없었다. 그리고 무엇보다 이 튼튼한 문이 지키고 있는 내부가 궁금하였다.

선우는 고개를 끄덕거렸고, 그를 따라 천천히 이동하였다. 이택수의 움직임에 맞춰, 서서히 철문이 뒤로 밀려나며 열리기 시작하였지만, 의외로 철문이 열리면서 내는 소음은 일체 들리지 않았다.

"신기하군요."

"뭐가 말입니까?"

"이 정도의 문이 열리는데, 어찌 이리도 조용합니까?"

"하하하, 가끔 보면 이 선생은 아주 옛날 시대에서 살다 온 분이라 여겨집니다. 지금과 같은 시대에는 이런 것은 저 시골 마을의 외양간에도 설치되어 있습니다."

선우는 그의 말을 듣고 놀랐지만, 애써 놀란 눈을 하지 않으려 하였다. 조금 전 이택수가 한 말처럼 자신은 30년 전 사람이며, 아주 옛날 사람이었기에 그것을 들키지 않으려 표정을 숨기는 것이었다.

하지만 이미 이택수는 그가 이 모든 것을 신기해한다는 것을 다 알고 있었다. 하나하나에 그가 놀라는 눈을 하는 것에 재미를 붙이고 있는 듯하였다.

"이곳은…… 무엇을 하는 곳입니까?"

안으로 들어서자 아무것도 없는 그냥 텅 빈 공장처럼

보였다. 중간중간에 기계가 몇 대 서 있기는 하였지만, 그 기계가 하는 일이 무엇인지는 알 수 없었다.

마치 지게차처럼 생긴 기계지만, 이동을 할 수 있는 바퀴가 전혀 없이 그저 바닥에 고정되어 있는 듯하였다.

"저 기계는 무엇입니까? 아무것도 없는데, 그냥 저렇게 고정되어 있으면……."

"이곳은…… 방사능을 주입하는 곳입니다."

"……!!"

그의 한마디에 선우는 놀라 자신의 코와 입을 막았다. 방사능을 주입하는 곳이라면, 필시 방사능이 유출되고 있을 것이라 여겼기 때문이었다.

"하하하, 놀라지 마십시오. 예전에 사용하던 곳입니다. 지금은 그 어떤 방사능도 유출되지 않고, 또 미세한 방사능 수치도 없는 곳입니다. 아마…… 이 회사의 그 어떤 곳보다 더 청정 지역이 바로 이곳일 것입니다."

선우의 행동에 이택수는 큰소리를 내며 웃었다. 비록 지금은 그런 작업을 하는 곳이 아니지만, 그렇다고 방사능에 대한 것이 하루아침에 사라지는 것은 아니었다.

또한 방사능 작업을 했던 곳을 청정 지역이라 말하는 것은 아주 심한 표현이라 생각하고 있었다.

"어제 보셨던 그 로봇들…… 그 로봇들이 무엇을 위해

만들어지고 있는지는 아십니까?"

"어제 최 박사님께 대충 말을 들었습니다. 그들은 방사
능을 주입받고, 전쟁터에 투입되면 적지에서 싸우다, 최
후에는 일종의 자폭을 하는 것이라고 들었습니다."

"자폭이라…… 뭐, 그 말도 틀린 것은 아닙니다. 하지
만 그냥 자폭을 하고자 이런 비싼 기계를 적지에 투입하
는 것은 아닙니다."

이택수는 천천히 걸어가며 선우의 말에 대해 답했다.
선우 역시 이 로봇들이 고가의 기계란 것을 잘 알고 있기
에, 아무것도 없이 자폭을 기준으로 만들어지지는 않았을
것이라 여겼다.

"K—Soldier의 대당 가격이 얼마인지 아십니까?"

이택수는 텅 빈 창고 같은 건물 안을 거의 다 지나쳐
가면서 그에게 물었다. 그리고 곧 자신의 앞에 있는 문손
잡이를 잡아 천천히 당겼다.

선우는 그의 질문에 대한 답을 하지 않은 채, 그가 열
고 있는 문 안의 세상에 더 관심을 집중하고 있었다.

"K—Soldier의 대당 가격은 1조 원입니다. 엄청나지
않습니까?"

"네. 1조 원이라면 엄청나네요…… 네?! 1조 원이요!"

선우는 문 앞을 주시하여 보면서 그의 말을 대충 받아

들었다. 하지만 곧 머리에 1조 원이란 숫자가 들어오자마자 모든 것을 다 넘겨 이택수의 얼굴을 보았다.

"정말…… 대당 가격이 1조 원입니까?"

"네, 1조 원입니다. 그것도 10원 한 푼 에누리 없는 딱 1조 원입니다."

선우가 알고 있는 기준으로 본다면, 항공모함을 사고도 남을 돈이었다. 그 돈으로 이런 사람 같은 작은 로봇을 만드는 데 다 투자한 것이었다.

선우가 생각하고 있는 30년 전과 지금의 화폐 가치가 얼마나 차이가 나는지 모르지만, 그래도 1조 원이란 돈은 엄청난 금액일 것이었다.

진정 정부가 미치지 않고서야 이런 사업에 어마어마한 돈을 쏟아붓지는 않을 것이라 바로 생각되었다. 그리고 곧바로 이택수의 말도 바로 생각이 났다.

나라가 아닌 자신이 투자했다는 말은 신빙성이 굉장히 높았다. 이런 작은 고철 로봇 하나에 1조 원을 쏟아부을 정부가 아니기에, 이 모든 개발은 이택수의 주머니에서 나온 것이라는 사실에 더 생각이 기울어지고 있었다.

선우는 천문학적인 금액에 놀라, 그와 함께 들어선 또 다른 건물 내부를 전혀 보지 못하고 있었다.

"이곳이 Human—2050의 최대 기술력으로 만들어

진 K—Soldier 7이 있는 곳입니다."

선우는 여전히 대당 1조 원이라는 돈에 놀라움을 떨쳐 버리지 못하고 있었고, 곧 이택수가 전방을 가리키며 말하자, 그때서야 고개를 들어 앞을 보았다.

"……."

선우는 멍하니 앞만 보고 있었다. 자신의 눈앞에는 사람 크기만 한 박스 일곱 개가 있었다. 그리고 이택수는 그 박스를 가리키며 K—Soldier 7이라 말했다. 즉, 박스 안에 또 다른 성능을 지닌 K—Soldier가 있다는 말이었다.

곧 이택수가 하나의 박스 앞으로 다가가 박스를 개봉하였다. 보통 박스가 아닌, 내부가 튼튼한 철로 된 박스였다. 박스가 열리자마자, 기체가 뿜어져 나왔다.

그리고 선우는 곧 박스가 마저 다 걷어지자, 눈앞에 보인 K—Soldier를 보았다.

달랐다. 어제 보았던 수백 대의 K—Soldier와는 외모가 달라 보였다.

"마치…… 특전사를 보는 듯합니다."

딱 그랬다. 해병대 특전사나 기타, 대한민국의 특전사를 연상케 하는 외모를 지니고 있는 로봇이었다. 박스가 일곱 개였으니, 총 일곱 대였으며 생김새는 같을지 모르

아빠는 신입 사원

지만, 각기 그들이 쥐고 있는 무기는 다를 것 같았다.

"이들은 다릅니다. 어제 보신 수백 대의 로봇. 그 로봇을 조립하는 기계가 Human—2050이라 하였습니다. 그리고 지금 저 앞에 보이는 기계 또한 같은 Human—2050이지만, 이놈들의 지능은 K—Soldier의 모든 기능까지 다 탑재하고 있는 놈들입니다."

"……!!"

선우의 눈동자가 휘둥그레지면서, 조금씩 앞으로 걸어가기 시작하였다. 어제 보았던 그 수백 대의 로봇도 진정 인간과 같은 외모였지만, 눈앞에 보인 K—Soldier는 더 정밀하였다.

머리카락은 물론, 눈동자의 반짝거림과 솜털…… 얼굴의 잡티까지 그대로 재현해 낸 기계였다.

'가까이에서 봐도 이는 사람이다. 기계라고 하기에는 너무나 정교하다. 정말…… 이놈이 기계일까?'

선우는 그 로봇의 앞에 서서 홀로 중얼거렸다.

"만져 봐도…… 되겠습니까?"

"얼마든지요. 아직은 방사능 물질을 주입하지 않았기에 만져 보셔도 무관합니다."

그의 말에 선우는 손을 살며시 올려 자신의 앞에 있는 한 대의 K—Soldier의 코를 만져 보았다.

'젠장······ 느낌마저 인간이다.'

자칫 겉으로 욕설이 튀어나올 뻔하였다. 다행히 속으로 내뱉은 말이었고, 그 말은 이택수가 듣지 못하였다.

"어떻습니까? 인간이라고 해도 믿을 것 같습니까?"

"믿을 정도가 아닙니다. 사실 기계라고 말하는 것을 더 믿지 못할 것 같습니다."

"하하하, 그렇게 말씀해 주시니 느낌이 새롭군요."

"느낌이 새롭다는 말씀은······."

"아, 아닙니다. 그냥 나 혼자 한 말입니다. 너무 신경 쓰지 마십시오."

이택수도 선우의 옆으로 서며, 그와 함께 K—Soldier 의 앞으로 서서 빤히 눈동자를 보고 있었다.

"여섯 대의 사내와 한 대의 계집입니다. 계집을 보시겠습니까?"

"네? 여자 로봇도 있습니까?"

지금까지 본 모든 K—Soldier는 다 남자를 형상화한 로봇이었다. 하지만 이곳에 있는 일곱 대 중, 한 대는 여자라는 말이었다.

선우는 나머지 6개의 박스를 유심히 보았다. 그리고 자신의 대각선 좌측으로 서 있는 하나의 박스가 조금은 달라 보이는 듯하였다.

"이…… 로봇입니까?"

"맞습니다, 잘 찾으시는군요."

이택수는 선우가 선택한 박스 앞으로 다가가 그 박스를 개봉하였다. 그러자 똑같이 기체가 뿜어져 나온 후, 서서히 모습이 보이기 시작하였고, 곧 판초의를 뒤집어쓰고 있는 하나의 K—Soldier가 보였다.

이택수는 선우가 지목한 로봇의 옆으로 섰다. 그리고 판초의를 걷었다.

"……!"

선우의 눈동자가 흔들렸다. 유일한 여자 K—Soldier 라는 로봇은, 오전에 자신을 안내하였던 바로 강지희와 똑같은 외모를 지니고 있었다.

"이건…… 강지희 씨 아닙니까?"

선우가 이택수를 향해 보며 물었다.

"네, 맞습니다. 그녀를 형상화해 만든 로봇입니다. 내 보물이죠. 그리고 이 로봇은 강지희를 대신하여 모든 것을 해 줄 로봇입니다."

"군인이…… 아닙니까?"

선우는 이 역시 군인이라 여겼다. 하지만 아니었다. 모든 K—Soldier가 다 군인이지만, 오로지 한 대만은 군인이라는 신분을 부여하지 않은 것이었다.

"나라를 지키는 놈들은 사내면 충분합니다. 그러니 굳이 이런 아름다움을 지닌 로봇이 자폭을 하기 위하여 전쟁터로 나설 필요는 없지 않습니까?"

이택수는 음흉한 미소를 지으며, 해당 로봇 앞으로 다가섰다.

그리고 강지희와 진정 너무나 닮은 그 K—Soldier의 입술을 손으로 어루만졌다.

"이택수 씨……."

선우는 그의 행동을 본 후, 그의 이름을 나지막이 불렀다.

"그런 행동은 강지희 씨에게 자칫……."

"어차피…… 그 여자도 내 여자입니다. 이 로봇도 내 로봇이고요. 그러니 내가 내 것을 마음대로 하는데 뭐가 문제라도 있습니까?"

이택수의 마음을 도저히 알 수 없었다.

어제는 최 박사나 기타 과학자들과 친해지고 싶다는 듯하는 말을 하였지만, 오늘은 또 완전 다른 사람처럼 보였다.

그리고 강지희를 품고 싶다는 듯한 말을 하였다.

"이 로봇의 이름은 K—Soldier지희입니다. 내 마음대로 만든 이름이지요. 그리고 이 로봇이 앞으로 내 비서가 될 것입니다. "

선우의 표정은 점차 굳어지고 있었다. 처음에 이 모든 것을 볼 때까지만도 진정 놀라움의 연속이었다.

하지만 지금은 아니었다. 놀라운 것이 아니라, 한 미치 광이가 자신의 장난감을 자랑하고 있는 것처럼 보이고 있었다.

"그거 아십니까?"

이택수는 K—Soldier지희의 입술을 만진 후, 다시 그녀의 볼을 만졌고, 이내 손을 조금씩 내리며 선우를 향해 물었다.

"……."

선우는 아무런 말없이 그를 매섭게 보기만 하였다.

"이 로봇들은…… 어제 보신 그 수백 대의 K—Soldier를 능가합니다. 이 일곱 대로…… 그 수백 대의 K—Soldier를 모조리 잡을 수 있습니다. 대단하지 않습니까?"

"……!!"

선우는 약간 뒷걸음을 치며 놀란 눈으로 그를 보았다. 똑같은 로봇이 아니라는 것은 알고 있었지만, 그 정도의 차이가 나는 것은 진정 알지 못하였다.

"한 번…… 보시겠습니까?"

"아닙니다. 왜…… 왜 봐야 하는 것입니까? 어차피 이 일곱 대는 물론, 어제 본 그 수백 대의 K—Soldier도 모두 이 나라를 위해 전쟁터에 투입되면, 똑같이 나라를 위해 싸울 로봇들 아닙니까? 그런데 굳이 서로 싸움을 붙일 이유가 없지 않습니까?"

선우는 그를 보며 단호하게 말했다.

그의 말처럼 상대도 이와 비슷한 로봇을 지니고 있다면 그들을 견제코자 실전에 투입되기 전 성능을 테스트해 볼 면목으로 서로 싸움을 붙여 볼 수 있는 노릇이었다.

하지만 아니었다. 이 로봇은 전 세계에서 유일하였다. 독보적인 기술력과 자본으로 만들어 낸 로봇이었다.

그런 로봇을 서로 싸움 붙이면 결국 적자는 자신의 몫이며, 나라의 몫인 것이었다.

"뭐 보지 않으신다면야 어쩔 수 없지요. 이보다 더 좋은 구경은 없을 텐데 말입니다."

이택수는 K—Soldier지희를 살며시 껴안으며 말하였다.

"전…… 이만 가 보겠습니다."

선우는 그의 행동을 더 이상 보고 있을 수 없었다. 진정 어제와는 너무나 다른 그의 행동에 적응할 수 없는 상태가 되어 버린 것이었다.

선우는 곧장 몸을 돌려 그곳을 벗어나기 시작하였다.

"조심히 가십시오. 그리고 다시 말씀 드리지만, 이곳은 이제 두 번 다시 오실 수 없을 것입니다. 또한…… 아직 하나의 건물이 안으로 더 남았는데 참으로 아쉽군요. 우리 회사에서 유일하게 K—Soldier의 마지막 생산 단계를 볼 수 있는 유일한 사람이 될 수 있었는데 말입니다."

선우의 걸음이 멈추었다. 마지막 단계라는 그의 말에 선우의 발걸음이 자동으로 멈추었고, 곧 서서히 몸을 돌려 그를 보았다.

"궁금하십니까?"

이택수가 물었다. 그의 입가에는 악마의 표징과도 같은 미소가 생겨나고 있었다.

"궁금하시다면…… 다시 오십시오. 그리고 나와 함께, 마지막 단계를 보시고 가십시오."

이택수가 그를 향해 손짓을 하였다. 선우는 잠시 가만히 서 있었다.

K—Soldier에 대한 정보를 많이 알수록, 이 연구의 소유권이 누가 될지 정해지는데 도움을 줄 수도 있는 노릇이었다. 그리고 최종 목표인 누구의 소행으로 오작동을 일으켜 폭발하게 되는지도 가늠할 수 있는 것이었다.

결국 선우는 발을 돌렸다. 그리고 이택수의 손짓을 받으며 그를 향해 다가서고 있었다.

"잘 선택하셨습니다. 여기까지 왔는데…… 다 보고 가셔야 오늘 밤 잠을 편히 잘 것 아닙니까?"

이택수는 자신의 곁으로 온 선우를 보며 웃으며 말했지만, 선우의 표정은 그 웃음에 답할 정도로 밝아 보이지 않았다.

"가시죠. 단지 이 K—Soldier의 마지막 단계를 보고싶어 가는 것입니다. 절대 당신의 그 변태적인 행동들을더 보고 싶어 움직이는 것이 아닙니다."

선우는 끝내 그의 행동에 대해 말하였다. 하지만 이택수는 그냥 웃었다.

큰소리를 내어 웃은 것은 아니지만, 그의 말에 입가에미소를 지으며 작은 목소리로 웃었다.

이내 이택수는 마지막 문의 손잡이를 잡아당겼다. 그리고 그 내부를 선우에게 공개하고 있었다.

"이것은……."

선우는 자신의 눈앞에 놓인 하나의 PC를 보고 멍한 눈을 한 채 물었다.

필시 K—Soldier의 마지막 단계를 보여 준다는 말을하였다. 하지만 지금 눈앞에 있는 것은 PC 한 대. 그것도 30년 전, 자신이 현실 세계에서 사용하고 있는 PC와동일한 외관이었다.

"무엇입니까? 이것이 K—Soldier의 마지막 단계입니까?"

선우는 실망한 듯, 그를 매섭게 노려보며 물었다.

"네, 마지막 단계입니다. 이것이 K—Soldier의 마지막 단계입니다. 허무하지 않습니까?"

이택수는 곧 그의 어깨에 손을 올리며, 그를 이끌고 PC 앞으로 이동하였고, 그를 PC 앞 의자에 살며시 앉도록 하였다.

"K—Soldier의 모든 것…… 바로 이 PC 한 대에 다 담겨 있습니다. 수백 대의 K—Soldier. 그리고 대당 가격이 1조 원이 넘는 놈들이 모두…… 이 PC 한 대에 의해 움직입니다. 상상이 가십니까?"

선우는 그가 하려는 말을 이해할 수 있었다. 지금 선우가 살고 있는 세상도 PC 한 대로 무엇이든 할 수 있는 시대였다. 하물며 그로부터 30년이나 지난 지금. PC의 발달은 상상을 초월했을 것이다.

"이 PC 안에 저 K—Soldier를 모두 움직이게 할 수 있는 프로그램이 있다는 것입니까?"

"그렇습니다. 그리고 조작도 어렵지 않습니다. 그냥 PC를 켜고, 버튼 하나씩만 누르면 놈들이 알아서 움직이며, 타깃을 설정하는 명령창에 그 타깃의 이름만 주입하면 끝입니다. 그럼 이들은…… 그 타깃을 향해 바로 움직입니다. 온몸에 방사능 물질을 품고서 말입니다."

"……!"

무서운 말이었다. 굳이 나라와 나라를 상대로 하는 전쟁이 아니라도 이 K—Soldier의 사용처는 더 많을 것이라 여겨졌다.

"궁금하지 않으십니까? 힘…… 힘으로 이 나라의 최고 자리에 앉는다는 것이 가능한지, 불가능한지 말입니다."

선우는 이택수를 애써 보지 않으려 하였다. 그의 눈을 보면, 자신도 모르게 그를 향해 욕설을 퍼부을 것만 같았기 때문이었다.

하지만 그의 비열한 표정은 너무나 잘 보였다. PC 모니터를 통해 비춰지는 그의 얼굴. 진정 뒤돌아서서 그의 면상에 주먹을 날리고 싶은 이선우였다.

"내가 왜…… 왜 이런 무모한 짓을 하는지 아십니까?"

곧 이택수가 물었다.

"이 모든 것이 무모하다는 것을 알고 있다면, 모두 정지하십시오! 이것으로 대체 무엇을 하려는 것입니까?!"

선우는 자리에서 일어나, 결국 그를 향해 보며 소리쳤다. 그러자 이택수가 그의 눈을 잠시 동안 보고 있었다.

"그래요…… 이런 반응입니다. 나와 최 박사가 아닌,

아빠는
신입
사원

제삼자가 행하는 이런 행동. 이런 행동을 기다리고 있었습니다. 내가 하는 일이 옳은 일인지, 그렇지 않은지……제삼자가 판단해 주기를 바라고 있었습니다."

이택수는 선우의 화내는 모습을 본 뒤 눈동자를 바르르 떨며 두 손을 하늘을 향해 치켜들어 올리고는 홀로 중얼거렸다. 곧 다시 시선을 내려 선우의 눈을 보며 말을 하였다.

"내가 지금 미친 짓을 하고 있다고 생각하십니까?"

"당연한 것 아닙니까? 이런 로봇을 만들었다면, 그건 국가적인 차원에서 그 사용처에 맞도록 사용해야 합니다. 만에 하나 이런 로봇들을 개인이 소장한다면 그건 곧 독재적인……."

와장창!

"……!"

선우의 말이 다 끝나지 않았지만, 그의 입에서 독재적인이란 말이 나올 때 이택수의 주먹은 PC모니터를 향해 뻗어졌고, 그대로 박살 내 버렸다.

"대체…… 왜……."

선우는 그의 행동을 이해하지 못하여 말을 더듬거리며 물었다.

"독재…… 그래, 맞습니다. 난 내가 마음만 먹으면 독재할 수 있습니다. 이미 나의 집, 나의 회사, 그리고 내

주위가 모두 나를 중심으로 돌아가도록 만들어 놓았습니다. 하지만 유독! 유독, 이 로봇을 만든 저 과학자들! 그리고 정부! 그들은 내가 중심이 아닌, 이 로봇의 창시자인 이영민을 중심으로 세우려 하고 있습니다! 이영민! 이영민! 그놈이 지금 나의 모든 것을 다 막고 있는 놈입니다! 심지어…… 강지희마저도…….."

"……."

선우는 그의 말을 들은 후 조금 전까지 독한 눈빛을 하고 있던 시선을 풀었다. 그리고 그를 보았다.

눈동자는 여전히 바르르 떨고 있었고, 모니터를 내려친 그의 손에도 피가 흘러내리고 있었다.

"치료를 하십시오. 상처가 덧납니다."

선우는 그를 향해 나지막한 목소리로 말하였다. 그러고는 마지막 단계라는 그 방을 나서기 시작하였다.

"잘 기억하십시오! 지금…… 지금 이 모든 것을 다 움직이게 할 수 있는 인물은 이영민이 아닌 바로 나! 나 이택수란 것을 기억하고! 또! 이 나라에도 그 말을 꼭 전할 것입니다!"

이택수는 뒤돌아서서 가는 그의 뒤를 보며 소리쳤다. 하지만 선우는 끝까지 그를 향해 몸을 돌려세우지 않았다. 오로지 앞만 보고 걸어갔고, 곧 대형 철문이 있는 첫 번째

문 앞까지 걸어왔다.

'어떤 쪽이 진짜 이택수일까? 어제? 그래, 어제의 이택수는 진정 이 문제를 완만하게 해결하고자 하던 사람이었다. 하지만 오늘의 이택수는 반역을 꾀하는 역적(逆賊)과도 같은 느낌을 전해 주고 있다. 젠장, 어느 쪽이 이택수이며 어느 쪽을 믿어야 하는 것인가?'

선우는 엄청난 두께를 유지한 채, 자신의 양옆으로 열려 있는 철문을 올려다보며 홀로 생각하였다.

"나가시겠습니까?"

곧 처음에 보았던 그 경비원이 선우의 곁으로 다가서며 말했다. 여전히 그는 짙은 색 선글라스를 착용하고 있었고, 이어 마이크를 통해 뭔가 명령을 받는 듯, 간간히 고개를 끄덕거리는 행동을 취하였다.

선우는 다시 전면부 건물로 나왔다. 그리고 쭉 뻗은 전면부 건물들을 모두 보았다.

"전면부에 있는 로봇들은 그냥 눈요기들이군. 진짜 K—Soldier는 저 안에 있는 놈들이야. 이택수만의 군대, 그리고 그의 야망. 무엇 때문인지는 모르지만 이택수는 자신만의 군대로 자신만의 제국을 만들어 볼 생각을 하고 있다. 무엇 때문일까……."

—삐~익!

이택수의 비밀공간을 보고 난 뒤, 다시 전면부를 보며 그가 한 말을 생각하고 있을 때 전자음이 울렸다. 오전 시간은 아무것도 하지 않고 그냥 흘려보냈다고 생각하였다. 그리고 오후에 이택수를 만나, 아주 짧은 시간 동안 그와 함께 비밀의 창고를 들어간 듯하였다. 하지만 그 짧은 시간은 이미 오후 시간을 모두 잡아먹은 것이었다.

그만큼 선우는 오랜 시간 동안 이택수와 함께, 비밀스러운 건물을 모두 둘러본 것이었다.

선우는 곧 외진 곳으로 이동하였다. 주위를 살펴보며 아무도 없다는 것을 알고 난 뒤 서서히 눈을 감았다.

"……!!"

하지만…… 아무도 없다고 여겼던 그 순간 선우의 눈이 감길 때 마지막으로 어렴풋이 강지희의 모습이 보였다. 강지희 역시 자신의 눈에 보인 선우의 모습이 갑자기 사라지는 것을 보고 놀란 눈을 하고 있었다.

"수고하셨습니다."

"큰일 났습니다!"

강지희의 모습이 보이고 난 뒤 곧바로 서 팀장의 목소리가 들렸다. 선우는 LED에서 벗어나며 실장을 향해 말했다.

"무슨 일입니까?"

실장과 서 팀장은 그의 행동에 놀랐고, 곧 실장이 물었다.

"제가…… 제가 그곳에서 소환되기 전, 그곳 사람의 눈에 제 모습이 보인 듯싶습니다."

"……."

선우의 말에 두 사람의 표정이 굳어지며, 서로의 눈을 마주 보았다. 그리고 그 즉시 서 팀장은 어디론가 움직였고, 실장은 선우를 데리고 휴게실로 향하였다.

"큰일이 난 것이 맞습니까?"

선우는 그의 행동을 보며 물었다.

"지금까지 이런 일은 많았습니다. 하지만 대부분이 과거의 일이었고, 미래의 일이라고 하여도, 거의 10년 후 정도의 일이었습니다. 30년 후면…… 어떤 과학이 발달되어 있을지 모르기에 소환될 때도 신중해야 합니다."

"알고 있습니다. 그래서 매번 소환될 때마다 주위를 둘러봅니다. 사람이 있는지 없는지를 무조건 확인합니다. 그런데 오늘은 그 확인 중, 마지막 소환 시간에 맞춰 한 여인이 보이는 바람에…… 어찌 되는 것입니까?"

선우는 그때의 상황을 설명해 주었다. 그리고 물었다.

"일단, 현장으로 처리반이 투입될 것입니다. 만약……

그 당시의 일을 그 사람이 너무나 정확하게 기억하고 있다면, 우리 쪽 처리반이 그 인물의 기억을 모두 지울 것입니다. 그럼 이선우 씨가 시간의 틈을 이용하여 몸이 사라지는 현상을 본 그 인물은 해당 기억만을 모두 잃게 되는 것입니다. 그러니 너무 염려하지는 마십시오."

한편으로는 다행이었다. 자신의 실수이긴 하지만, 만에 하나 이런 일로 인하여 문제가 발생하는 것을 원치 않는 선우였다.

"그러고 보니 이곳에서 임무를 부여받을 때, 50층과는 달리 한 가지 말을 하지 않는 것이 있군요."

선우는 실장의 말을 모두 들은 후, 갑자기 떠오른 것처럼 한 가지 질문을 하였다.

"그것이 무엇입니까?"

"50층에서는 매 임무 때마다 항상 말했습니다. 어떤 일이 있더라도 임무 외에 다른 일에는 관여치 말라는 말을 하였습니다. 그런데 이곳에서는 그런 말이 없었습니다. 일부러 하지 않은 것인지, 아니면 해당 사항이 없는 것인지…… 알고 싶습니다."

선우의 물음에 실장은 그를 빤히 보았다. 그리고 곧 휴게실로 들어서는 서 팀장을 향해 보았다.

"다행히, 처리반이 바로 움직여 주기로 하였습니다. 문제는 없을 듯합니다."

"다행이군."

서 팀장이 서둘러 자리를 떠난 이유는 이 때문이었다. 실장이 말한 처리반에 이와 같은 내용을 보고하기 위함이었다. 그리고 다행히 큰 문제가 없을 것임을 듣게 되었다.

하지만 진작 선우가 물었던 말에 대한 답은 아직 듣지 못한 상태였다.

"이선우 씨."

궁금해하며 다시 물을까 하던 찰라, 서 팀장이 선우를 불렀다.

"네."

"지금 맡은 임무에 대해 어떤 생각이 드십니까?"

"어떤 생각이라니요? 무엇을 묻는 것입니까?"

"50층과 비교하니, 어떠한지를 묻는 것입니다."

"어렵습니다. 확실히 어렵다는 것을 느낍니다."

서 팀장이 묻는 의도를 안 후, 그는 고개를 약간 숙이며 답했다.

몸이 힘든 것은 아니었다. 단지 머릿속이 너무나 복잡해지고 있는 것으로 인하여 힘들다는 말이 나온 것이었다.

"또 없습니까?"

실장이 물었다.

"또…… 라는 말씀은?"

"느낀 것이 또 없습니까?"

선우는 실장을 보았다. 그가 어떤 답을 원하는지는 모르지만, 선우는 50층과 지금의 39층에서 달리 느껴지는 것이 있었다.

"너무나 많은 관여입니다."

바로 이리저리 얽힌 내용이었다. 최 박사와 이택수의 관계, 그리고 두 사람과 이영민의 관계, 또 강지희와 K—Soldier의 강지희, 그리고 정부와 투자자 등…… 너무나 많은 관계도가 나타나면서 선우의 머릿속이 복잡해진 것이었다.

"맞습니다. 레벨이 오를수록, 일은 복잡해집니다. 몸이 힘들어지는 것이 아니라, 머리가 힘들어지는 것입니다. 그것이 레벨의 차이입니다."

이해할 수 있었다. 몸은 오히려 50층의 임무가 더 힘들었던 것 같았다. 하지만 정신적으로 비교하면, 지금의 이 임무가 앞서 완수한 세 번의 임무보다 더 복잡한 것임을 느끼고 있었다.

"지하 40층을 지나면서부터 임무에 따라 하나의 면책이 있습니다. 바로…… 관여입니다. 절대 임무 외에 관여치 말라는 조항이 있지만, 그 조항이 유동적으로 변하는 단계가 바로 40층부터입니다. 그리고 지금은 39층. 즉…… 관여에 대한 유동적인 적용이 시작된 것입니다."

선우는 한편으로 이 문제에 대해서는 마음이 놓이는 듯 하였다. 자신의 관여로 인하여, 첫 번째 임무였던 박세돌에 관한 것이 바뀌었다.

두 번째로 영민을 대신 한 희생자가 변할 위기가 있었다. 세 번째는 자칫, 독립운동가들의 일에 가담하여, 일본군에 의해 사살될 위기를 맞기도 하였다.

이렇게 임무 외에 다른 일에 관여하게 되면서, 역사적, 운명적 변화를 주었던 임무들이었다.

하지만 지금은 이 모든 것이 허용된다고 하니, 그것 하나만은 선우에게 참으로 좋은 적용이라 여겨지고 있었다.

"더 궁금한 것이 있습니까?"

"없습니다."

"그럼…… 퇴근하십시오. 내일 4일차 임무에서는 어느 정도 핵심적이 내용이 들어왔으면 합니다. 만약 이번 임무를 실패하여, 미래가 그대로 바뀌지 않고 진행된다면…… 그 자리에 있는 이선우 씨의 목숨도 함께 사라집니다. 우린 그 일에 대비하여 준비를 해 두어야 하니 내일 4일차 임무의 정보는 함께 공유하도록 하겠습니다."

순간 선우의 머리카락이 하늘을 향해 치솟는 느낌이었

다. 이미 이 일이 의뢰될 당시 그 미래에서는 오작동으로 인하여 방사능이 유출되었고, 그 일대는 사람이 살 수 없는 곳으로 변해 버렸다.

그리고 의뢰인은 지금 살아오고 있는 과거인들이 다시 이 일을 겪지 않았으면 하는 바람을 가지고 있기에 이 일을 의뢰하였다.

하지만 똑같이 실패한다면 이번에는 한 명의 희생자가 더 늘어나게 되는 것이었다. 바로 선우였다. 임무를 실패하면 같은 사건이 다시 터지는 것이기에 그 당시 죽은 사람은 그대로 죽을 것이었다. 하지만 시대를 뛰어넘어 온 사람이 포함되면서, 희생자는 한 명 더 늘어나게 되는 것이었다.

이에 실장은 그로 인한 문제를 해결하기 위한 방편을 마련코자, 4일차 임무의 내용을 자세히 전달 받기 원하고 있는 것이었다.

선우는 복잡한 머리를 비우지 못하고, 회사를 나섰다. 퇴근하는 길이 요 근래는 가벼웠지만, 오늘은 꽤 무거운 발걸음이었다.

"영민이 아빠? 오늘은 마트에 들리지 않으신가 보네요."

실장의 말을 골똘하게 생각하며 집으로 향하던 길에 한 아주머니가 선우를 보며 물었다.

선우는 고개를 돌려 그녀를 본 뒤, 미소를 지었다. 어제 하루, 장을 봐서 집으로 향한 것이었는데, 그것이 이 동네 아주머니들에게는 아주 큰 이슈였던 모양이었다.

"오늘은 아내가 장을 봐 놓았을 것 같네요. 그래서 그냥 집으로 바로 가는 길입니다."

선우는 동네 아주머니들에게 웃으며 인사하였고, 곧 그녀들의 기나긴 수다 터널을 뚫고 집으로 더 빨리 걸어갔다.

"휴, 아주머니들의 단합은 무섭군."

한 아주머니가 걸어온 말에 의해, 약 열 명이 넘는 아주머니와 계속 대화를 했던 것 같았다. 이에 선우는 집안에 들어서기 전 다시 옷을 고쳐 입고, 초인종을 누르려 하였다.

"여보, 오셨어요?"

초인종을 누르기 전 문이 열리며 아내가 선우를 보고 물었다.

"아, 내가 초인종을 누르려고 했는데……."

"어서 들어오세요. 아빠가 왜 안 오시나 하며 아이들이 이렇게 벌써부터 기다리고 있었답니다."

선우가 집으로 들어서자, 지민이와 영민이가 거실 끝에 서서 선우를 보며 환하게 웃고 있었다.

"자!"

그리고 이내 선우가 두 팔을 벌리자 두 아들은 마치 기다렸다는 듯 아빠의 품을 향해 그 자리에서 뛰어올라 안겼다.

"다쳐! 조심해야지!"

아내가 놀라 소리쳤지만, 선우는 거뜬하였다. 열 살과 여섯 살의 두 사내아이가 점프하여 달려들었지만, 의외로 휘청거리지도 않으며 두 아들을 거뜬하게 받아 내고 있었다.

"이놈들! 오늘은 아빠 하고 레슬링을 해 보자!"

선우는 두 아들을 들어서 안방으로 바로 직행하였다.

"씻어야죠! 그냥 들어가면 어떡해요!"

아내의 목소리가 컸지만, 선우는 아랑곳하지 않은 채, 두 아들을 침대 위로 던져 버렸다.

이제는 어린아이들이 아니라, 침대에 내동댕이쳐지니 침대가 휘청하는 듯 보였고, 이내 아내가 걱정스런 눈빛으로 침대를 보고 있자 선우가 아내의 곁으로 빠르게 내려왔다.

"어머! 뭐해요!"

선우는 아내도 들어 올렸다. 이에 두 아들이 장단을 맞춰 주는 듯 두 손을 올리며 환호성을 지르고 있었고, 아내는 놀라 선우를 꼭 껴안았지만, 선우는 아내를 들어 침대 위에서 두 아들처럼 던져 버렸다.

"아빠! 엄마에게 그러면 어떡해요!"

"⋯⋯."

선우는 멍하였다. 조금 전까지 함께 환호하며 소리쳤던 두 아들 놈이었다. 하지만 지금은 그 두 아들놈이 매서운 눈빛으로 선우를 노려보며 소리쳤다.

아내는 침대에 엎드린 채 꼼짝도 하지 않았고, 두 아들은 여전히 선우를 노려보았다.

"그게 아니야. 아빠는 그냥 장난으로 한 것이야. 아빠가 엄마를 왜 던지겠어? 생각을 해 봐. 아빠가 엄마를 얼마나 사랑하는데, 그러니까⋯⋯."

선우는 연신 해명을 하면서 땀을 뻘뻘 흘리는 듯하였다. 그리고 곧 아내가 엎드린 채 조금씩 꿈틀거리는 듯 보였다. 두 아들도 입을 가리고 엄마의 품에 꼭 안겨 버리는 것에 이상하다는 생각을 한 선우가 아내의 옆구리를 살며시 잡았다.

"엄마야!"

그 순간 아내가 벌떡 일어서며 소리쳤다. 아내는 엎드

려서 얼마나 웃었는지, 눈물마저 흘리며 얼굴이 빨개져 있었다.

"뭐야…… 지금까지 나 놀린 거야?"

선우는 한편으로는 다행이라 여겼지만, 한편으로는 이미 아내와 두 아들이 자신을 놀려 주기 위하여 작전을 짜놓았다는 것에 두 아들을 무섭게 노려보았다.

"이놈들…… 감히 아빠를 놀리다니. 오늘 매 좀 맞아야겠다."

선우는 그 자리에서 벌떡 일어나며 방을 나서면서 말하자 아내와 두 아들은 조금 전까지 웃고 있던 표정을 싹 거둔 채 서로를 보았다.

"괜찮아. 엄마가 아빠를 설득해서……."

"이놈들! 매 좀 맞자!"

"아빠! 이게 뭐예요!"

아내도 잠시 당황한 듯 굳은 표정으로 말하다 말고 곧 들어서는 선우의 모습에 어이가 없는 듯한 표정을 지었다. 두 아들도 이내 장난으로 느끼며 소리쳤다.

선우는 밖으로 나간 뒤 베개를 들고 들어서며 말하였다. 졸지에 베개싸움으로 번지며 방 안에서는 때 아닌 난투극이 벌어지고 있었다.

퇴근하고 집에 돌아와 손발도 씻지 않은 채 아이들과

한 시간을 놀았다.

아이들은 이내 지쳤는지 거실 소파에 몸을 뉘인 채 TV를 보고 있었고, 아내도 지친 듯 식탁 의자에 앉아 쉬고 있었다.

하지만 선우는 호흡도 그대로였으며 지쳐 보이지도 않았다. 여전히 베개를 양손에 하나씩 쥐고 서 있을 뿐이었다.

"이제 그만해요…… 힘들어요."

아내가 두 손을 머리 위로 올리며 말하자 곧 두 아들도 누운 채 두 손을 들어 항복 의사를 밝혔다.

선우는 그제야 두 손에 꽉 쥐고 있던 베개를 다시 놓았다.

'그래, 회사에서의 머리 아픈 일은 이렇게 푸는 거다. 아주 싹 지워졌네.'

선우는 홀로 생각하였다. 퇴근할 때까지만 해도 머릿속은 복잡하였다. 아무것도 떠오르지 않았고, 임무 실패 시어떤 현상이 일어나는지에 대해서만 생각하고 있었다.

하지만 집에 돌아와 아내와 아이들과 함께 논 한 시간. 그 짧은 한 시간만에 선우는 회사에서의 복잡한 일을 모두 잊었고, 아내와 두 아들도 저녁을 먹기 전 아주 행복한 난투극을 벌여 밥맛이 최고가 된 것이다.

예상대로 아내가 차려 준 밥과 반찬은 저녁 한 끼로 모두 동이 나 버렸다.

이제 먹성이 점점 더 좋아지는 두 아들로 인하여 집안에는 언제나 먹을 것이 풍부해야만 했다. 꼭 비싼 고기가 아니라도 맛있게 먹고, 즐겁게 먹을 수 있는 많은 것을 준비해 두고 있는 것이었다.

저녁을 행복하게 먹고, 아이들은 잠에 들었다. 그리고 선우는 아내와 함께 침대에 나란히 누웠다.

"여보."

선우가 아내를 불렀다.

"네."

"우리 지민이와 영민이 꿈이 뭘까? 혹시 들어 본 거 있어?"

선우는 문득 두 아들의 꿈이 떠올랐다. 자신은 이미 30년 후의 두 아들이 무엇을 하는지 보고 온 상태였다.

아내에게 그 말을 해 주고 싶지만, 그 말을 한다고 해도 믿을 아내가 아니기에 애초에 말을 꺼내지 않고 있는 것이었다.

"글쎄요. 예전에 지민이가…… 과학자가 된다고 그랬나? 영민이가 그랬나……. 기억이 잘 안 나지만, 아무튼 두 놈 중 한 놈은 과학자였고, 한 놈은 아빠가 되는 것이 꿈이라고 했어요."

"뭐, 아빠? 하하하."

그 말은 누가 했는지 바로 알 수 있을 것 같았다. 바로 영민이가 한 말일 것이었다. 영민이는 아빠가 되는 것이 좋다고 하였다. 자신은 엄마가 아닌 꼭 아빠가 될 것이라 말하곤 하였기 때문이었다.

그리고 한편으로는 슬픈 현실과도 같은 것일지도 몰랐다. 점점 결혼하는 주기가 늦어지고 있다. 그리고 엄마가 줄어들고 있다고 하였다. 아들이 많아지고 딸이 줄어들었기에 훗날, 영민이 결혼할 때 진정 아빠가 되는 것이 소원이 될 경우가 일어날 수도 있는 것이었다.

선우는 두 아들의 꿈을 생각하며 잠에 들었다.

Episode 4

Chapter 4

아침에 일찍 눈을 떴다. 선우는 임무 4일차에 조금 더 많은 것을 알아내지 못하면 혹여 임무를 실패하게 될 시에 회사 측에서 준비해야 하는 상황이 있다는 말에 잠을 제대로 자지 못하고 일어난 것이었다.

"여보. 몇 신데 벌써 일어나셨어요?"

아내가 눈을 뜨며 물었다.

"응, 다섯 시야. 조금 더 자. 난 회사에 일이 많아서 오늘은 좀 일찍 가 봐야 해서 말이야. 내가 알아서 밥 먹고 갈 테니, 당신은 조금 더 자."

선우는 잠이 깬 아내를 토닥거리며 말한 뒤 조용히 안

방을 나왔고, 선우는 거실로 나와 가볍게 스트레칭으로 몸을 풀고는, 세면과 함께 머리를 감은 후 간단하게 아침을 먹었다.

"일곱 시…… 지금 가도 사람은 있겠지."

선우는 시계를 보았다. 느긋하게 한다고 한 것이지만, 아직 임무 시작하기에는 두 시간이나 남은 시간이었다.

하지만 지난날에도 선우가 일찍 회사에 갔을 때 50층의 실장과 박 팀장이 나와 있었기에, 선우는 그때를 생각하며 곧바로 회사로 출근하였다.

"오늘은 일찍 나오셨군요."

역시였다. 회사에 도착하니 오전 7시 10분이었고, 서팀장이 선우를 맞아 주었다. 그리고 실장도 실장실에서 선우를 향해 보며 고개를 약간 숙였다.

마치 50층에서 겪었던 것처럼 두 사람도 회사에서 날을 새며 직원들을 맞이하고 있는 듯하였다.

"오늘은 임무 4일차입니다. 총 7일차 임무까지 남은 기한은 4일입니다. 그리고 오늘은…… 임무에 대한 전환점이 보고되어야 합니다. 다른 임무와는 달리, 사람의 목숨이 달려 있는 임무이기에 많은 것을 확인하고, 또 정리하며, 결정해야 이번 임무가 실패로 돌아가지 않을 것입

아빠는
신입
사원

니다."

역시. 몸보다는 머리가 복잡하고, 고달픈 39층의 임무였다. 선우는 머리보다는 몸이 힘든 임무를 더 잘할 수 있었지만, 임무를 선택하여 받을 정도로 선우의 입지가 그리 높은 편은 아니었다.

"오늘 이렇게 일찍 오셨는데, 그 이유라도 있습니까?"

서 팀장이 커피 한 잔을 들고, 그의 앞으로 서며 물었다.

"그냥입니다. 특별하게 내가 일찍 와서 무언가를 물어보고 무언가를 해야겠다는 생각은 없었습니다. 그냥 일찍 와서 회사에 있고 싶은 생각이었습니다. 그것이 전부입니다."

선우는 그녀가 준 커피를 한 모금 마신 뒤, 그녀의 물음에 답하였다.

그리고 진심이었다. 그는 진정 아무런 이유 없이 그냥 일찍 출근한 것뿐이었다.

잠시 동안 서 팀장과 수다를 떨었다. 마치 아주머니들이 미장원에서 머리에 무언가를 두르고 앉아 떠들고 있는 수다와 같은 수다를 떨었다.

"이선우 씨."

곧 실장도 휴게실로 들어섰다. 그리고 선우를 불렀다.

"네."

"오늘은 그 회사 쪽이 아닌 다른 곳으로 보내질 것입니다."

실장의 말에 선우는 서 팀장을 향해 보았다.

"8시 30분이 되면 제가 말씀 드리려 했습니다. 오늘은 회사 쪽이 아닌, 그 외부로 보내질 것입니다. 이유는 임무 수행 중 알게 될 것입니다."

선우는 크게 개의치 않았다. 어디를 보내든 그것 모두가 임무와 관련이 있을 것이기에 상관하지 않았다.

"괜찮습니다. 다 뜻이 있겠죠."

선우는 긍정적으로 말하며 다시 서 팀장과 마저 수다를 떨고 있었고, 그 모습에 실장은 물론 사무실 내에 있던 몇 직원들도 미소를 지었다.

"임무…… 시작하겠습니다."

어느덧 8시 50분이 되어 버렸다. 선우는 실장의 말에 놀라 휴게실 시계를 보았다.

"휴…… 이래서 아주머니들의 수다는 끝이 없는 것이군요."

선우는 서 팀장을 보며 말했다. 흔히 아주머니들이 수다를 시작하면, 집에서 밥을 기다리고 있는 남편과 아이를 굶길 정도라고 하였다.

선우가 직접 해 보니 굵기고도 남을 듯하였다.

곧 LED 위로 올라선 뒤 자신을 보고 있는 두 사람을 향해 한 번씩 고루 보고는 곧 미소를 지은 뒤 눈을 감았다.

빵빵!

자동차 경적소리가 들려왔다. 임무 첫날에 들었던 자동차 경적소리였다.

선우는 눈을 떴다. 그리고 너무나 익숙한 하나의 거리를 보았다.

"첫날에 왔던 곳이군."

2000년대 초반의 도시를 그대로 간직하고 있는 시가지였다.

시에서 지정하여 도시 개발 제한 구역으로 선정하였고, 이 거리만은 과거의 모습을 그대로 유지한 채 보존되어 오고 있던 것이었다.

"이곳으로 나를 보냈으니, 이곳에서 내가 해야 할 일이 있겠지."

선우는 첫날과 다른 생각을 하였다.

첫날도 이곳으로 내려졌지만, 그때는 회사를 찾아가는 것만 생각하였다. 하지만 지금은 다른 생각을 하고 있는 것이었다.

"어서 장비를 점검하고 다시 가동시켜 봐!"

선우가 눈에 익숙한 시가지를 걷고 있을 때 한 노인의 목소리가 들렸고, 선우의 시선이 그곳으로 돌아갔다.

"아무 이상이 없는데 왜 안 되는지 모르겠습니다."

그들의 곁으로 점차 다가서고 있을 때 선우의 심장은 자신의 의지와는 상관없이 조금씩 빠르게 뛰기 시작하는 듯하였다.

"어찌 아들이 그렇게 훌륭한 박사라고 하면서, 아버지가 이런 것도 간단하게 처리하지 못해!"

노인의 목소리는 점점 커지고 있었다. 그리고 그 노인에게 야단을 맞고 있는 사람 또한 비슷한 나이의 노인이었다.

두 사람을 보고 있는 것뿐이지만, 선우는 아무런 이유 없이 가슴이 먹먹해지고 있는 듯하였다.

진정 이유는 없었다. 그들이 누군지도 잘 보이지 않았다. 그저 들려오는 목소리만으로 그런 느낌이 전해지고 있었다.

"그 아들이 박사라고 아비도 박사요? 모를 수도 있지, 그것 가지고 너무 야박하게 그러지 마소, 좀!"

두 사람의 대화를 듣던 한 중년 사내가 그들의 대화에 끼어들며 말했지만, 소리친 노인은 멈추지 않고 또 소리를 지르고 있었다.

　선우는 조금씩 더 그들의 곁으로 다가섰다.

　"저기…… 무슨 문제라도 있는 것입니까?"

　그냥 지나치려 하였지만, 왠지 발걸음이 자동적으로 그를 이리로 안내하는 듯하였다.

　선우의 목소리에 두 노인의 시선이 그에게 집중되었다. 그리고 야단을 맞던 노인과 선우가 서로 시선을 마주했을 때, 두 사람은 마치 신기한 무언가를 본 듯 놀란 눈으로 한동안 멍하니 있었다.

　"그 참…… 신기하네. 어째 이 젊은 사람이 네놈 젊었을 때와 이리 같아?"

　야단을 치던 노인도 멍하니 두 사람을 번갈아 본 후, 곧 한 노인에게 말했고 그의 말에 선우의 눈동자가 조금씩 흔들리기 시작했다.

　"이봐. 선우! 정신 차려! 이렇게 멍하니 있을 시간에 어서 이 기계 좀 손보라니까!"

　"……!"

　노인의 말에 선우는 진정 놀란 듯 다시 야단을 맞는 노인을 보았다. 그 노인의 이름이 자신의 이름과 같은 선우였으며, 생김새도 마치 자신이 늙으면 저리 변할 것 같은 생각을 하게 되는 외모였다.

"혹시…… 나이가 어찌 되우?"

선우라고 불려진 노인이 선우를 향해 보며 물었다.

"마흔…… 살입니다."

"마흔? 정말 내가 마흔 살 때와 똑같이 생겼군. 어찌 이리 똑같을까……."

노인 선우는 너무나 신기한 듯 그의 얼굴을 만져 보려 손을 뻗었고, 그 순간 선우는 자신도 모르게 그의 손을 막은 후 몸을 뒤로 조금 이동하였다.

그저 혹시나 하는 생각에서 나온 그의 자동적인 행동이었다.

'이것은 도플갱어가 아닌가? 지금 이 노인…… 나다. 내가 늙으면 이 노인이 되는 거야? 그리고 지금 서로 같은 사람이 만났다. 50층의 실장이 알려 준 도플갱어 시스템…… 그 시스템이 작동되어야 하는 게 아닌가?'

선우는 노인 선우를 보며 홀로 생각하였다. 필시 50층 실장이 말하길 같은 사람이 같은 시대에 만나면 안 되기에 도플갱어 시스템을 작동시킨다는 말을 하였다.

하지만 지금은 그 말에 모순이 일어나고 있는 것이었다.

아빠는
신입
사원

"어서 일을 해. 일을 해야 급여를 받아 막걸리라도 한 잔 할 것 아니야?"

다시 노인이 소리쳤다. 그 순간 젊은 선우는 자신도 모르게 매서운 눈빛으로 그 노인을 노려보았고, 선우와 눈이 마주친 노인이 놀라며 그의 눈을 피하였다.

"이런 고물 기계를 고쳐서 사용하지 마시고, 직원을 위하여 새로운 기계를 장만하여 안전하게 근무를 하십시오. 이건 근로법에 위반되는 것이 아닙니까?"

선우의 말에 노인은 아무런 말없이 그저 고개를 살짝 숙이기만 하였고, 노인 선우가 그를 보며 미소를 지었다.

"어르신, 이렇게 만난 것도 인연인데, 저와 함께 식사라도 하며 막걸리 한잔 하시겠습니까?"

선우는 그를 보며 물었고, 노인 선우는 그 즉시 손에 들고 있던 공구들을 내려놓으며 선우를 따라 나설 채비를 하였다.

"어딜 가?"

"나 오늘은 그만 집에 간다. 그리고 이 젊은 사람 말처럼 고물 기계 더 고쳐 사용하지 말고 그만 새것으로 사서 안전하게 사용하자. 그럼 내일 보게."

노인 선우는 자신이 들고 있던 공구를 내려놓고, 그

즉시 젊은 선우를 따라 상가를 나서고 있었다. 그의 행동에 주변 사람들이 의아한 듯한 눈빛으로 그를 보고 있었다.

"선우 맞아? 지금까지 단 한 번도 자네에게 이런 말을 한 적이 없지 않은가? 그리고 근무시간에는 절대 사무실 외부도 나가지 않던 사람인데…… 어째 처음 보는 저 젊은이를 따라 저리 횅하니 갈 수가 있어?"

한 상인의 말처럼 노인 선우는 지금까지 잔꾀라고는 부리지 않았던 사람이었다. 서로가 서로를 알고 지낸 후, 단 한 번도 없던 일이 일어나니, 모두가 놀라지 않을 수 없었다.

"이보게…… 자네의 이름은 뭔가?"

노인 선우는 젊은 선우의 뒤를 따라가며 그의 이름을 물었다.

선우는 진심으로 자신의 이름을 말해 주고 싶었다. 그리고 자신이 당신의 젊은 시절의 모습이라고 말해 주고 싶었다.

"저의 이름은 영수입니다, 이영수."

하지만 선우는 또다시 다른 이름을 말했다.

방위산업체에서는 자신의 이름을 지민이라 하였지만, 지금 이 노인 선우에게 자신의 이름을 지민이라 말하면 바로 알아챌 것만 같았다.

"그래? 어째 그리 나와 닮았는지 모르겠군. 자네는 믿지 못하겠지만, 내가 딱 마흔 살 때 자네와 같은 외모를 지니고 있었네."

'알아요. 내가 당신이니, 당연히 알죠.'

선우는 홀로 생각하였다. 그의 말을 들은 후 미소도 생겨났다. 자신의 젊은 시절을 사진이나 영상이 아닌, 진심으로 살아 있는 그 형태 그대로 보는 것에 대해 느낌이 어떨지도 생각해 보았다.

"아직 이른 시간이지만, 막걸리 한잔 어떻습니까?"

"저기…… 막걸리보다 내가 부탁하나 해도 되겠나?"

선우는 그에게 막걸리를 사 주고 싶었다. 하지만 그는 어렵게 말을 더듬거리며 다른 말을 하였다.

"무엇입니까?"

"사실…… 집에 아내가 있네. 요 며칠 제대로 끼니를 못 챙겨 줘서 그런데…… 삼겹살 좀 먹였으면 하네. 염치없지만 괜찮겠나?"

선우는 그의 말을 들은 후 그를 향해 시선을 돌리지 않은 채 눈동자를 떨고 있었다. 나이 일흔이 다되어 가는 자신의 아내를 볼 수 있다는 생각에 두근거림도 있었지만, 한편으로는 자신이 늙어 가면서 아내의 끼니도 제대로 챙겨 주지 못한 삶을 살아갔구나라는 생각이 들었다.

"가시죠. 제가 사 드리겠습니다."

선우는 그의 말에 대뜸 답하고는 그의 뒤를 따라 움직였다. 그러다 문득 생각이 나 주머니에 손을 넣었다.

바로 돈 때문이었다. 지금까지 단 한 번도 돈을 가지고 임무에 투입된 적이 없었었다.

'어라…… 지갑이…….'

선우는 얼떨결에 넣은 웃옷 안주머니에 지갑이 하나 있는 것을 느꼈고, 지갑을 꺼내 보았다.

'오우…… 이게 뭐야.'

선우는 자칫 입 밖으로 격한 말을 내뱉을 뻔하였다. 지갑에는 현금과 함께 각종 신용카드가 꽂혀 있었다.

진정 처음이었다. 그리고 그는 아침에 실장이 한 말을 떠올렸다.

임무 투입지는 전과 다른 곳이라고 알려 주고 또 돈까지 챙겨 넣은 이유를 이제야 알 것 같았다.

'50층의 실장보다 낫군.'

선우는 39층 실장의 센스를 칭찬해 주었다. 선우는 노인 선우를 데리고 정육점으로 곧장 향하였다.

"마음껏 고르십시오. 오늘은 제가 사 드리겠습니다."

선우의 말에 노인 선우가 눈이 휘둥그레졌다. 그리고

선우를 다시 보았다.

선우가 눈웃음을 지으며 웃자, 그는 정육점 주인에게 몇 가지의 고기를 주문하였다.

"이렇게…… 사도 되겠는가?"

노인 선우의 말에 선우가 고개를 끄덕거리자, 노인 선우의 표정이 밝아졌다.

고기를 정말 한 아름 사 들고 정육점을 나섰다. 선우가 지금까지 살면서 이토록 많은 고기를 산 것은 처음일 것이었다.

선우가 고기를 들고 또 노인 선우가 고기를 들고 해서, 두 사람은 2000년대 초반의 도심을 형성하고 있는 미래 속을 걸어가고 있었다. 그리고 곧 허름한 집 앞에 멈춰 섰다.

"여기네. 누추하지만 그래도 자네하고 삼겹살을 먹으며 술 한잔 할 자리는 충분히 있네."

선우는 가만히 서 있었다. 자신이 이 일을 하며, 꽤 많은 돈을 모아 두었을 것이라 여겼다. 하지만 지금 자신의 앞에 있는 집은 진정 툭 치면 폭삭하고 무너질 것 같은 집이었다.

이 역시 개발 제한으로 묶여 있기에 리모델링이나 다른 개발조차 되지 않는 듯하였다.

"들어오게."

노인 선우가 다시 말하였고, 선우는 안으로 들어섰다.

집으로 들어서자, 선우의 눈을 사로잡는 몇 가지가 보이고 있었다. 바로 자신이 아끼던 두 아들의 어린 시절을 찍은 사진, 그리고 두 아들의 신발, 그리고 두 아들의…… 모든 것…… 그것이 그 좁은 집안에 가득 차 있었다. 오로지 두 아들에 관한 것만이 온 집을 다 채우고 있었다.

"우습지 않은가? 이런 거…… 이제 쓸 곳도 없는데 이리 다 챙기고 살아가니 말이야."

노인 선우가 주변을 둘러보고 있는 선우를 보며 말했다. 하지만 선우는 이 모든 것이 다 아름답게만 보이고 있었다.

"여보 손님이 오셨는데, 일어날 수 있겠는가?"

노인 선우가 거실 안으로 들어서며 물었고, 곧 한 여인의 가느다란 목소리가 작게나마 들려왔다.

"들어가 보겠습니다."

선우는 안에 있을 자신의 아내에게 미리 인사한 뒤 안으로 들어섰고, 곧 하얀 백발에 고운 피부를 그대로 유지한 채 야윈 몸으로 앉아 있는 여인을 보며 그 자리에서 멈춰 섰다.

가슴은 요동치고 있었다. 심장은 터질 듯하였다. 당장이라도 안아 주고 싶은 여인이었다.

하지만 그렇게 할 수 없었다. 선우는 그저 늙어 버린 아내를 빤히 보고만 있었다.

"앉으세요. 그리고 당신은 손님을 데리고 올 것이면 미리 전화라도 하고 오지 그랬어요."

아내는 아직 선우를 보지 못하였다. 몸이 불편한지 고개를 잘 들지 못하고 있는 그녀였다.

선우는 그녀를 보기 위하여 그녀의 앞으로 가 앉았다. 그리고 그제야 그녀는 선우를 향해 시선을 돌렸고, 잠시 동안 멍하니 그를 보고만 있었다.

"당신도 놀라는군. 난 처음에 이 친구를 볼 때 마치 나의 젊은 시절이 살아 돌아온 것으로 생각했지 뭔가. 그런데 다른 사람이야. 나와 상관없는 사람. 그런데 이토록 닮을 줄이야……."

노인 선우의 말에 아내는 여전히 그를 향해 돌아선 시선을 거두지 못하고 눈물마저 글썽거리며 보고 있었다.

"이 사람이…… 미안하네. 진정 자네가 나의 젊은 시절과 닮았기에 우리 아내가 이러는 거야. 이해해 주게."

선우는 당연히 이해했다. 아니, 이해하고 자시고 할 것이 없었다. 당연한 것이었다.

남편의 젊은 시절을 다시 보게 되었으니, 어찌 눈물을 흘리지 않을 수 있을까.

지금 그녀는 진심으로 자신이 사랑한 한 남자의 젊은 시절을 다시 보고 눈물을 흘리는 것이었다.

세 사람은 삼겹살을 구워 먹으며 이런저런 이야기를 나누었다. 그때도 아내는 여전히 선우에게서 시선을 떼지 못하고 있었다.

"자네에게도 아들이 있는가?"

어느 정도 취기도 오른 노인 선우가 물었다.

"네, 있습니다."

선우도 약간의 취기가 올라오는 듯하였다.

"아들인가 딸인가?"

"아들 둘입니다. 열 살과 여섯 살입니다."

"허허, 어찌 나와 이것까지도 똑같은지 모르겠군. 나도 아들만 둘이고, 두 아들의 나이차도 네 살 차이네. 자네와 닮은 것이 너무나 많아."

노인 선우가 웃으며 또 한 잔의 소주를 마시고 말했다. 선우는 그의 웃음과 그의 입가에 주름. 그리고 곱게 늙은 아내의 얼굴을 보며 절로 미소가 나오고 있었다.

비록 부유하지 않고, 아내의 끼니조차도 제대로 챙겨

주지 못한 미래의 삶을 살고 있는 자신이었지만, 그래도 아내를 생각하며 또 그녀를 챙기는 자신을 보고 흐뭇했던 것이었다.

"그런데…… 두 아들은 언제쯤 오는 것입니까? 이렇게 만난 것도 인연이고 하니, 얼굴이나 보고 갔으면 합니다."

아침부터 만나 줄곧 먹고 마시며 이야기만 하던 시간이 어느덧 오후로 접어들고 있었고, 선우가 두 사람을 보며 물었다.

"우리 두 아들이 워낙 바빠서 말이야. 집에 올 시간조차도 없네. 그러니……."

"두 아들은 집에 오지 않습니다. 이미 우리 곁을 다 떠나 버렸어요."

"……!!"

노인 선우가 말을 돌려 하였지만, 아내는 역시 지금까지도 거짓말을 하지 않고 있었다. 그녀는 진실을 그대로 말해 주었다.

두 노인을 버려두고 떠나 버렸다는 그녀의 말에 선우의 표정도 매섭게 변하였다.

"그 참……. 왜 쓸데없는 말을 하고 그러시는가. 그냥…… 당분간 오지 않는 것을 두고, 버렸다는 말을 하는 것은 좀⋯⋯."

"현실을 부정하려 하지 마세요. 당신이 두 아들을 끔찍
하게 아끼고 사랑했던 거 다 알고 있어요. 하지만⋯⋯ 현
실이잖아요. 당신의 모든 것 중, 나 하나를 제외하고는 모
두 두 아들이 가지고 갔잖아요. 그리고 돌아오지 않은 지
가 벌써 5년입니다. 이제⋯⋯ 이제 두 아들을⋯⋯."

"두 아들은⋯⋯ 두 분을 버리지 않았을 것입니다."

노인 선우가 아내의 직설적인 말에 다른 핑계거리를 대
려 하였지만, 아내는 이내 그의 말에 더 강한 어조로 확답
을 하였다. 그녀의 말이 끝나기 전에 선우가 두 사람을 보
며 말했다.

"자네가⋯⋯ 그리 말해 줄 필요는 없네."

노인 선우도 이내 표정이 어두워지며 선우를 보고 말했
다.

"그냥 하는 말은 아닙니다. 아들은 돌아옵니다. 걱정하
지 마십시오. 혹시 압니까? 5년 동안 돌아오지 못할 사정
이 있어, 오고 싶어도 올 수 없었는지도 모르지 않습니
까?"

선우의 말에 두 사람은 서로 눈을 마주친 뒤, 다시 선
우를 향해 보았다.

"당신⋯⋯ 참으로 좋은 말을 많이 해 주는군요. 마치

우리 양반 젊은 시절을 보는 것 같아 제 마음이 무척 즐겁습니다."

아내는 선우를 향해 보며 젊은 시절에 보여 주었던 특유의 미소를 아직도 간직한 채 그 미소를 선우에게 보여 주었다.

선우는 지금의 아내와 미래의 아내가 서로 오버랩 되는 듯, 두 아내의 모습이 서로 겹쳐지고 있었다. 곧 한 곳에 딱 맞게 겹쳐지자, 두 여인이 다른 것이라고는 얼굴에 난 주름의 개수뿐이었다.

그만큼 나이가 들어도 아내의 얼굴은 전혀 변함이 없다는 것이었다.

"이 영감 있는가!"

세 사람이 화기애애하게 다시 술 한잔을 막 마시려 할 때, 대문 밖에서 한 노인의 목소리가 들렸다. 그리고 그 노인의 목소리는 선우의 귀에도 익숙하게 들려왔다.

"들어오게. 그렇지 않아도 오늘은 내가 회사 사장에게 큰소리치고 집에 일찍 왔네. 어찌 알고 이쪽으로 온 것인가?"

곧 마중 나간 노인 선우와 함께 들어서는 인물은 최 박사였다. 그리고 그의 모습을 보자, 선우는 잠시 엊그제와 어제를 떠올렸다.

'영민이로 인하여 두 사람이 서로 친구가 되었다고 하였지.'

선우는 최 박사가 한 말을 떠올렸고, 두 사람이 서로 웃으며 나누는 대화를 듣고 있었다.

"자네 회사에 갔더니 그 버릇없는 사장 놈이 자네를 오늘부로 해고시켰다고 하더군. 그래서 마침 잘됐다 싶어서 이렇게 집으로 부랴부랴 달려온 것이네."

최 박사는 그를 보자마자 흥분한 듯 약간은 높은 톤으로 말하였고, 곧 노인 선우가 최 박사를 데리고 집 안으로 들어섰다.

"잘 계셨습니까? 제수씨."

최 박사는 집 안으로 들어선 후 아내를 향해 인사하였다. 그리고 곧바로 선우를 보며 섰다.

"지민이 자네가 여긴 어쩐 일인가?"

"이 사람이 술 먹었나? 지민이는 내 첫째 놈 이름이고, 이 사람의 이름은 영수라고 하네, 이영수. 나도 자네처럼 나와 너무 닮아서 자칫 실수라도 할 뻔하였지 뭔가."

선우는 난처하였다. 최 박사는 정확하게 자신의 이름을 기억하고 있는 상태였다. 그리고 노인 선우도 이름을 기억하고 있었다. 실물은 한 사람인데, 이름이 두 개가 된 것이었다.

"하하하, 이거…… 이렇게 두 분이 또 친분이 계실지는 미처 생각지 못하였습니다."

선우가 어색한 웃음을 지으며 말하였고, 곧 두 사람의 사이로 섰다.

"저의 이름은 영수가 맞습니다. 사실 그 방위산업체에 들어갈 때 마땅히 둘러댈 이름이 없었는데, 한 직원이 박지민이라는 네임카드를 목에 메고 있어서…… 얼떨결에 만들어 낸 이름입니다. 죄송합니다, 최 박사님."

선우는 최 박사에게 또다시 거짓을 말하고 있었다. 하지만 최 박사는 그의 말에 신빙성이 있음을 알았다. 즉, 박지민이라는 사원을 최 박사가 알고 있다는 뜻이기도 하였다.

"그럼…… 이름이 이영수란 말인가?"

"네, 죄송하게 되었습니다."

"뭐, 죄송할 것까지야 없네. 나와 자네가 그토록 깊은 친분이 있는 것도 아니고, 또 이름 가지고 괜히 이런저런 실랑이를 할 처지도 아니니…… 그냥 잊게."

최 박사는 깊게 생각지 않았다. 한편으로는 다행이었지만, 여전히 선우의 심장은 급하게 뛰어가고 있는 듯하였다.

"그나저나 자네는 여기 어쩐 일인가?"

답을 듣지 못했던 질문을 다시 하였다.

"내가…… 나의 젊은 시절과 너무나 닮은 이 사람을 본 후, 술 한잔 하자고 말해서 집으로 데리고 온 것이네."

"자네가? 이 고기와 술값도 자네가 내고?"

"이 사람이. 내가 무슨 돈이 있다고 술과 고기를 사겠나. 다 이 젊은 친구가 산 것이네. 술들과 함께, 아내가 며칠은 더 먹을 수 있는 고기까지…… 그냥 무척 고마울 뿐이네."

노인 선우는 최 박사의 말에 답하면서 다시 선우를 보며 미소를 지었다.

선우는 결국 자신과 자신의 아내에게 술과 고기를 먹인 것이었다. 이는 돈이 얼마가 들어가더라도 선우가 해 주고 싶은 것이었다.

"이왕 이렇게 자리하여 만난 것이니, 돌려 말하지 않고 바로 말하겠네."

최 박사는 선우와 노인 선우를 번갈아 보며 말했고, 곧 아내도 가까이 다가서며 그의 말에 귀를 기울였다.

"일단 선우 자네는 내일부터 우리 회사의 경비실로 출근하게, 내가 이미 손을 다 써 놨으니, 그냥 출근하면 자리가 배치될 것이네, 그리고 지민이…… 아니, 영수, 자네는 내일 회사로 와서, 이택수를 데리고 되도록 연구실에서 멀리 벗어나 주게."

"그게 정말인가? 내일부터 내가 경비실로 출근해도 되는 것인가?"

최 박사의 말이 끝나자마자, 노인 선우가 입가에 미소를 한가득 지으며 물었고, 아내도 미소를 지으며 최 박사를 향해 보았다.

"그래, 내일부터 오면 돼. 늦지 않게 오게."

"알았네…… 고맙네."

노인 선우는 최 박사에게 연신 감사의 뜻을 전하였고, 이내 눈에는 눈물이 조금씩 맺히고 있었다.

"왜…… 이택수 사장을 연구실에서 멀어지게 해야 하는 것입니까?"

이번엔 선우가 물었다.

"다른 뜻은 없네. 내일이면, 이제 약속한 날에서 이틀이 남는 날이네. 그 정도쯤에서 손에 쥘 수 있는 확실한 미끼를 가지고 있어야 하기에 우리가 연구실의 일부 기록들이나 기타 필요한 것을 빼낼 것이네. 그때까지만 자네가 이택수 사장을 붙들고 있어 주게."

선우는 최 박사의 말을 들은 후 멍하니 앉아서 그를 보고 있었다.

이들은 과학자이며, 연구가다. 이들이 항상 지내는 곳

이 연구실이었을 것이다. 하지만 어째서 연구실에 있는 자료를 빼내 와야 하는지에 대해 궁금증이 생긴 것이었다.

연구실의 자료라면 자신들이 모두 기록하고 만든 자료들일 텐데, 그 자료를 굳이 빼내기 위하여 이택수의 눈길을 다른 곳으로 돌려야 하는 이유가 이해 가지 않은 것이었다.

하지만 선우는 그 이유에 대해 묻지 않았다. 아직 최 박사나 이택수 중, 누가 진실을 말하고 있는 것인지 알지 못하기 때문이었다.

"그리고 내일 자네가 출근하면 정문 경비가 아닌, 창고 경비직이 먼저 주어질 것이네. 하지만 너무 속상해하지 말고, 조금만 버티면 곧 정직원으로 해 주고, 제대로 된 대우도 받도록 해 주겠네."

"창고면 어떻고, 또 아니면 어떤가. 내가 일을 할 수 있다는 것만도 난 행복하네. 고맙네, 고마워."

노인 선우는 또다시 그에게 감사의 뜻을 전하였고, 곧 최 박사가 자리에서 일어났다.

"갈 것인가? 이왕 왔으니, 고기라도 좀 먹고 가게."

"아니네, 이 고기는 자네와 자네 처가 많이 먹게, 그리고 오늘은 일찍 자 두게. 내일부터 일해야 하니, 체력도 관리해야 할 것이네."

"그래, 그러지. 조심히 들어가게나."

최 박사의 말에 노인 선우는 연신 입가에 미소를 띠며 그에게 몇 번이고 인사하고, 또 인사하였지만, 선우의 표정은 생각보다 밝지 않았다.

늙은 자신에게 일거리를 주며, 즐거움을 주는 최 박사에 고마워야 하지만, 무슨 연유인지 그리 좋은 기분만은 아니었다.

"오늘은 내가 행운이 있는 날인가 보네. 이렇게 마음 맞고, 말이 잘 통하는 내 젊은 시절과 닮은 친구도 만나고, 또 새로운 직장도 얻고, 이런 기쁜 날이 또 어디 있을까?"

노인 선우는 연신 큰 소리를 내며 웃었다. 아내도 웃었다. 젊은 선우도 두 사람의 웃음소리를 듣고 그제야 웃었다.

선우가 웃은 이유는 단 하나였다. 바로 미래의 자신과 아내가 웃고 있다는 그 하나만으로 선우도 웃고 있는 것이었다.

"그럼…… 전 이만 가 보겠습니다. 내일부터 어르신과 제가 할 일이 따로 있는 듯하니, 가서 저도 일찍 잠을 청해야겠습니다."

선우가 자리에서 일어났다. 잠시라도 더 있고 싶었지만, 몇 가지 궁금증을 풀고자 서둘러 움직이려 한 것이었다.

"그래, 그럼 살펴 가게. 우리 내일부터 한 회사에서 함께 근무하는 것이니, 자주 보게 될 것이지 않은가, 하하하!"

노인 선우가 그에게 웃으며 말하였고, 선우도 또다시 미소를 지으며 노인 선우와 아내에게 인사하였다. 그리고 천천히 집을 벗어나기 시작하였다.

"술이 취하는군. 평소보다 많이 먹지 않았는데, 소주 몇 잔에 머리가 띵하네."

선우는 소주를 먹고 취한 것을 느끼고 있었다. 이곳에서 임무를 하는 4일 동안, 벌써 이틀을 거의 술을 먹고 보내고 있는 것이었다.

—삐익~

"어라? 벌써 시간이 이렇게 되었나."

전자음이 울렸고, 선우는 약간은 비틀거리는 행동을 하면서 주위를 둘러보았다. 그리고 골목의 한쪽으로 또 다른 좁은 골목이 있었고, 그사이로 쏙 들어가 눈을 감았다.

"이선우 씨 정신을 차리십시오."

실장의 목소리가 들려왔다. 하지만 선우는 쉽게 몸을 가누지 못한 채 LED의 위에 쪼그려 앉아서 자신을 보고 있는 실장과 서 팀장을 향해 올려다보았다.

"오늘은 술을 좀 드신 모양입니다. 괜찮으십니까?"

실장이 다시 물었다. 지난번에도 술을 먹긴 하였지만, 그때는 이 정도가 아니었다. 자신의 몸은 가눌 정도였지만, 오늘은 완전 고주망태가 되기 일보직전이었다.

그리고 임무 중의 모든 것은 현실 세계에서도 그대로 반영되기에, 코가 삐뚤어질 정도로 마신 술기운은 지금 선우에게 그대로 전해지고 있는 깃이었다.

"오늘…… 미래의 저와 아내가 함께 앉아 술을 먹었습니다. 그래서, 그래서 기분이 좋아 마셨습니다. 그런데…… 그런데…… 기분이 우울합니다."

선우는 웃으며 말을 시작한 후, 곧 슬픔이 묻어나는 나지막한 목소리로 말을 흐렸다.

"무슨 문제라도 있었습니까?"

이번엔 서 팀장이 물었다.

"문제는 없습니다. 그냥 좋았습니다. 아름다웠습니다. 나의 아내…… 이미 나보다 30년은 더 늙어 버린 아내를 보았지만, 여전히 아름다운 여인이었습니다."

"그런데 왜 우울하다는 것입니까?"

선우의 말만 들으면 우울할 것이 아니었기에 서 팀장이 다시 물었다.

"30년 후, 난 나의 아내에게 제대로 된 끼니조차 챙겨 주지 못하고 살아가는 가장이 되어 있었습니다. 먹지 못해 체력이 약해져 있는 아내는 집에 누워 있었고, 나이 든 제가 돈을 벌고 다녔지만, 마땅한 기술이 없어 이리저리 쫓겨 다니기 일쑤였습니다. 제가…… 그리 살아가고 있었습니다."

선우는 여전히 LED 위에 쪼그려 앉아서 실장과 서 팀장의 물음에 답하고 있었다. 그리고 그가 술에 취해 중얼거리는 말을 듣고 있던 사무실 내 직원들의 심장도 슬픔을 감지하였는지, 빠르게 뛰고 있었다.

"괜찮을 것입니다. 그리고 미리 말씀 드리겠습니다. 우리가 다녀온 미래…… 그 미래는 몇 번째 미래인지 알 수 없습니다. 즉…… 어떤 이선우 씨가 겪게 되는 미래인지 알 수 없습니다."

실장의 말에 선우가 천천히 고개를 들어 그를 보았다.

"몇 번째 미래? 그건 무슨 말입니까?"

진정 처음 듣는 말이었다. 미래면 미래지 몇 번째 미래라는 것은 이해하기 힘든 말이었다.

"일단, 선우 씨를 휴게실로 옮기지."

실장이 말하자 곧 사무실 정문에 서 있던 두 경비원이 다가와 선우를 부축하여 휴게실로 들어섰다.

선우는 휴게실 의자에 몸을 앉혔고, 다시 실장을 향해 노려보았다.

"서 팀장, 일단 술 깨는 약과 마실 것 좀 부탁하네."

"알겠습니다."

실장은 서 팀장도 휴게실을 나서게 만든 뒤, 다시 선우를 향해 보았다. 마치 두 사람이 눈싸움이라도 하듯, 서로를 뚫어지게 보고 있었다.

"미래…… 쉽게 말씀 드리겠습니다. 현재 이 임무를 예를 들어 말씀 드리는 것이 편하겠군요."

실장은 선우를 바로 보며 말하기 시작하였다.

"첫 번째로 우리에게 이런 임무를 의뢰한 미래가 있습니다. 즉…… 가장 첫 번째로 미래를 접하고 간 사람들이 살아간 미래입니다. 그리고 두 번째로 지금 선우 씨가 임무차 가고 있는 미래입니다. 이미 같은 시각에서 한차례 폭발을 하였던 곳이지만, 지금은 아직 멀쩡합니다. 즉, 앞서 간 미래에서는 터졌지만, 지금은 터지기 전의 또 다른 미래가 되는 것입니다."

이해가 빨리 되고 있었다. 이미 터져 버린 미래가 첫 번째이며, 터지기 전인 지금이 두 번째가 되는 것이었다.

"그리고 세 번째는 지금의 시대에 있는 이선우 씨가 살아가야 하는 30년 후의 미래입니다. 모두가 그 결론은 다다릅니다. 그러니 미래에 당신이 무엇을 하고, 자녀가 무엇을 하는지에 대해서는 너무 큰 관심을 가지지 마십시오. 그 모든 것이 몇 번째 미래와 연결되어 있는지 알 수 없기 때문입니다."

선우는 그의 말을 듣고 술이 깨는 듯하였다.

"실장님 여기 약 가져왔습니다."

술이 완전히 달라난 듯할 때 서 팀장이 약을 가져왔고, 선우는 그 약을 받은 후 바로 마셨다.

그리고 머리를 몇 번 흔든 후 다시 실장을 보았다.

"아직 우리가 가는 미래가 정확히 몇 번째 미래인지는 알 수 없습니다. 그리고 어떤 과거와 연결되어 있는 미래를 가는지도 알 수 없습니다. 그러니 조금 전에도 말했듯이, 이선우 씨가 미래의 일을 하고 온다고 하여 그 미래에서 만난 자신이나 가족이 꼭 그런 상황이 되어 있을 것이라 확정짓지 마십시오."

선우는 한편으로는 마음이 놓이고 있었다.

자신이 본 미래, 실장의 말처럼 그 미래는 어떤 이선우가 살아가고 있는 과거나 현재와 연결된 미래인지 알 수 없었다.

하지만 한 가지 확실한 것은 지금 살고 있는 이선우가 살아가고 있는 현재와는 연결된 미래가 아니라는 사실을 확신할 수 있었다.

지금의 현재와 연결되어 있다면, 그 당시 일흔이 된 선우가 마흔 살의 선우를 기억하지 못할 리 없었다. 즉, 자신이 과거에 시간 여행을 즐긴 것이었기에 충분히 자신을 바로 알아보았을 것이라 생각하였다.

선우는 서 팀장이 가져온 알약을 먹은 후 잠시 휴게실 안에 놓인 소파에 몸을 뉘였다.

"좀 쉬십시오. 바로 괜찮아질 것입니다."

그가 눕자 서 팀장이 말했고, 곧 실장과 함께 서 팀장은 휴게실을 나섰다.

두 사람이 나선 후 선우는 휴게실 천장을 향해 보았다. 홀로 덩그러니 불을 밝히고 있는 형광등을 보면서 조금 전 자신이 보고 왔던 미래의 아내를 떠올렸다. 그리고 자신도 모르게 입가에는 엷은 미소가 생겨나고 있었다.

"이제…… 퇴근하셔도 될 듯합니다."

서 팀장이 바로 들어서며 말했다. 그녀가 나간 지 길어 봐야 고작 일 분 정도가 지난 것 같았다.

선우는 소파에서 몸을 일으켰고, 마저 일어섰다.

"신기하네요……."

그리고 중얼거렸다. 조금 전까지 머리도 아팠고, 또 취기가 계속 올라 집으로 가는 길이 험난할 것이라 여겼는데, 정말 술 한 방울 마시지 않은 듯 아주 개운할 정도였다.

"이런 약을 시중에 판매하면 정말 하루아침에 갑부 대열에 오를 것 같네요."

선우가 농담을 하였다. 두 사람도 그의 농담에 웃음을 보여 주었다.

"이 약은 훗날, 대한민국에서 발명됩니다. 그리고 선우 씨의 말처럼 그 사람은 하루아침에 세계의 갑부 대열에 오릅니다. 그리고 많은 애주가들에게 신과 같은 존재가 됩니다."

선우는 실장의 말을 들은 후, 미소를 지었다. 이런 대단한 약이 한국에서 발명되는 것도 놀라웠다. 그리고 실장의 마지막 말에서 나온 애주가들의 신…… 그 말이 선우를 미소 짓게 만들었다.

선우는 곧 휴게실을 나왔다. 그리고 실장을 보았다.

"죄송합니다."

그리고 이유 없이 그에게 미안하다는 말을 하였다.

"실장님께서 오늘 아침에 저에게 당부한 임무, 그 임무를 제대로 수행하지 못했습니다. 오늘 안으로 뭔가를 알

204 아빠는 신입 사원

아야 하는 상황이었지만, 결국 아무것도 알아내지 못한 상황이 되어 버렸습니다."

"아닙니다. 이선우 씨는 분명 무언가를 얻어 오셨을 것입니다. 단지 지금 생각나지 않을 뿐입니다. 그러니 너무 심려치 마십시오."

실장의 말을 듣고, 그제야 선우의 표정이 밝아졌다. 하지만 자신이 무언가를 알아 왔다고 한 부분에 대해서는 다시 의문이 생기고 있었다.

"많은 생각은 탈모의 원인됩니다. 오늘은 술도 많이 드셨으니, 일찍 들어가셔서 쉬십시오."

선우가 다시 몇 질문을 할 것만 같았는지 실장이 먼저 말을 하였다. 선우는 궁금한 상황을 접어 두고 그와 서 팀장에게 인사한 뒤 회사를 나섰다.

"그 참…… 신기하네."

회사에서 집으로 향하던 길에도 조금 전 먹었던 약에 대해 신기함을 다시 느끼고 있었다.

"몇 개 가져와서 친구들에게 주었으면 좋겠군."

선우는 그 알약이 무척 탐났다. 선우의 나이쯤 되면, 숙취로 인하여 고생하는 친구들이 많다. 그런 친구들을 위해 한 알씩만 준다면, 진정 그들은 전혀 다른 신세계를 경험할 것이라 여겨졌다.

"그런데 누가 이런 약을 만들까?"

궁금하였지만, 그에 대해 알아볼 수 있는 방법은 하나밖에 없었다. 바로 실장에게 묻는 것이었다. 하지만 실장이 미래에 대한 일을 아무런 이유 없이 알려 줄 인물은 아니기에, 그에게 묻는 것은 애초에 접어야 하는 상황이었다.

"아빠 오셨네."

집으로 들어섰다. 아내의 청량한 목소리가 들렸지만, 두 아들의 뜀박질 소리는 들리지 않았다.

"애들 없어?"

"있는데. 잠시만요."

선우의 말에 아내가 아이들 방문을 열어 보았다. 그러자 두 아들은 세상 모르고 큰 대자로 누워서 잠에 들어 있었다.

"뭐야? 지금 시간이 몇 시인데 벌써 자? 이러다가 밤에 깨면……."

"오늘 친구들하고 놀이터에서 너무 신나게 놀았나 봐요. 조금 전에 들어와서 씻고 일찍 밥을 먹였더니 이렇게 잠들어 버렸네요."

선우는 두 아들을 안아 보지 못한 것이 아쉬웠다. 그리

고 생각하였다. 얼마 전까지는 이런 생각조차 하지 않았
다.

출근할 때나 퇴근할 때, 아이들을 안아 본다는 것 자체
가 불가능한 일이었다. 그리고 근 한 달 전부터 이런 일상
을 반복하였다.

"아빠가 오셨는데, 아이들이 인사를 안 하니 서운하세
요?"

아내가 선우의 옆으로 다가서며 미소를 짓고 물었다.
그리고 선우가 아내의 얼굴을 보자, 임무에서 보았던 일
흔 살의 아내의 얼굴과 서로 겹치고 있었다.

"여보…… 참 곱게 늙어 가네."

"네? 늙어 가요? 지금 제가 늙었다고 말씀하시는 거예
요?"

"아…… 아니, 아니야. 내 말은…… 이렇게 곱게 늙어
가면, 나중에 나이 들어서 할머니가 되어도 너무 곱겠다
는 그런 뜻이야…… 진짜 그런 뜻으로."

"됐어요. 오늘 저녁은 물에 말아서 김치에 드세요."

선우는 멍하였다. 진심이었다.

자신은 진심으로 아내가 곱게 늙은 미래를 보고 왔기에
한 말이었다. 하지만 분위기를 잘못 선택한 듯하였다.

아내가 얼굴을 가까이 하며 말하는 순간 그런 말을 했

으니, 자신의 얼굴에 난 많은 주름을 이야기 했을 것이라 생각할 것이었다.

선우는 고개를 숙이고 가만히 있었다.

"진심인데…… 진심으로 우리 마눌님 곱게 늙은 것을 보고 왔는데……."

"내가 그리 곱게 늙었어요?"

"앗!"

선우는 홀로 중얼거렸고, 곧 아내가 그의 뒤에서 살며시 껴안으며 물었다. 순간 선우가 놀라 아내의 얼굴을 보았다. 또다시 일흔 살의 아내와 겹쳐졌지만, 이번엔 아무런 말없이 그저 아내의 얼굴을 두 손으로 쓰다듬어 주었다.

"그래. 어디서 보았는지는 모르겠는데, 당신과 너무나 닮은 여인이 너무나 곱게 늙어서 앉아 있는 것을 보고 왔어. 진정 곱게 늙어 간 여인이었어."

선우는 다시 일흔 살의 아내를 떠올리며 지금의 아내를 안아 주었다. 어떤 미래를 살아갈지는 모르지만, 그토록 고생하고서도 자신의 곁에 붙어서 항상 예쁜 미소를 지어 주었던 그 아내야말로, 진정 자신의 아내라 말하고 싶은 선우였다.

두 아들이 일찍 잠든 저녁. 선우와 아내는 간단하게 캔 맥주와 함께, 치킨을 배달시켜 안주 삼아 먹었다.

언제나 두 아들의 입에 들어가는 것을 먼저 생각하던 이 두 부부가 오늘은 자신들의 입을 먼저 챙기며, 오랜만에 오붓하게 시원한 맥주와 함께 영화를 보았다.

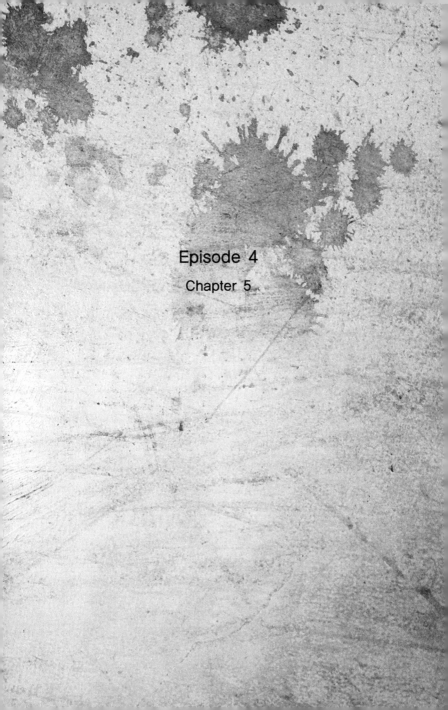

Episode 4

Chapter 5

"안녕하십니까? 이선우 선배님."

다음 날도 아침 일찍 회사로 나왔다. 그리고 회사에 들어서기 전, 한 사내가 선우를 보며 인사하였다. 하지만 선우는 그를 처음 보았다.

"누구…… 신지요?"

"아, 이번에 새로 입사한 신입사원입니다. 잘 부탁드립니다."

선우는 어색한 미소를 지었다. 자신에게 선배라고 부르는 것도 어색하였고, 무엇보다 자신보다 적어도 10년은 더 나이 들어 보이는 사내가 꾸벅, 고개까지 숙이니 더욱

더 어색하였다.

"두 사람이 입구에서부터 만난 모양이군요."

곧 50층의 실장도 회사로 들어서며 두 사람을 보며 말했다.

"이제 출근하십니까?"

선우는 그에게 인사한 후 물었다.

"네, 어제 친구 아버님께서 돌아가셔서 장례식장에서 지금 바로 오는 길입니다."

역시였다. 아무런 이유 없이 그냥 늦게 올 위인이 아니었다. 아마 지난날 선우가 39층으로 첫 발령을 받고 마주쳤을 때도, 그 시간에 출근하는 이유가 있었을 것이었다.

"그보다 이렇게 서로 인사까지 하셨으니, 앞으로 이선우 씨가 이분 좀 잘 봐 주십시오. 입사하자마자 이선우 씨를 자신의 롤모델로 삼은 신입사원입니다."

실장의 말에 선우는 다시 어색한 미소를 지으며 그를 보고 인사하였다. 그리고 곧 엘리베이터를 함께 탔고, 새로운 신입사원은 계속하여 선우를 보며 싱글벙글 하였다.

띵!

"와우. 벌써 39층에서 근무하십니까? 정말 놀랍습니다."

엘리베이터가 39층에 멈추자, 신입사원은 놀란 눈을

하며 그에게 물었고, 선우는 여전히 적응 안 되는 표정으로 50층의 실장을 본 뒤 엘리베이터에서 내렸다.

"안녕하세요."

엘리베이터에서 나오자마자 서 팀장이 선우를 보며 인사하였고, 선우는 그녀의 인사를 받은 후 고개를 끄덕거리고는 다시 엘리베이터를 보았다.

"엘리베이터가 문제라도 있습니까?"

서 팀장이 물었다.

"아닙니다. 조금 전 50층에 입사한 새로운 신입사원을 만났는데 저에게 너무 머리를 숙이셔서요. 부담이 아주…… 그리고 제가 이 회사의 레벨에 대해 알게 된 것은 거의 3주가 지나서인데, 어째서 저 사람은 벌써 레벨에 대한 구분을 할 수 있는지……."

"궁금증이 많았었나 봅니다. 엘리베이터를 타고 한참을 이동했으니 그 층계도 궁금했을 것이고, 또 그에 대해 묻고 나니 각 층마다 하는 일에 대해서도 물었을 것이니…… 당연히 이 회사의 구분 방식을 어느 정도는 알게 되지 않았을까요?"

서 팀장의 말을 듣고 보니 이해 가고 있었다. 자신도 처음에는 엘리베이터가 무척 오래 움직이고 있다고 여겼지만, 묻지 않았다. 그리고 저 사람은 물었다. 단지 그 차이가 있었던 것뿐이었다.

"오늘은 임무 5일차입니다. 임무 7일차에 오작동이 일어나니, 실질적인 임무 기간은 오늘과 내일뿐입니다."

곧 실장이 다가서며 말했다. 점차 시간이 갈수록 더 실감나고 있었다.

"누차 말씀 드렸듯이 이번 임무는 목숨이 걸린 임무입니다. 실패할 것 같다는 느낌이 있다면, 7일차 임무는 없던 것으로 됩니다. 실패한 임무에 투입되어 죽을 필요는 없으니까요."

실장의 말은 역시나 직설적이었다. 선우는 그의 말을 들은 후, 고개를 끄덕거렸고, 곧바로 LED 안으로 들어섰다.

"아직 시간이 남았습니다. 잠시 휴식이라도……."

"아닙니다. 어쩌다 보니 이 안에 있는 것이 오히려 더 긴장되지 않게 되었습니다. 그냥 임무가 시작될 때까지 이렇게 있겠습니다."

두 사람은 그의 말과 행동을 보며 미소를 지었다. 두 사람은 지금 선우와 같은 직원을 처음 겪어 보는 것이었다. 모두가 일상에 쫓기며, 일을 많이 하고 또 돈을 외치며 집으로 서둘러 가기가 바쁜 직원들이었다.

하지만 선우는 아니었다. 업무 종료 후에도 직장에서

직원들과도 서로 많은 대화를 나누고 있었다. 웃으며 대화도 하고, 커피도 마시며 여유까지 가지고 있었다.

언제나 바삐 돌아가는 이 세상에서 유독 선우를 보면, 이 두 사람도 자신들에게 여유가 생기는 듯한 느낌을 받고 있는 것이었다.

"5일차 임무, 무사히 마쳐 주시기 바랍니다."

시간이 되었다. 그의 앞에서 실장이 나지막한 목소리로 말했고, 선우는 감은 눈을 살며시 떴다.

"다녀오겠습니다."

선우는 미소를 짓고 답했으며, 그의 표정에 실장과 서 팀장이 미소를 보내 주었다.

"오늘은 우리 K—Soldier의 테스트가 있는 날입니다. 국방부 관계자는 물론, 정치인과 총리님도 함께 자리하시게 됩니다."

눈을 뜨기 전, 소리가 먼저 들려왔다. 이택수의 음성이었고, 주위는 시끌벅적 하였다.

선우가 서서히 눈을 떴다. 눈을 감고 들었던 소리로 연상되는 화면이 그대로 눈앞에 재현되고 있는 듯하였다.

"어제는 어찌 잘 들어갔는감?"

선우가 멍하니 이택수의 연설을 듣고 있을 때, 그의 옆으로 노인 선우가 다가서며 물었다.

"안녕하세요. 어제 덕분에 너무 맛있게 식사를 하였습니다."

"무슨. 자네 덕분에 우리 내외가 맛있는 밥을 먹었지. 너무 고마웠네. 우리 집사람이 어제로 꼬박 3일을 굶고 있었는데, 자네가 사다 준 쌀과 고기로 허기를 채우고, 오늘 아침에는 일어나서 나를 배웅까지 해 주었네."

노인 선우가 선우의 손을 잡으며 눈물을 글썽거리는 듯, 눈물 한 방울을 떨구며 말했다.

선우는 그의 말을 들은 후, 어제 실장에게 고맙다는 말을 하지 않은 것을 알았다. 평소에 없던 지갑이 있었다는 것은 실장이 미리 어제와 같은 일을 알았기에 넣어 둔 것이라 생각하였다.

"오늘부터 일하시는 거예요?"

선우가 그의 옷차림을 보며 물었다. 그는 어제 보았던 기름 묻은 옷이 아닌, 이 회사의 정식 경비원 옷을 입고 서 있었기 때문이었다.

"그래, 오늘부터 내가 이 회사 경비원이네. 앞으로 자네는 내가 그냥 들어오도록 할 테니 염려 말게."

노인 선우는 어깨에 힘을 주며 선우에게 말했다. 선우는 그저 미소를 지으며 다시 시선을 돌려 이택수를 향해 보았다.

'이택수를 잠시만 묶어 두라니…… 이해할 수가 없군.'

그를 보며 어제 최 박사가 부탁한 내용을 다시 생각해 보았다. 연구실을 터는 것도 그렇지만, 이택수를 묶어 두라는 말은 여전히 이해할 수 없는 말이었다.

"저기…… 최 박사가 오는군. 그럼 지금 바로 일을 시작할 듯한데, 내 도움이 필요하면 언제든지 말해 주게."

노인 선우는 그에게 웃으며 말한 뒤 서둘러 자기 자리로 돌아갔고, 곧 최 박사가 선우의 앞으로 다가왔다.

"늦지 않게 왔군. 어제 내가 한 말대로, 자네는 이택수를 잠시 동안 묶어 두기만 하면 되네. 그 후의 일은 우리가 알아서 할 것이니……."

"연구실이면 박사님들의 공간 아닙니까? 그런데 굳이 이택수 사장을 잡아 두고 해야 할 중요한 일이란 것이 무엇인지 모르겠습니다."

결국 선우는 궁금증을 참지 못하고 물었다. 그러자 최 박사의 표정이 바뀌었다. 곧 주위를 이리저리 둘러본 뒤 선우의 가까이 자신의 얼굴을 들이밀었다.

"시키면…… 시키는 대로 하는 것이다."

"……!"

순간 선우의 눈동자가 커졌고, 두 주먹이 불끈 쥐어졌다.

4일 동안 그를 보았다. 또 그가 그저 호의적이지는 않다고 여기고는 있었지만, 이토록 직실적으로 자신에게 말을 함부로 할 것이라고는 생각지도 못하였다.

"말이 너무 심한 것 아닙니까?"

선우는 그를 노려보며 물었다. 그러자 최 박사는 더욱더 매서운 눈으로 그를 노려보았다.

"자네가 누군지는 아직 몰라. 아니, 알 필요도 없어. 하지만 자네가 선동하여 이런 분위기를 조성하게 하였으니 책임을 가지란 뜻으로 한 말이야. 이택수를 만나 술이나 먹고, 또 능력 없는 저런 노인이나 만나 술을 먹고…… 대체 이 일을 마무리 할 중요한 단서인 이영민은 언제 찾으려고 그러는 거야?"

선우의 눈동자는 점점 더 매섭게 변해 가고 있었다. 최 박사의 말이 처음보다 아주 거칠어졌고, 무엇보다 사람을 빗대어 하는 말이 너무나 충격적이었다.

어찌 단 하루 사이에 이리 변할 수 있을지가 더 놀라울 따름이었다.

아니, 다시 생각하면 최 박사나 이택수는 거의 하루 간격으로 모든 성격들이 하늘과 땅 차이만큼 많은 변화를 보이고 있었다. 진정 하루하루 전혀 다른 사람으로 변해 가는 듯하였다.

"잘해. 자네의 행동에 따라 결론이 바뀐다는 것은 잘 알고 있을 것이네."

선우는 이제 두려움마저 느끼고 있었다. 최 박사는 자신이 생각한 일을 진행하기 위해 비장한 각오를 보여 주고 있었다.

최 박사는 선우의 어깨를 강하게 한 번 잡은 뒤, 곧바로 다시 자신이 있던 자리로 이동하였다.

"대체…… 하루아침에 무슨 일이 일어난 것이야?"

선우는 너무나 많은 것이 변해 버린 아침을 적응하지 못하고 있었다. 오로지 단 한 사람. 노인 선우만이 어제와 같은 정다움을 나타내고 있었고, 최 박사는 완전히 다른 사람처럼 느껴지고 있었다.

아직 이택수를 만나지 않았지만, 이택수마저 평소와 다른 행동을 한다면 선우는 오늘 하루가 굉장히 힘들어질 것만 같은 느낌이 들었다.

약 30분 동안 이어지던 이택수의 연설이 끝나고, 이택수는 곧바로 선우를 향해 보며 손을 저었다.

"이쪽으로 오십시오."

곧 선우의 곁으로 다가온 이택수가 웃으며 그에게 말하였고, 그의 웃음에 선우의 불길함이 멈추었다.

'다행이군. 일단 이택수는 어제와 다르지 않다.'

이택수의 변함은 없었다. 아니, 이 또한 자세히 말하면 변화가 있는 것이었다.

선우에게 자신의 비밀병기를 보여 주고 난 뒤, 자신이 원하는 답을 듣지 못하여 화가 치밀어 올랐던 엊그제였다. 하지만 지금은 또 웃으며 선우를 반기고 있었다.

선우는 그가 안내하는 대로 따라 움직였고, 그 사이에 이미 회사 안으로 수많은 차량들과 함께 사람들이 몰려 들어서고 있었다.

"휴…… 정신이 없네요. 그리고 어제는 어디를 가셨습니까? 하루 종일 기다렸는데, 보이지 않더군요."

이택수의 사무실로 이동하였다. 그리고 그가 의자에 몸을 앉히며 물었고, 선우는 그를 빤히 보고만 있었다.

"왜요? 내 얼굴에 뭐라도 묻었습니까?"

자신을 빤히 보고 있는 선우를 보며 이택수가 물었다.

"아닙니다. 어제는 개인적으로 친구 좀 만났습니다. 그 래서 이쪽으로 올 일이 없었습니다."

그의 질문에 답하고 나니, 한편으로는 웃긴 상황이었다. 자신이 굳이 이곳에 와야 할 이유가 없는 상황이었다. 자신이 군 관계자가 아니라는 것도 밝혀졌기에, 이택수가 굳이 선우를 기다리며 반길 필요가 없는 것이었다.

"그래도 오늘은 오셨으니 다행입니다. 우선 이쪽으로

아빠는
신입
사원

와 보십시오."

이택수는 다시 자리에서 일어서며 그를 데리고 사무실 안에 있는 또 다른 문을 열고 들어섰다.

"이곳은 어딥니까?"

"뭐. 일종의 비밀 공간이라고 해 두죠."

"그런데 왜 나를 여기로……."

"오늘은…… 이곳에서 절대 움직이지 마십시오."

"네?!"

선우의 눈동자가 커졌고, 그와 동시에 이택수의 뒤로 건장한 사내 두 명이 다가서면서 그를 잡아 더 안으로 밀어붙였다. 그리고 곧바로 문이 닫히며, 이택수의 음흉한 미소를 보게 되었다.

'젠장…… 이택수도 달라졌다.'

이택수도 최 박사와 함께 지난날과는 다른 모습을 보이고 있었다. 선우는 자신을 잡아끌고 사무실 안으로 더 깊숙이 들어선 두 사내를 보며 이를 갈았다.

"오늘 하루면 됩니다. 오늘 하루만 이곳에서 저희들과 함께 계십시오."

두 사내는 예의가 있었다. 선우를 무작정 잡아 두는 것이 아니라, 공손한 어투로 그의 양쪽 어깨만을 살며시 잡으며 선우가 일어서지 못하도록 하고 있을 뿐이었다.

"이지민 씨는 어디에 있는가?"

한편 최 박사는 선우가 이택수를 잡아 두기를 기다리고 있었지만, 오히려 그의 모습마저 보이지 않자 그를 찾아 나섰다.

"아무 데도 보이지 않습니다. 설마…… 이미 회사를 나선 것은 아니겠지요?"

최 박사와 함께 있는 또 다른 박사가 그에게 말했다. 뭔가를 꾸미고 있는 것이지만, 그 일을 진행하기도 전에 이미 막혀 버린 것을 의미하는 듯하였다.

"일단 몇 사람은 이지민을 찾고, 나와 몇 사람은 이택수를 견제합시다."

아직 일주일이 되려면 이틀이 남은 시간이었다. 하지만 이들은 서둘고 있었다. 이택수도 그랬고, 최 박사도 서둘렀다. 약속한 기일이 남은 상태에서 서둘고 있다는 것은 뭔가 다른 요소가 발생하였다는 뜻으로 풀이가 되었다.

"오늘 새로 오신 경비십니까?"

이택수가 건물 뒤편 창고 쪽으로 이동하면서 어제의 경비원이 아닌, 노인 선우가 있는 것을 보며 물었다.

"그러고 보니…… 누군가를 닮은 듯합니다."

이택수의 물음에 답하기 전, 이택수는 다시 노인 선우

아빠는
신입
사원

를 보며 말했다.

"마치…… 이지민 씨와 닮았군요."

"하하, 이지민은 제 아들입니다. 그러니 당연히 닮는 것 아니겠습니까?"

"……!!"

그 순간 이택수가 놀란 눈으로 그를 보았다. 하지만 이건 어디까지나 서로 다른 오해를 만든 것이었다.

이택수는 선우의 이름을 이지민으로 알고 있었다. 그리고 노인 선우는 자신의 아들 이름을 말하는 것이라 여겨 답을 한 것이었다.

"그런데 우리 지민이를 어찌 아십니까? 우리 지민이가 사장님과……."

"아닙니다, 아닙니다. 내가 말을 잘못한 모양입니다. 그냥 일 보십시오."

이택수는 말을 돌리며 그곳을 벗어나려 하였고, 노인 선우는 그의 행동을 이해하지 못해 고개를 갸우뚱하였다.

"젠장, 내가 너무 예민한 반응을 보였군. 저 노인은 이영민의 아버지다. 아마 최 박사가 데리고 온 경비원이겠지. 그리고 이영민의 형이 이지민이다. 내가 지금 사무실에 가둬 둔 그 이지민을 말하고 있는 것이 아닐 거야."

서둘러 그곳을 벗어난 후 급히 이동하던 찰나, 이택수

의 머리에서 이지민이 두 명이라는 것이 떠올랐다.

그는 다시 노인 선우가 경비를 서고 있는 창고 쪽으로 향해 걸었다. 자신이 예민하게 반응하면서, 잠시 오해가 생긴 것을 바로 풀기 위함이었다.

"내가 잠시 오해가 있었던 모양입니다."

"별말씀을 다 하십니다. 사장님께서 오해를 하셨다면 그것은 제가 잘못한 것입니다."

노인 선우가 그의 말에 고개를 숙이며 말했고, 이택수는 그의 모습을 보고 가만히 서 있었다.

"그런데 조금 전, 제 아들 놈 이름을 말씀하셨는데, 그것은……."

"제가 알고 있는 사람입니다. 당신의 아들이 아닐 것입니다. 그저 닮은 사람일 뿐이니 신경 쓰지 마십시오."

이택수는 그의 물음에 답한 뒤, 곧바로 그를 지나쳐 창고 문 앞으로 다가가 섰다.

"안으로 들어가실 것입니까?"

노인 선우가 물었다.

"이곳은 내 회사입니다. 내가 못 갈 곳은 없습니다. 그리고 경비원이면 내가 아니라 다른 사람이 들어오지 못하도록 하는 것이 임무입니다. 이곳은 신경 쓰지 마시고 저쪽으로 가서서 다른 임무를 보십시오."

이택수는 자신의 바로 뒤로 따라오며 사사건건 묻는 노인 선우를 뒤로 물러나게 한 뒤, 창고의 문을 열고 안으로 들어섰다.

"혹시…… 이지민 씨 보지 못했나?"

이택수가 창고로 들어선 후, 곧바로 최 박사가 노인 선우의 곁으로 다가서며 선우의 행방에 대해 물었다.

"이지민? 허참. 조금 전에 이택수 사장도 이지민을 말하더니, 그 이지민이……."

"어제 자네와 술을 마신 그 사람의 이름이 이지민이네. 자네에게는 아마 이영수라고 말했다지."

"아하, 이영수 씨. 그 사람은 아침에 정문에서 보고 보지 못했네. 왜 그러는가? 자네가 부탁한 것을 해 주지 않았던가? 그 뭐야…… 연구실…… 읍!"

노인 선우가 최 박사와 대화 중, 어제 있었던 일에 대해 말하려는 순간 최 박사가 그의 입을 막으며 주변을 둘러보았다. 그리고 아무도 없다는 것을 확인한 후, 그의 입을 막은 손을 살며시 풀어 주었다.

"왜 그러는가?"

"말조심하게. 내가 왜 어제 일부러 자네를 찾아가 그런 말을 전했겠나. 바로 비밀스럽게 움직여야 하니 그런 것이네. 그런데 이렇게 다 떠벌리고 다니면 비밀이 아니지 않은가?"

최 박사는 조심스러웠다. 그리고 그의 말을 들은 후에야 노인 선우도 조심스럽게 주변을 둘러보았다.

"일단 알았네. 이곳에 이지민이 없다고 하니 그만 가보겠네. 혹시 이지민을 보면 내가 찾고 있으니, 서둘러 내가 시킨 일을 진행하라는 말을 전해 주게."

"그래…… 그거야 어렵지 않은 일이지."

노인 선우가 답하였고 최 박사는 다시 주위를 훑어본 후 그곳을 벗어나기 시작하였다.

그리고 노인 선우는 최 박사가 자신의 친구라 굳게 믿고 있었다. 하지만 최 박사는 선우에게 노인 선우마저 별볼 일 없는 사람이라 말하였다.

"연구실? 어제 시킨 일? 최 박사…… 대체 무슨 일을 꾸미고 있는 것인가?"

두 사람의 대화는 창고 안으로 들어간 이택수가 모두 듣고 있었다. 그리고 그는 이런저런 여러 가지를 생각하고 있었지만, 최 박사가 선우에게 부탁한 일이 무엇인지를 떠올리지 못하고 있었다.

"참, 조금 전에 이택수 사장이 이곳으로 들어갔다는 말을 최 박사에게 하지 않았군."

노인 선우는 최 박사가 자리를 떠난 후에야 이곳에 이

택수가 있다는 것을 떠올렸다. 하지만 이미 늦은 것이었다. 두 사람의 대화는 모두 이택수의 귀에 들어간 후였다.

'이대로 있다면 오늘 하루를 그냥 보내게 된다. 곧 임무의 마지막 날이 다가오는데, 하루를 이렇게 보내면 큰일인데.'

선우는 자신의 옆에 있는 두 사내를 번갈아 보며 홀로 생각하였다.

'한 번…… 해 볼까.'

그리고 이내 무언가 떠오른 듯 자리에서 서서히 일어서려 하였고, 그때 두 사내가 선우의 어깨를 잡아 다시 앉히려 하였다.

'어림없지…….'

선우는 그들의 힘을 이겨 내는 듯 홀로 중얼거린 뒤, 자신보다 두 배는 더 큰 덩치의 사내 두 명이 누르고 있는 힘을 이겨 내며 자리에서 일어서고 있었다.

"뭐…… 뭐야!"

두 사내는 놀란 눈으로 그를 보았지만, 이미 선우의 힘이 자신들의 힘을 누르고 있다는 것을 바로 느낄 수 있었다.

"죄송합니다. 잠시만 쉬고 계십시오."

퍽퍽.

선우는 두 사내가 자신을 공손히 대해 준 것처럼 그도 두 사내에게 공손하게 예의를 갖춘 후, 두 사내의 뒷목을 살며시 내려쳤고, 그 즉시 덩치에 맞지 않게 두 사내가 그 자리에서 툭하고 쓰러졌다.

선우는 서둘러 문 앞으로 다가선 뒤 외부의 소리를 들었다. 다행히 사무실에는 이택수가 없는 듯하였다.

잠긴 문의 손잡이를 잡은 뒤, 힘을 가하여 세게 돌리자 뚜두둑 소리와 함께 문손잡이가 부서지며 문이 열렸다. 선우는 문을 열고 나온 뒤 다시 문을 닫고는 서둘러 이택수의 사무실을 벗어나기 시작하였다.

그 시간 이택수는 창고 안에서 예전 선우에게 보여 주었던 자신만의 K—Soldier가 담긴 박스와 같은 하나의 박스를 앞에 두고 서 있었다.

"이틀…… 이틀 동안 기다릴 시간이 없다. 난 내 계획을 실천에 옮겨야 한다. 최 박사가 나의 모든 것을 다 가져가려 한다. 늙은 여우. 그 여우들이 나와 내 벗의 모든 것을 다 가져가려 한다."

이택수는 박스 앞에 서서 홀로 중얼거렸다. 눈매는 매서웠고, 어투도 날카로웠다. 그리고 천천히 박스 앞으로 다가가 박스를 개봉하기 시작하였다.

"미래의 내가 어디서 경비 일을 한다고 했지? 떠올려
보자…… 떠올려 보자."

선우는 이택수의 사무실에서 나와 몸을 이리저리 숨기
며 움직였고, 노인 선우가 경비 일을 처음 시작하는 장소
가 어딘지 떠올리고 있었다.

'창고.'

머리를 짜 매듯 생각에 잠기자 최 박사가 한 말이 떠올
랐고, 그 즉시 건물 뒤편 창고로 향하였다.

엊그제 이택수와 함께 갔던 비밀에 쌓여 있는 창고 쪽
이 아닌, 그 반대쪽의 창고로 향하였고, 예상대로 그곳에
서 노인 선우를 만나게 되었다.

"자네, 괜찮은가? 그렇지 않아도 최 박사가 자네
를……."

"지금은 최 박사가 중요한 것이 아닙니다. 혹시 이택수
사장이 어디로 갔는지 아십니까?"

노인 선우가 선우를 보자마자 안부를 물었다. 하지만
선우는 자신의 안부보다 이택수의 행방이 더 궁금하였다.

"이 사장님이라면 지금 이 창고 안에 계시지. 그런데
말이야, 자네 어제 최 박사와 약속까지 하고 이렇게 약속

을 어기면……."

"지금 최 박사가 무언가를 꾸미고 있습니다. 그리고 이택수도 마찬가지고요. 두 사람이 무엇을 꾸미고 있는지 알아야 다가오는 재앙을 막을 수 있습니다."

"재앙? 대체 무슨 말을 하는가?"

노인 선우는 이해할 수 없었다. 하지만 선우는 이틀 후 일어날 큰 재앙이 지금 이 두 사람의 무언가에 의해 일어날 것 같은 조짐을 얻은 것이었다.

선우는 이택수가 창고 안에 있다고 하니, 창고 쪽으로 조심스럽게 움직였다.

"이택수……."

노인 선우의 말처럼 이택수가 안에 있었고, 그는 곧 선우와 함께 보았던 박스와 같은 박스를 개봉하고 있었다.

"저게 뭐야?"

박스가 열리면서 그 안의 내용물이 보이자, 노인 선우가 놀란 눈으로 홀로 중얼거린 말이 이택수의 귀에 들어간 듯 그가 고개를 돌려 뒤를 향해 보았다.

하지만 아주 아슬아슬하게 선우가 노인 선우의 머리를 잡은 후, 빠르게 아래로 내려 이택수의 눈에 보이지 않도록 하였다.

"너무…… 예민하군."

이택수는 조금 전처럼 자신이 너무 예민하다는 생각을 하며 다시 박스 안의 물체를 밖으로 꺼냈다.

"강지희⋯⋯."

선우가 다시 고개를 살짝 들어 창문을 통해 안을 보았다. 그리고 이택수가 박스 안에서 꺼낸 것을 보며 홀로 중얼거렸다.

그것은 이택수가 따로 제작한 강지희였다. 그녀와 똑같이 만들고, 피부와 머릿결까지 완벽하게 재현해 낸 것이었다.

이미 선우는 엊그제 이택수가 만든 일곱 대의 K—Soldier를 따로 보았다. 그리고 그중에서 한 대가 바로 강지희를 그대로 재현한 K—Soldier지희였다.

"강지희⋯⋯ 네가 나서라. 최 박사는 물론, 내 일을 막는 자는 모조리 죽여 버려."

"⋯⋯!!"

이택수가 홀로 중얼거린 말이 선우의 귀에 들어왔다. 하지만 노인 선우의 귀에는 아무런 말도 들리지 않았다.

선우는 조금 전 두 사내를 제압하고 나올 수 있던 것과, 창고 안에서 이택수가 하는 말을 들을 수 있다는 것을 알고 있었다.

바로 이 일을 시작하기 전 수행했던 교육 탓이었다.

"여기서 뭐하고 계십니까?"

두 사람이 조심스럽게 창고 안을 보고 있을 때 두 사람의 뒤에서 강지희의 목소리가 들렸고, 그녀의 목소리에 선우는 놀란 나머지 몸을 빠르게 숙인 뒤 그녀를 데리고 창고 건물 옆으로 움직였다.

그리고 노인 선우를 향해 손짓으로 다시 제자리로 이동하라는 행동을 취하였고, 노인 선우도 서둘러 움직이기 시작하였다.

스르르르.

그리고 곧바로 창고 문이 열리며 이택수가 외부를 보았다.

"누가…… 있었습니까?"

이택수는 노인 선우에게 물었다.

"네? 뭐라 하셨습니까?"

노인 선우는 연기를 하는 듯, 그의 목소리가 잘 들리지 않은 듯한 행동을 취하였다.

"아닙니다. 일 보세요. 그리고 혹시 이곳으로 누가 오면 아무도 창고 방향으로 들어서지 못하도록 잘 감시하세요."

"알겠습니다."

노인 선우가 답하고 난 뒤 이택수는 다시 안으로 들어

아빠는
신입
사원

섰다. 곧 선우가 강지희의 입을 막은 손을 풀어 주었다.

"죄송합니다."

"무슨 일이죠? 왜 이 사장의 눈치를 보며 그의 뒤를……."

"모든 것이 꼬이기 시작했는데, 그 실마리를 풀 수 있는 열쇠를 이택수 사장과 최 박사가 들고 있는 듯합니다."

"네? 이보세요. 제가 첫날 회사 안내 및, 다른 개인적인 말을 좀 하였다고 저에게 지금 회사 사장님과 박사님을 의심하라는 것입니까?"

선우는 그녀의 말을 들은 후, 그저 그녀를 보고만 있었다. 그녀의 말처럼 그녀를 만난 첫날, 그녀는 회사 안내를 하면서 회사 내의 어떤 구역으로 들어서며 개인적인 말을 꺼냈다.

하지만 그 순간 다른 사내가 다가서며 더 이상의 이동을 방해하였고, 강지희가 말하려던 다음 부분도 듣지 못하였다.

"이쪽으로 와 보십시오."

선우는 그녀에게 백 번을 말하는 것보다, 한 번을 보여 주는 것이 더 빠를 것이라 여겨 그녀를 데리고 창고 안을 보여 주려 하였다.

그녀는 선우의 뒤를 따르지 않으려 하였지만, 창고 안

의 상황이 무엇이었는지 궁금하기도 하였기에, 곧 따라 움직이며 창고 안을 살며시 들여다보았다.

"……!!"

창고 안을 보게 된 지 불과 1초도 지나지 않았다. 강지희의 눈동자가 심하게 흔들리고 있었고, 그녀는 이내 그 자리에서 주저앉아 버렸다.

"젠장."

선우는 강지희가 갑자기 주저앉자, 그로 인하여 또 이택수가 밖으로 나올 것이라 여겨 격한 말을 내뱉고는 그녀를 안아 올리며 서둘러 창고의 뒤쪽으로 돌아 빠르게 벗어나기 시작하였다.

스르르.

그리고 예상대로 이택수가 다시 밖으로 나왔고, 주변을 살피다 이내 건물 옆쪽까지 돌아가 주변을 보았다.

"역시…… 너무 예민해져 있어."

또다시 자신의 예민함을 탓하며 창고 안으로 들어섰다. 선우는 이택수가 밖으로 나와 건물을 돌아설 때 아슬아슬하게 강지희를 안고, 다른 건물 틈 사이로 몸을 숨긴 후였다.

"괜찮으십니까?"

선우가 강지희를 보며 물었다. 그녀는 이미 초점 없는

눈으로 멍하니 앉아 있었고, 선우는 그녀의 눈앞을 손으로 휘젓고 있었다.

"그게…… 무엇이었죠? 분명, 분명…… 나와 같았습니다."

예상대로 강지희도 처음 본 것이었다. 자신이 그전에도 보았다면 이토록 놀라지는 않을 것이었다.

그리고 선우가 그녀에게 이택수가 하는 것을 보여 준 이유는 그녀가 말한 개인적인 말들 때문이었다.

그녀는 선우에게 이 모든 것의 핵심 인물인 이영민에 대해 말해 주었다.

진심으로 이 모든 것의 주인이 따로 있는데, 저들끼리 싸운다는 말을 하였었다. 그때 선우는 이미 생각하였다.

강지희는 이택수나 최 박사의 사람이 아니라는 것을 알았다.

그래서 지금과 같은 상황을 보여 줄 수 있던 것이었다. 만에 하나 강지희가 이택수의 사람이라면 선우가 그 순간 어찌 될지 모르는 것이지만, 어쨌든 선우의 판단이 제대로 맞아떨어진 상황이었다.

"강지희 씨를 따라 만든 K—Soldier지희입니다."

곧 선우가 이택수에게 들었던 해당 로봇의 이름을 말해 주자, 강지희는 선우의 말을 들은 후 다시 초점 잃은 눈동자로 멍하니 있었다.

"그리고…… K―Soldier지희와 같은 또 다른 K―Soldier가 여섯 대 더 있습니다. 총 일곱 대의 K―Soldier를 이택수는 따로 만들어서 무언가를 꾸미고 있었습니다."

선우는 자신이 본 모든 것을 그녀에게 말해 주었다. 그녀는 선우를 향해 시선을 돌렸다.

자신은 이택수의 비서였지만, 이와 같은 내용은 전혀 알지 못하였다.

하지만 어디서 온 사람인지 모르는 선우는 이미 이택수의 많은 비밀을 다 알고 있는 듯하였다.

"이택수 사장…… 그리고 최철민 박사…… 두 사람은 절대, 절대 이 모든 것의 주인이 될 수 없을 것입니다. 내가 그렇게 만들 것이고 꼭 그렇게 되도록 할 것입니다."

강지희의 눈동자가 다시 돌아왔다. 그리고 그녀는 날카로운 눈빛으로 선우를 보았고, 곧 자리에서 일어났다.

조금 전까지 온몸에 힘이 풀린 듯 비틀거리던 그녀였지만, 이내 자세를 잡아 선 뒤 선우를 향해 보았다.

그녀는 이택수를 돕는 비서로 지금까지 있었지만, 그역시 자신의 숨겨진 뜻을 실행시키기 위한 포장이었다. 그리고 그녀는 지금 그 포장을 벗고 자신의 뜻을 실행시키려 하고 있는 것이었다.

"지금부터…… 두 사람을 막아야겠습니다. 저를 도와주실 수 있겠습니까?"

듣던 중 반가운 말이었다. 지금까지 이택수와 최 박사 중 누가 이번 재앙을 만들 장본인인지를 확인하고자 했지만, 선우 혼자서는 역부족이었다.

무엇보다 이 회사에 대해 많은 것을 알고 있고, 또 이택수의 비서로 있었던 그녀가 도와준다면 빠르고 정확하게 내막을 알아낼 수 있을 것이라 생각하였다.

"기꺼이…… 잘못된 것을 바로 잡으신다면, 도와드리겠습니다."

선우가 그녀를 보며 말하자 그녀도 고개를 끄덕거린 뒤 주변을 다시 살폈다.

"절 따라오세요."

아무도 없는 것을 확인한 후 곧바로 움직였다. 선우도 그녀의 뒤를 따라 움직였다.

간단한 구조로 된 건물들이었지만, 의외로 몇 개의 동으로 나뉘어져 있어 외부에서 볼 때는 어디가 어딘지 쉽게 알아보기 힘든 구조였다.

곧 이리저리 돌아 건물 전면부로 나오자, 수많은 사람들이 회사 앞 광장에 모여 있었다. 기자들과 함께 각종 유명인사로 보이는 이들이 대부분이었다.

"궁금하였습니다. 오늘 이택수 사장이 무엇을 보여 주려 이토록 많은 사람들을 부른 것입니까?"

아침에 이곳에 올 때부터 궁금했던 상황이었다.

"오늘은 K—Soldier의 모든 것을 테스트하는 날 중, 그 첫 번째 날입니다. 그가 인간과 어느 정도의 흡사한 능력을 지니고 있는지, 또 어느 부분에서 더 뛰어난지를 체크하고, 마지막 테스트를 모두 통과하면, 그때부터는 공식적으로 상용화에 들어가고, 군 지역에 배치까지 될 예정입니다."

이택수와 최 박사가 서두르는 이유를 알 수 있는 대목이었다. 모든 것이 절차에 맞게 이루어지고 있으니, 마지막 최종 단계의 테스트를 끝내면 상용화가 진행된다.

그 후부터는 모든 것이 최초 개발자나, 투자자, 또는 상표권 등록자나 특허권자들의 돈 잔치가 이루어지게 되는 것이었다.

이 모든 것을 다 손에 쥐기 위하여 이택수와 최 박사가 이토록 서로를 견제하며 뛰고 있는 것이었다.

진정…… 숨겨진 개발자는 안중에도 두지 않고, 두 사람의 전쟁이 진행 중에 있는 것이었다.

"오늘 테스트는 간단한 것입니다. K—Soldier의 이

동성 및 유연성, 그리고 정확성을 테스트합니다. 인간을 얼마나 따라하는지를 가늠하는 것이라 시간은 그리 오래 걸리지 않을 것입니다."

"테스트는 언제까지입니까?"

많은 사람들이 모여 있는 곳을 보며 물었다.

"오늘과 내일 그리고 모레입니다. 총 삼 일에 걸쳐 진행되며, 마지막 삼 일차에 최종 테스트를 거치게 되는데, 그 최종 테스트에서는 전시에 K—Soldier의 움직임과 함께, 전투 능력을 체크하는 것입니다. 그때는 일부 군 관계자 및, 고위급 인사들만이 참석하고, 그 테스트가 열리는 곳은 지하 7층의 테스트장입니다."

"지하 7층이요?"

아직 한 번도 가 보지 못했고, 듣지 못했던 곳이었다. 그저 단층으로 지어져 있고, 내부적으로 3층에서 5층까지 이어져 있다는 것을 알 뿐이었다. 이런 건물 아래로 지하 7층까지 내려가 있다는 것은 상상도 하지 못하였다.

"일단 움직이시죠. 기본적인 테스트는 굳이 볼 필요 없습니다. 우린 모든 눈들이 그 테스트에 집중되어 있을 때, 따로 움직이는 것이 이롭습니다."

그녀의 말이 맞았다. 눈들을 피하는 방법 중 가장 좋은 방법은 바로 시선을 다른 곳에 집중하도록 돌려주는 것이었다.

테스트가 공개적이기에 필시 이택수와 최 박사가 그 자리에 있을 것이었다. 그럼 적어도 그 두 사람의 눈은 직접적으로 피할 수 있기에 무엇을 알아내기는 더 좋은 시간이며 상황이었다.

―사내에 계신 모든 귀빈들에게 알려 드립니다. 잠시 후, 12시부터 K―Soldier의 제1차 테스트를 시작하도록 하겠습니다. 귀빈들은 모두 자리에 착석해 주시고, 기타 관계자 분들도 모두 참석을 완료해 주시기 바랍니다.

곧 안내 방송이 나왔다. 강지희는 시계를 보았다.

"오전 11시 50분입니다. 10분 후면 시작할 테니 잠시만 기다리도록 하겠습니다."

선우는 그녀의 말을 들은 후, 건물 한쪽 구석으로 이동하여 앉았다. 그의 행동을 본, 강지희가 잠시 동안 그를 보고만 있었고, 곧 그녀도 함께 그의 옆으로 앉았다.

"당신…… 누군지 궁금하군요."

지희가 먼저 물었다.

"그냥 평범한 사람입니다."

선우는 그녀를 보지 않은 채 답하였다.

"평범한 사람은 우리의 일에 관심이 없습니다. 더군다나 돈의 전쟁에는 더욱더 관심이 없습니다. 그런데 당신은 참으로 많은 것을 알고 있는 듯하며, 또 많은 것을 생각하게 만들고 있습니다."

강지희는 그를 이제 두 번째 보는 것이었다. 하지만 마치 며칠 동안 함께 계속 보고 있었다는 듯 말하고 있었다.

"이틀 전, 당신이 갑자기 사라지는 것을 보았습니다."

"……!"

그 순간 선우의 눈이 휘둥그레졌다. 지난날 이에 대해 실장에게 보고하였다. 하지만 실장은 처리반이 따로 움직여 강지희의 기억을 지울 것이라 말하였다.

하지만…… 지워진 것은 없었다.

"제가…… 사라진 것을 보셨다는 말씀이십니까?"

"네. 마치 영화에서처럼. 텔레포트라고 하나요? 갑자기 사라지는 것 말입니다."

지희는 선우를 보지 않은 채 말하고 물었다. 선우도 지금까지는 시선을 다른 곳으로 두고 이야기를 했지만, 이내 시선을 돌려 그녀의 옆모습을 보며 앉아 있었다.

"당신…… 시간을 여행하는 사람입니까?"

"……!!"

선우의 심장은 터질 것 같았다. 지금까지 선우가 임무를 수행하는 중, 자신의 신분에 대해 알아본 이들은 없었다.

하지만 강지희는 선우에 대해 단 몇 가지만으로 그가 시간을 이동하는 인물임을 알아낸 것이었다.

"놀라시는군요. 하지만 전 놀라지 않습니다."

이 말 또한 선우가 더 놀랄 상황이었다. 비록 30년이 지난 미래지만, 아직 시간 여행을 할 수 있는 장치는 개발되지 않았을 것이다. 그런 상황에 시간 여행을 하고 있다는 것을 확신해 버린 그녀가 놀라지 않다고 하니, 그 말이 더 놀라운 것이었다.

"제가 시간을 여행하는 사람이라고 단정하십니까?"

"꼭 그런 사람이 아니라도 당신은 특별하다고 생각됩니다. 그냥 그렇게 보입니다. 특별한 사람……."

선우는 그녀의 마지막 말을 듣고, 그녀를 잠시 동안 바라보고 있었다. 자신에 대해 아는 것이 없을 것 같은 여인이지만, 자신에 대해 너무나 많은 것을 알고 있는 여인이라는 생각이 들었다.

그리고 그녀는 지금까지 단 한 번도 그런 내색을 하지 않았으나 지금 그녀는 선우를 빤히 보며 선우에 대한 자신의 생각을 말하고 있었다.

또한 갑자기 사라졌다는 것을 보았으면서도 그에 대해 묻지 않았으며, 놀라지도 않았다.

"이제 그만 움직이시죠."

강지희가 시계를 보며 말한 뒤 앉은 자리에서 일어섰다. 선우도 곧 따라 일어섰지만, 그녀에게 집중된 시선을 뗄 수 없었다.

"저기…… 이택수가 있습니다. 그리고 반대편으로 최 박사가 있네요. 저들의 눈에 띄어 좋을 것이 없으니, 서둘러 움직이도록 하겠습니다."

강지희는 적극적이었다. 만약 지금도 선우 홀로 이번 임무를 진행 중이라면 자신은 어떤 방향으로 일을 진행하고 있을까를 떠올려 보았다.

'여전히…… 창고 주위를 맴돌고 있겠지.'

그리고 홀로 답을 내렸다. 이택수가 그곳으로 갔고 또 그 안에서 K—Soldier지희를 보았으며 노인 선우가 그곳에서 경비를 서고 있으니, 여러모로 많은 것이 맞아떨어진다는 생각에 계속하여 창고 주변만을 서성거리고 있었을 것이라 생각하였다.

하지만 강지희는 달랐다. 그녀는 자신이 알고 있는 회사 내의 많은 곳을 다 다녀 볼 요량인 듯 서둘고 있었다.

"이곳은……."

가장 먼저 간 곳이 지난날 강지희가 선우를 데리고 이동하려다, 한 사내에 의해 가로막혔던 구역이었다.

선우는 아직도 그 자리에는 그날 앞을 막았던 사내가

있는 것을 보았고, 곧 강지희를 다시 보았다.

"막고 있는데…… 방법이 있습니까?"

그날도 힘없이 뒤로 물러난 경험이 있기에 물은 것이었다.

"이제는 더 망설일 것이 없지 않습니까? 어차피 이택수 사장이나 최 박사가 당신이나 나를 이용할 목적이었으니, 그걸 오히려 역으로 우리가 이용하는 거죠."

그녀는 망설이지 않고 앞으로 움직였다. 선우는 그녀의 말뜻을 제대로 해석하지 못하여 곧바로 그녀의 뒤를 따라 움직이지 않고, 약간의 뜸을 들인 후 움직였다.

"이곳에는 오지 말라고 했을 텐데, 사장님 말씀을 듣지 못했나?"

역시나 사내는 강지희를 보자마자 인상을 찌푸리며 말했다.

"알고 있습니다. 하지만 오늘은 여기 계신 이지민 씨에게 사장님께서 직접 따로 명령을 내리신 것이 있습니다. 지금 테스트 중이시라 급하다고 서둘라는 명령을 하였습니다. 확인해 보십시오."

그녀의 말에 선우는 놀란 눈으로 그녀를 보았다. 필시 확인을 할 것이 당연한 것인데, 그것을 오히려 강조하고 있는 것이었다.

"잠시 기다려라."

사내는 그 즉시 전화기를 꺼내 들었다. 하지만 전화 수신음만 계속 들릴 뿐, 이택수는 전화를 받지 않고 있었다.

"사장님께서 급하다고 하였습니다. 계속 기다릴까요?"

사내가 몇 번이고 통화를 시도했지만 수신음만 울리고 있는 상황이었다. 이에 강지희가 다시 강한 어조로 말하자 사내는 그녀를 본 뒤, 다시 선우를 향해 보았다.

"서둘러 일 보고 나와라."

"알겠습니다. 그렇지 않아도 바쁜데 괜한 시간을 소비해서 사장님께서 화를 내시면 이 모든 책임은 당신께 묻도록 하겠습니다."

그냥 지나쳐 가도 될 것이지만, 그녀는 사내에게 쓴소리를 뱉었다. 그리고 그녀의 행동에 오히려 선우가 더 심장이 쿵쾅거리는 듯하였다.

다행히 이택수가 전화를 받지 않아, 막혔던 길은 열렸고, 처음에 그녀가 데리고 가려던 장소로 향할 수 있었다.

"겁나지 않았습니까? 만에 하나 이택수가 전화라도 받았다면 바로 들통 나는 것 아닙니까?"

선우는 그곳을 통과하자, 어리둥절한 마음에 곧바로 강지희에게 물었다.

"이택수 사장은 연설이나 기타, 회의 및 접견을 할 때

는 그 어떤 상황에서도 전화를 받지 않습니다. 그래서 그
것을 이용한 것뿐입니다."

역시 그의 비서답게 그의 습관도 잘 알고 있는 듯하였
다.

사내를 지나친 후에도 꽤 걸었다. 약 5분 정도 더 들어
가자 점차 주위가 어두워지는 것을 느꼈다.

"불을 밝힐 곳이 없는 것 같습니다."

선우가 어두워지는 주위 탓에 옆 벽을 짚으며 말했다.

"역시…… 당신은 이곳 세상 사람이 아닌 듯합니다. 지
금의 시대에는 모든 것이 자동화입니다. 주위가 어두워지
면서 사람의 인기척이나, 기타 열이 감지되면 자동적으로
주위가 밝아지도록 불이 밝혀집니다."

선우는 멍하였다. 이런 시스템은 2000년대 초반에도
있었다. 심지어 지금 살고 있는 집에서도 문을 열면 자동
으로 조명이 켜지고 있었다.

아주 단순한 것이지만, 선우는 생각지 못하고 있었다.
그녀는 선우가 그것을 알지 못한다는 이유로 구시대의 사
람이거나, 아니면 너무나 발달한 문명이라 이런 것조차
신경 쓰지 않는 곳에서 온 시간 여행자라 다시 생각하고
있었다.

점차 밝아지는 통로를 따라 더 안으로 들어서자, 하나

의 문이 보였고 곧 그 문을 열고 안으로 들어갔다.

여기까지 오는 것과는 달리 안은 무척 밝았다. 선우는 불빛으로 의한 밝기가 아니라고 여기며 위를 향해 보았다.

"햇빛이네요."

그 방은 약 10평 정도 되는 방이었고, 위로 하여금 아주 둥글고 큰 유리가 덮여 있었다. 그리고 그 유리로 인하여 외부의 밝은 빛이 안으로 흡수되면서 조명 없이도 아주 밝은 내부를 보여 주고 있었다.

"여기서는 무엇을 하는 것입니까? 아무것도 없는 그저 텅 빈 방인데, 이런 방으로 오는 길을 왜 이리 어둡고 복잡하며, 경계를 하는 것인지 모르겠습니다."

진정 선우로서는 이해하지 못할 상황이었다. 정말 아무것도 없었다. 심지어 그 흔한 의자나 책상도 없었다. 그저 텅 빈 방이었으며, 하얀 벽지가 발라져 있는 공간이었다.

"이곳은…… 연구원들을 가둬 두는 밀실이었습니다."

"네? 연구원들을 가둬 둔다고요? 왜요? 이유가 무엇입니까? 왜 연구원들을 이런 곳에 가두는 것입니까?"

방 안을 이리저리 보고 있던 선우에게 던진 강지희의 한마디가 선우를 놀라게 하였고, 그는 그녀의 앞으로 다가가 반복된 질문을 하였다.

"이택수와 최 박사…… 두 사람은 초창기에 서로 많은

것을 협조한 사람들입니다. 서로 뜻을 같이하였습니다. 최 박사는 과학자들을 다독거리며 연구에 매진하였고, 또 이택수는 그들을 지원하기 위하여 자금을 끌어모았습니다. 그렇게 두 사람은 첫 출발이 좋았습니다."

처음 듣는 말이었다. 지금은 마치 서로를 잡아먹기 위하여 앙숙처럼 보이지만, 강지희의 말대로라면 두 사람의 친분은 두터웠다는 말이었다.

그리고 그녀는 이 하얀 밀실을 보여 주면서, 이택수와 최 박사에 대한 옛 과거의 일을 이선우에게 말해 주고 있었다.

"결국…… 그 모든 권한들이 두 사람을 갈라놓은 것이군요."

선우도 이제 그들의 관계가 소원해진 이유를 바로 알 수 있었다.

모든 것이 돈이었다. 돈과 연관되니 믿음이 불신으로 바뀌어 버린 것이었다.

"그럼 이곳에 가둬진 연구원들은……."

"두 사람의 의견에 반대 의견을 내세운 사람들이었습니다. 그리고 그 사람들 속에…… 최 박사와 의견 충돌이 가장 많았던 사람은 이 모든 것을 만들었던 사람. 바로 K—Soldier를 만든 인물인 이영민 박사였고, 그분도 이곳에서 오랫동안 감금당한 채 계셨습니다."

"······!!"

강지희의 마지막 말에서 나온 이영민이란 이름에 선우의 심장이 쿵쾅거렸고, 두 주먹은 자동적으로 꽉 쥐어졌다.

"이영민 박사. 얼마나······ 오랫동안 이곳에 있었습니까?"

"5년······ 5년은 넘도록 이곳에 감금되어 있었습니다. 외부와의 그 어떤 연락도 하지 못한 채, 5년이라는 세월 동안 이곳에 갇혀 사셨습니다."

"······!!"

선우는 더 이상 참고 있을 수 없는 눈빛이었다. 당장이라도 최 박사와 이택수의 멱살을 잡고, 영민이가 어디에 있는지 묻고 싶었다.

그리고 노인 선우가 말했고, 일흔 살의 아내가 말한 것도 떠올랐다. 자식이 부모를 버렸다는 말······ 그 말이 선우의 가슴을 마구 쪼는 듯, 매질을 하고 있었다.

하지만 이는 자신의 일이 아니었다. 미래다. 노인 선우가 살아가고 있는 미래다. 훗날 자신이 겪는 미래는 아니었다.

"지희 씨의 말이 사실이라면 최 박사······ 그 사람이 나에게 이영민을 찾아보라는 말을 하였습니다. 왜 그런 말을 하였을까요? 내가 이영민을 찾으면 자신에게 이로울 것이 없는데도 왜……."

"그 내용은 제가 직접 듣지 못해서 알 수 없을 것 같습니다. 하지만 분명한 것은 이곳에 이영민 박사를 가둔 사람은 최 박사이며, 그 후 이영민 박사를 관리한 인물이 이택수입니다."

들으면 들을수록 선우의 가슴은 찢어지는 듯했다. 훗날의 미래고, 자신의 미래는 아니지만, 미래에 있는 아들이 이런 고초를 겪고 살아가고 있다는 것이 가슴을 찢어지게 만들고 있었다.

"최 박사, 이택수…… 두 사람을 용서하면 안 되겠습니다. 그 두 사람에게 지금까지의 모든 것을 다 돌려줘야겠습니다."

선우는 이를 꽉 깨문 채 말하였고, 그의 말과 행동에 강지희는 그를 보며 눈동자가 흔들거렸다.

"그런데 왜 이곳으로 나를 데리고 온 것입니까? 이곳에 설마 아직도 이영민 박사가 있을 것이라 생각한 것입니까?"

아무것도 없는 빈방이었다. 자신을 이쪽으로 데리고 온 이유가 있을 것이라 생각하여 물었다.

"당신은 특별하다고 생각했습니다. 그래서 이런 빈방을 보아도 무언가 알 수 있을 것이라 생각했습니다. 그런데…… 제가 생각을 잘못한 것 같군요."

선우는 그녀를 보았다. 자신에 대해 어느 정도 알고 있는지를 가늠할 수 없었다. 그저 특별하다고 생각된 것만으로 아무것도 없는 이런 방에서 무언가를 찾을 수 있을 것이라 막연하게 생각할 것은 아니었다.

"죄송합니다. 난 특별하지 않습니다. 그리고 이런 방에서 무엇을 찾을 수 있다는 것은 불가능합니다."

그녀의 기대에 부응하지 못한 선우였다. 하지만 그녀는 선우를 탓하지 않았다. 무턱대고 자신만의 생각으로 선우를 데리고 온 것이기에, 그에 대해 답이 없다고 하여 그를 원망할 자격은 없었다.

"서둘러 나가야겠습니다. 1차 테스트는 그리 오랜 시간이 걸리지 않습니다. 곧 테스트가 끝나면 이택수와 최 박사가 움직일 것입니다. 그전에 다시 몸을 숨겨야 합니다."

강지희는 서둘렀다. 더 이상 시간을 지체해 봐야 알아낼 것이 없기에 이곳에서 더 있을 필요는 없었다.

선우는 그녀의 눈빛을 보며 더욱더 미안한 마음이 들었다. 자신을 믿고 있었지만, 그 믿음에 대해 자신의 가치를 보여 주지 못한 것이었다.

두 사람은 서둘러 다시 그 방을 나서기 시작하였고, 강지희는 이동 중 시계를 계속하여 보았다.

"너무 지체한 모양입니다."

시간이 어느 정도는 지났다고 생각하였지만, 테스트가 끝날 정도는 아니라 느꼈다. 하지만 그녀는 이미 늦은 듯 말하고 있었다.

어두운 통로를 다시 통과하였고, 밝은 곳으로 나오자마자 강지희가 말한 것이 현실로 나타나고 있었다.

"이런 곳에서 만나니 느낌이 이상하군요. 분명…… 사무실에 가둬 두었는데 어떻게 나오신 것입니까?"

이택수가 기다리고 있었다. 그는 이곳을 지키던 사내와 함께 서 있었고, 그 뒤로 경호원처럼 보이는 몇 사내가 더 서 있었다.

"강지희. 내가 너에게 서운하게 한 것이 있었던가? 왜 나에게 이런 일이 일어나도록 만드는 것이지? 말해 봐라. 나에게 서운한 것이 무엇인가?"

이택수는 강지희를 보며 물었다. 그의 눈매는 매서웠고, 음성은 날카로웠다.

강지희는 그의 물음에 답하지 않은 채 그보다 더 매서운 눈빛으로 그를 노려보고만 있을 뿐이었다.

"난…… 너를 위하여 로봇도 만들었다. 아마 네가 보면 정말 기뻐할 것이다. 너와 닮은…… 그리고 나와 평생을 함께 할 수 있는……."

"난 그런 것 바란 적이 없습니다. 영민 씨…… 영민 씨를 어디에 가둬 두었는지만 알려 주세요."

'……!'

선우는 그녀의 말을 듣고, 그녀를 보며 놀란 눈을 떨고 있었다. 조금 전까지만 해도 선우는 지희와 영민의 관계에 대해 전혀 눈치채지 못할 정도였다.

하지만 이택수 앞에서 영민이를 말하는 그녀의 목소리는 애절하리만큼 아프게 들려오고 있었다.

"이영민! 이영민! 대체 그놈의 이름을 언제까지 들어야 하는 거야! 그놈을 쳐 낸 지가 벌써 5년이 되었다. 그럼 네 마음도 돌아서야 할 때가 되지 않았나?! 언제까지 옛 애인을 생각하며 그리 슬프게 살 생각인가!"

이택수의 큰 목소리에 강지희의 눈동자가 흔들거렸지만, 이택수를 보는 눈빛은 더욱더 매섭게 변해 가고 있었다.

그리고 이택수의 목소리가 더 커지고 있을 때, 건물 입구 쪽에서 또 한 사람이 멍하니 서서 이들을 보고 있었다.

"……."

바로 노인 선우였다. 그는 지금까지 이택수가 하는 말

과 강지희가 하는 말을 모두 듣고 있었고, 아무런 말없이 그저 이곳을 향해 보고만 있었다.

"아버님……."

강지희는 그를 보며 나지막한 목소리로 말했지만, 노인 선우는 그녀의 목소리를 듣지 못한 듯 천천히 몸을 돌려 그곳을 나가고 있었다.

"어서 잡아! 저 노인이 조금 전의 말을 떠벌리고 다니면 낭패다!"

이택수가 소리쳤고, 그의 명령에 사내가 곧바로 노인 선우를 향해 다가서려 하자, 선우가 그의 손목을 잡아 비틀었다.

"으아악!"

사내는 고통에 소리쳤고, 그 모습에 이택수가 놀라 뒤로 물러났다. 그리고 그 틈에 강지희가 노인 선우를 향해 움직였다.

"이택수…… 내일까지 내 앞에 이영민을 데리고 오지 않는다면…… 너는 내 손에 죽는다."

진정 처음이었다. 이토록 선우가 화난 표정으로 격한 말을 내뱉는 경우는 처음이었다. 지금까지 단 한 번도 누군가를 죽인다는 생각을 한 적이 없었던 인물이었다.

하지만 영민과 관련된, 자신의 아들과 관련된 일로 인

하여 선우는 처음으로 누군가에게 죽인다는 협박을 하게 되었고, 당장이라도 이택수의 목을 잡아 들어 올릴 것만 같은 표정을 하고 있었다.

선우는 매서운 눈빛을 이택수에게 고정한 채, 강하게 잡고 있던 사내의 팔을 놓아 주었다. 그러자 사내는 재빨리 이택수의 옆으로 움직였고, 자신의 팔을 부여잡았다.

"움직이지 마라. 너희들도 같은 꼴 당한다."

선우는 이택수의 경호원을 향해서도 매서운 눈빛을 보내며 말했고, 그들은 선우를 향해 단 한 명도 다가설 생각조차 하지 않고 있었다.

"내일이다. 내일 나를 만나는 시간까지 내 앞에 영민이를 데리고 와라."

선우는 다시 한 번 이택수를 향해 보며 경고하였고, 곧 그도 강지희를 따라 노인 선우를 찾아 나섰다.

"젠장…… 대체 저놈의 정체가 뭐야? 내가 알아보라고 몇 번을 이야기했는데 아직도 저놈이 누군지 알아내지 못한 거야!"

이택수는 고래고래 소리쳤다. 이미 선우를 처음 본 날부터 그에 대해 조사하라는 명령을 내렸다. 하지만 이미 5일차가 되고 있어도 그에 대한 그 어떤 보고도 듣지 못한 것에 화가 난 것이었다.

"아버님……."

다시 자신의 원 근무지인 창고 앞으로 돌아간 노인 선우에게 강지희는 조심스럽게 다가서며 나지막하게 불렀다.

"당신이 왜 나에게 아버님이라 부르는지 모르겠습니다. 혹시…… 우리 영민이를 잘 알고 있습니까?"

노인 선우는 애써 눈물을 참으며 그녀에게 물었다.

"죄송합니다. 제가 지켜 줘야 했는데…… 제가 영민 씨를 지키지 못했습니다. 죄송합니다."

선우도 곧 따라왔다. 그리고 그녀의 말을 들었다. 자신이 지키지 못해 미안하다는 말뜻을 이해할 수 없었다.

"당신이 왜 우리 영민이를 지켜 줍니까? 혹여 당신이 우리 영민이의 여자친구라면 우리 영민이가 당신을 지켜 줘야 하는 것인데…… 왜 당신이 우리 영민이를……."

노인 선우는 더 이상 눈물을 참지 못하는 듯, 말을 다 잇지 못하고 이내 고개를 돌려 눈물을 흘렸다.

"걱정 마십시오. 내일 이영민 씨는 돌아올 것입니다. 그리고 아저씨를 만날 것입니다. 제가 말씀 드리지 않았습니까? 두 아들이 부모님을 버린 것이 아니라, 혹시 돌아오지 못할 이유가 있을 수도 있다고 말하지 않았습니까?"

선우는 노인 선우를 보며 말했다.

조금은 격한 어투였지만, 그에게 화가 난 것이 아니었
다. 그리고 선우는 어제 이와 같은 말을 그에게 하였다.
부모가 힘들고, 또 끼니를 굶고 있어도 자식이 돌보지 않
는다고 말했던 노인 선우에게 선우는 피치 못할 사정이
있을 것이라 말하였다.

그 사정은 이제 확인한 것이었다. 돌아오고 싶어도 돌
아올 수 없었던 사정이었다.

세 사람은 한참 동안 창고 앞에서 아무런 말없이 그냥
있었다. 노인 선우는 계속하여 눈물을 흘리고, 덩달아 강
지희도 울고 있었다.

하지만 선우는 울지 않았다. 자신은 내일을 기대했다.
사라진 영민이가 나타나면 많은 것이 변할 것이라 생각하
고 있었다.

"일어나세요. 제가 모셔다 드리겠습니다."

강지희가 그의 옆으로 함께 몸을 낮춰 앉으며 말했다.
노인 선우는 그녀를 보았다.

마치 자신의 아내가 젊었을 때를 보는 듯한 느낌을 받
고 있었다.

하지만 이 느낌은 오로지 노인 선우가 느끼는 기분일
뿐이었다. 선우는 강지희에게 아무런 느낌이 없었다. 단

지 그녀가 자신을 너무나 잘 아는 듯한 느낌뿐이었다.

"이지민! 대체 어디 있었던 것인가!"

강지희가 노인 선우를 일으키고 있을 때, 곧 최 박사의 큰 목소리가 들렸고, 그와 함께 몇 사람들이 세 사람의 곁으로 다가서고 있었다.

"내가 어제 부탁한 것을…… 자네는 왜 또 그러고 있는 것인가?"

최 박사가 선우에게 소리치려다, 힘없이 강지희의 두 손에 의해 부축 받고 있는 노인 선우를 보며 물었다.

"자네…… 내가 알고 있는 자네가 맞다면, 이번 일을 절대 좌시하지 말아야 하네. 내 아들 영민이…… 영민이가 다시 돌아오는 것을 자네도 도와야 한다는 말이네."

"……."

최 박사의 눈빛은 놀란 눈빛이지만, 표정은 놀라지 않은 표정이었다.

"대체 어디서 무슨 말을 들었기에……."

"이택수가 모두 말했습니다. 지난 5년 전의 일, 그 일에 최 박사님도 일조했다는 것을 알았습니다."

"……!!"

놀라지 않던 그가 선우의 말을 들은 후, 놀란 눈으로 선우와 노인 선우를 번갈아 보았다.

"내가, 5년 전에 이영민 박사를 어찌했다는 말인가? 그 말을 이택수가 했다고 지금 나에게 이런 눈들을 하고 보고 있는 것인가?"

최 박사는 이내 표정을 다시 잡고, 세 사람을 노려보며 말했다.

"아닙니까? 아니라면! 그것을 증명해 보십시오!"

강지희가 큰소리로 다시 물었다.

"지금의 상황을 제대로 안다면, 이택수가 술수를 쓰고 있다는 것을 바로 알 수 있지 않겠는가? 지금 나와 이택수는 K—Soldier의 소유권을 두고 경쟁 중이네. 그런 와중에 자신에게 이롭게 작용될 말을 지어내는 것은 쉬운 일 아닌가?"

최 박사는 차분하게 말했다. 그리고 그의 말을 들은 후, 강지희와 선우가 서로 눈빛을 마주하였다.

그의 말도 충분히 일리는 있는 말이었다. 이택수가 최 박사를 몰아내기 위하여 주변 사람을 매도하기 딱이었다.

"하지만 왜, 왜 이택수는 자신 스스로 그 일에 가담했다 했을까요? 박사님 말처럼 단지 박사님 곁에 붙은 사람을 자신의 편으로 끌어들이기 위함이라면, 그 사건에서 자신은 빼야 하는 것이 맞는 말입니다. 하지만 그는, 자신도 그 일에 가담했다고 하였습니다."

선우가 다시 말하자, 최 박사는 그 말에 대해 바로 받아치지 못하였고, 표정만 구겼다.

"일단…… 오늘은 그만하지. 어차피 이택수를 묶어 두는 것도 하지 못하고 테스트도 끝나 버렸으니, 더 이상 말해 봐야 시간 낭비야. 내일 다시 이야기하지."

최 박사는 자리를 피했다. 당장이라도 선우와 노인 선우에게 자신의 뜻대로 행하지 않은 것을 따지려 달려왔지만, 그에 대한 말은 하지 못한 채 몸을 돌려 그곳을 벗어나고 있었다.

"젠장…… 이택수가 쓸데없는 말을 내뱉었군."

최 박사는 그곳을 벗어나면서 격한 말을 내뱉었고, 곧 나머지 박사들과 함께 연구실 방향으로 향하였다.

"여러모로 많은 것이 얽혀 있는 듯합니다. 일단 오늘은 강지희 씨가 아저씨 곁에 있어 주십시오. 전 따로 몇 가지 더 알아보겠습니다."

"네, 부탁드립니다."

강지희는 선우의 말을 들은 후, 노인 선우를 데리고 회사를 벗어나기 시작하였다.

—삐~익!

하루의 시간이 금방 지나갔다. 전자음이 울리고 있었고, 선우는 회사를 벗어나고 있는 강지희와 노인 선우를 보고 서 있었다.

그리고 다시 시선을 돌려 최 박사가 움직인 연구실 방향을 보았다. 그리고 시선을 돌려 이택수가 있었던 비밀의 방을 향해 보았다.

"내일…… 내일은 그냥 넘기지 않을 것이다."

선우의 표정이 매섭게 변하였다. 단지 자신들의 이익을 위하여 젊은 인재를 감금하고, 그 능력을 모두 훔쳐 버린 그들을 용서하지 않을 표정이었다.

무엇보다 그 희생자들 중 자신의 아들이 포함되어 있다는 것이 선우의 두 주먹을 더욱더 꽉 쥐어지게 만들고 있었다.

"수고하셨습니다."

실장의 목소리가 들렸다. 선우는 눈을 살며시 떴다. 그리고 자신 앞에 있는 실장을 본 후, 주위를 둘러보았다.

"서 팀장은 잠시 자리를 비웠습니다. 그녀에게 할 말이 따로 있습니까?"

마치 선우가 서 팀장을 기다리고 있는 것을 알았는지, 실장이 물었다.

"아닙니다."

선우는 LED를 벗어나며 답했다. 그리고 휴게실로 향

하였다.

"금일 5일차 임무를 마치셨습니다. 무언가 변화가 있었습니까?"

실장이 따라 들어서며 물었다.

"많은 변화가 있었습니다. 내일이면 이 변화에 대한 결론도 보일 것 같습니다."

"다행이군요. 우린 이번 임무에 그곳 사람들의 목숨은 물론, 이선우 씨의 목숨도 걸려 있기에 신중합니다. 이미 윗선에서는 이번 임무에 대해 몇 인물을 더 투입시켜 줄 것을 당부하였습니다."

실장의 말을 들은 후 선우는 그를 보았다. 지금까지 자신의 임무에 누군가의 다른 힘을 받은 기억은 없었다.

하지만 입사 초기 힘든 임무를 진행할 때 몇 명의 사원이 동시에 투입되는 경우가 있다고 하였다. 그러기에 몇 사람이 더 투입된다고 하여도, 회사 규칙에 어긋나는 것은 아니었다.

"혹시…… 저에게 말없이 다른 사원을 투입하신 것은 아니죠?"

선우가 무언가가 떠올랐는지, 실장에게 물었다.

"아닙니다. 우린 그 어떤 상황에서도 해당 임무를 맡은 사원의 허락이 없는 한, 그 어떤 누구도 투입시키지 않습니다."

실장이 단호한 답을 주었다.

"그런데 왜 그런 생각을 하셨습니까?"

"오늘 그곳에서 한 여인을 만났습니다. 저번에 제가 소환될 때, 저를 본 여인입니다. 그러고 보니 처리반이 그 여인의 기억을 조작한다고 하지 않았습니까?"

선우는 강지희가 자신에 대해 특별하다는 말을 한 것으로 혹시나 실장이 따로 투입한 인원이 아닐까 하여 물으려 한 것이었다. 그러다 문득 강지희가 한 말이 떠올라 바로 질문을 바꿔 물었다.

"네, 그 문제는 해결하였습니다. 처리반이 해당 연도로 접속하여, 강지희 씨의 기억 일부를 지웠습니다. 뭐가 잘못되었습니까?"

실장은 자신이 한 말대로 이행되었다는 것을 다시 선우에게 알려 주었다.

"잘못되었습니다. 그녀는 아직도 내가 사라졌던 그때의 장면을 기억하고 있었습니다. 그리고 오늘은 나를 데리고 이상한 곳으로 갔습니다. 그곳에서 나에게 무언가를 기대하고 있다고 하였습니다. 나에게 특별하다고 하였습니다."

"……."

실장은 그의 말을 듣고 표정이 변하며 선글라스 속 눈동자가 미세하게 떨리고 있었다. 그리고 곧 선우와 마주 앉은 자리에서 일어섰다.

"다시…… 확인하겠습니다."

실장이 곧 휴게실을 나섰고, 그 뒤로 약 5분 후 서 팀장이 돌아왔다.

"수고하셨습니다. 오늘은 어땠습니까?"

그녀의 질문에 선우는 실장실을 한 번 본 뒤 그녀를 다시 보았다.

"혹시…… 처리반이 무언가 실수할 수도 있습니까? 예를 들자면 기억을 지워야 하는데, 다른 기억을 심어 준다든가…… 뭐, 그런 것 말입니다."

서 팀장은 갑작스러운 그의 질문에 놀란 눈으로 그를 보고만 있었다.

"왜…… 그런 생각을 하셨습니까?"

서 팀장은 조금은 떨리는 음성으로 다시 물었다.

"지난번 제가 소환 될 때 나를 본 여인…… 오늘 그 여인이 이상한 말을 많이 하였습니다. 나는 특별하니 나에게서 이번 사건의 단서를 찾을 수 있을 것이라 말했습니다. 지금까지…… 지금까지 단 한 사람도 임무 중에 나를 특별하게 본 사람은 없습니다."

서 팀장의 표정 또한 조금 전 실장의 표정과 다를 바
없었다.

"아무래도 처리반 쪽에서 문제가 있었던 것 같습니다.
확인하고……."

"확인은 내가 했네."

서 팀장이 확인코자 자리에서 일어날 때, 실장이 다시
안으로 들어서며 답을 주었다.

"어찌 된 일입니까?"

선우가 물었다.

"이선우 씨의 말을 듣고 그날 바로 처리반이 투입되었
습니다. 그리고 해당 여인을 만났고, 분명 일부 기억 모두
삭제했다고 하였습니다."

"그런데 그녀는 오늘 나에게 분명 그날의 일을 기억하
고 있다고 말했습니다."

"그 문제는 오늘. 처리반이 다시 투입되어 확인할 것입
니다."

"혹시…… 제가 부탁 하나만 해도 되겠습니까?"

실장의 말이 끝나기 전 선우는 그를 보며 물었다. 그러
자 실장과 서 팀장의 눈빛이 그를 향해 집중되었다.

"무엇입니까?"

"오늘 그 여인을 찾아가지 말아 주십시오. 그 여인에게

어떤 일이 잘못되어 그런 현상이 일어난 것인지는 모르지만, 이 임무가 끝날 때까지만…… 그대로 두었으면 합니다."

실장과 서 팀장은 답을 하지 않았다. 그리고 선우를 보고만 있었다.

"이유라도 있습니까?"

"그녀는 나를 특별하다고 생각합니다. 그리고 무언가를 알아낼 수 있다고 생각합니다. 또한…… 그녀가 저를 믿습니다."

마지막 이유를 듣고 난 뒤, 두 사람은 선우의 의견을 받아들이려 하였다.

무엇보다 믿는다는 것에 많은 무게가 실린 것이었다. 지금처럼 어려운 임무이며, 또 다른 사원의 투입을 반기지 않는 선우에게는 그 세계에서의 든든한 지원군이 필요한 상황이었다. 그리고 그 지원군 역할을 강지희가 한다는 것이었다.

"알겠습니다. 이 내용에 대한 것은 처리반에 다시 알리고, 상부에 보고하겠습니다. 아무쪼록…… 임무가 잘 마무리되어, 또 다른 미래가 좋은 방향으로 진행되었으면 합니다."

다행히 실장이 선우의 제안을 받아 주었다. 선우는 두

사람을 향해 미소를 지었고, 곧 자리에서 일어났다.

"퇴근하겠습니다. 내일 6일차 임무에서 많은 것을 확인하고 또 알아내야 하니. 일찍 잠들고 좋은 컨디션으로 다음 날을 맞이하겠습니다."

사무실을 나서 엘리베이터로 향하는 선우를 두 사람이 배웅하였다. 선우는 고개 숙여 인사한 뒤, 회사를 벗어나기 시작하였다.

"하…… 날씨 참 좋네."

회사를 나오자마자 햇살이 선우를 비추고 있었고, 구름 한 점 없는 맑은 하늘을 올려다보며 미소를 지었다.

"아빠!"

"응?"

회사를 나온 후, 약 3분 정도 걸었다. 이런저런 생각을 하며 걷고 있을 때 영민의 목소리가 들렸다.

"어쩐 일이야?"

선우는 영민을 보며 말했다. 그리고 그 뒤를 보자 아내와 지민이도 나와 있었다.

"다 같이 무슨 일로 이렇게 마중 나왔어?"

"아빠 마중 나온 거 아닌데."

"뭐야? 이런이런…… 아빠 서운한데. 난 우리 두 아들이 아빠를 마중 나온 거라 생각하고, 맛있는 아이스크림이라도 사 주려고……."

"아이스크림은 여기 있습니다."

선우는 누군가 자신의 말을 가로채자, 두 아들을 보던 시선을 돌렸다.

'강지희 씨……?'

순간적으로 그녀의 이름을 큰 소리로 말할 뻔하였다. 하지만 다행히도 그의 속마음으로 이름만 나지막하게 불렀다.

"인사해요, 여보. 영민이 유치원 선생님이에요."

기억이 떠오르고 있었다. 지난 두 번째 임무 때, 동물원에서 영민이를 찾아다니던 한 여선생. 얼굴이 노랗게 변할 정도로 놀란 마음을 가지고 영민이를 찾아다니던 바로 그 사람.

하지만 그것은 현실의 일이 아니었다. 현실에서는 50층 실장의 아들이 납치되었고, 영민이는 하루 다음 날의 미래에서 납치를 당했었다. 그리고 그때, 임무차 그 현장에 갔었던 선우가 영민이의 담임선생님을 본 것이었다.

그리고 강지희를 처음 볼 때, 어디선가 본 듯한 사람이라는 생각은 바로 영민이의 담임선생님이었기에 그런 것이었다.

그 당시 이택수는 모두가 그렇게 말한다고 하였지만,

선우는 진정 그녀를 어디선가 보았다고 여겼다.

"안녕하세요."

강지희가 선우의 앞으로 다가서며 먼저 인사하였다.

"안녕하세요, 영민이 아빠입니다."

선우도 그녀의 인사를 받고 고개를 숙여 인사를 하였다.

'강지희…….'

그리고 고개를 다시 들었을 때, 그때서야 그녀의 네임카드가 보이고 있었다. 이름도 같았다. 그녀의 이름도 현재 임무 중에 만난 강지희와 같은 강지희라는 이름을 사용하고 있었다.

"영민이가 하도 아버님 자랑을 많이 해서, 이렇게 오게되었습니다."

선우는 어색한 미소를 지으며 영민을 보았고, 영민은 아주 해맑은 표정으로 웃으며 선우의 옆으로 바짝 다가섰다.

"오늘 영민이가 유치원에서 아빠에게 주고 싶은 선물로 선택한 것이 바로 이것이거든요. 그리고 이 선물은 자신이 아닌 선생님이 직접 전해 줘야 한다는 전제가 붙어서…… 제가 이렇게……."

강지희도 어색한 미소를 지으며 말하였다. 그리고 그녀

의 손에는 하나의 카드가 들려 있었다. 크리스마스도 아니고 새해도 아니지만, 하얀색으로 된 카드였다.

"직접 열어 보십시오. 영민이가 아빠에게 하고 싶은 말이 적혀 있는 듯합니다."

강지희는 웃으며 그에게 카드를 건네주었고, 아내가 옆으로 다가서며 그 카드를 함께 보았다.

"열어 봐요."

아내의 말에 선우는 카드를 들고, 천천히 펼쳤다.

아빠 사랑해요. 엄마 사랑해요. 건강하세요. 그리고 제가 어른이 되면 아빠 대신 일하는 로봇을 만들 거예요. 그리고 그 로봇은 언제나 내 곁에 있을 것이며, 아빠 곁에 있도록 할 거예요.

아내가 웃었다. 강지희도 이미 내용을 알고 있기에 웃었다. 하지만 선우는 웃음이 나오지 않았다.

"여보 왜 그래요? 영민이가 보고 있어요."

"응? 아, 그래그래. 우리 영민이가 아주 대단한 생각을 했네. 그 로봇을 만들어 아빠 대신 일하게 할 거야?"

"응! 그리고 난 아빠 하고 매일 놀고, 또 아빠가 잠들면, 로봇하고 매일 놀 거야. 아빠하고 로봇 아빠를 항상

272 아빠는 신입 사원

내 곁에 둘 거야."

영민은 선우의 물음에 답했다. 해맑은 아이의 표정, 진정 무언가를 알고서 하는 말인지 모르지만, 아빠를 생각하는 마음만은 알아주고 싶은 것이었다.

그리고 선우가 그 카드를 보며 웃지 않은 이유는 간단하였다. 바로 이 문구 하나가 어쩌면 내일…… 영민을 찾는 데 아주 큰 영향을 발휘할 것이라 여겼기 때문이었다.

"이렇게 시간 내신 것도 인연인데, 함께 저녁 식사라도 하시면서……."

"벌써 그렇게 하시기로 했어요. 일단 집으로 가요. 오늘 영민이 선생님도 뭔가 요리를 하신다고 벌써 집에 재료도 다 사 놓았답니다."

선우는 멍하니 두 여인을 보았다. 자신의 아내가 요리를 하는 것은 이해할 수 있었다. 하지만 영민이 유치원 선생님이 직접 집으로 와서 요리까지 하며, 저녁을 먹는다는 것은 도저히 납득할 수 없는 상황이었다.

"요즘…… 유치원이 다 이래?"

선우는 집으로 향하던 길에 아내에게 조용한 어투로 물었다.

"몰라요. 저도 이런 것이 처음이라, 그런데 선생님이 오셨는데 어떻게 그냥 가라고 하겠어요. 그냥 그렇게 하자고 했죠."

선우와 아내는 강지희를 이해할 수 없었다. 그리고 선우는 그녀의 모습이 마치 임무 속 그녀와 너무나 닮았기에 자칫 혼동이 올 수도 있을 것 같아 입을 조심하기로 다짐하였다.

선우는 자신의 집에 들어서면서도 오늘만은 어색한 기분이 들었다. 지금까지 집에 찾아온 젊은 여인이라고는 아내의 여동생이 전부였다.

"오늘은 제가 맛있는 요리를 해 보겠습니다. 그리고 너무 부담 갖지 마십시오. 이건 우리 유치원에서 매달 하는 것으로, 유치원생 집으로 선생님이 찾아가 원생의 부모님께 식사를 대접해 드리고, 많은 이야기를 나누면서 서로의 불신을 깨끗하게 없애자는 취지에서 행하고 있는 것입니다. 그러니 부담 가지지 마시고, 그냥 편하게 계십시오."

강지희는 선우와 아내에게 말한 뒤 부엌으로 향하였다. 그리고 주방 도구들이 어디에 위치하고 있는지를 훑어본 후, 그 즉시 요리를 하기 시작하였다.

"유치원에서 다 하는 건가 봐요. 요즘 유치원 선생님도 편한 직업이 아니네요……."

아내는 선우의 곁으로 다가와 조용한 어투로 말했고,

선우도 고개를 끄덕거렸다.

"엄마, 배고파."

강지희가 요리를 시작한 지 약 한 시간 정도가 지나자, 지민이 배를 만지며 나왔다.

"엄마, 나도."

곧 영민이도 배가 고프다며 함께 나왔고, 네 사람의 시선은 부엌에서 연신 무언가를 만들고 있는 강지희에게 집중되었다.

"우리…… 선생님을 보고 있지 말자, 선생님을 보고 있으면 선생님께서 부담되어 요리를 하지 못 하실 거야. 그러니 우린 다른 곳을 보자."

선우가 두 아들을 보며 말했다. 그러자 지민과 영민이 거실 한쪽으로 이동한 뒤 멍하니 앉아서 다시 강지희를 향해 시선을 돌렸다.

"자, 다 되었습니다. 오셔서 드십시오!"

한 시간만이었다. 한 시간 동안 강지희는 부엌을 장악하고 무언가를 만들었고, 그 실체를 모두에게 보여 주었다.

"선생님, 이게 뭐예요?"

"뭐긴, 오므라이스잖아. 우리 영민이는 오므라이스를 처음 보나 봐."

영민의 물음에 강지희가 자신 있게 말했지만, 그 자리에 있는 사람 중 강지희를 빼고는 그 누구도 지금 식탁 위에 놓인 음식이 오므라이스라고 생각지 않고 있었다.

그냥 계란 후라이에 당근과 오이, 햄을 깍두기마냥 썰어 올려놓은 음식으로 보였다.

"자, 먹자."

선우가 먼저 수저를 들며 말하자 곧 아내와 두 아들도 수저를 들었다.

"선생님도 드십시오."

선우가 강지희를 보며 말했고, 그녀도 곧 선우의 맞은 편으로 앉아 수저를 들었다.

"그럼…… 잘 먹겠습니다."

선우가 먼저 인사하고 크게 한 수저를 떠 입에 넣었고, 그 후에 곧바로 두 아들이 수저에 밥을 떠 입으로 넣었다.

조용하였다. 마치 TV 볼륨을 완전히 줄여 놓은 듯, 아무런 소리도 들리지 않았다. 심지어 입에 들어간 밥을 씹는 소리조차 들리지 않고 있었다.

"맛이…… 어떠세요?"

강지희가 물었다. 선우는 그녀를 보며 입안 가득 밥을 넣은 뒤 뭐라 답을 하지 않고 있었고, 곧 두 아들도 강지희를 보며 멍하니 있었다.

아내는 아직 수저를 들기 전이었다. 다행히 선우와 두 아들이 경험한 것을 아직 경험하지 않은 듯하였다.

"맛이…… 이상한가?"

강지희가 수저를 들었다. 그 순간 영민이 자리에서 벌떡 일어났다.

엣취!

영민은 식탁 위를 향해보며 제치기를 하였고, 입안에 있던 모든 밥알이 다 튀어나와 식탁 위의 모든 밥에 다 뿌려졌다.

엣취!

이어서 지민이도 재치기를 하였고, 지민이 역시 입안의 모든 밥알을 다 뱉어 내었다.

"애들이…… 어디서 이런 버릇이 생겼지? 밥을 먹다가 재채기가 나오면 고개를 돌리고 입을 막은 후 하라고 했잖아. 그런데 이렇게 식탁 위에 바로 하면 어떡해? 아무도 밥을 먹지 못하잖아."

아내가 말했다. 아니, 야단을 쳤다. 야단이라고 말해야 맞는 말이었다. 하지만 또 한편으로 야단이라 하기에는 너무 고운 어투였다.

"죄송합니다, 선생님. 애들이 이러지 않는데……."

"괜찮습니다. 애들이라 그럴 수도 있죠 뭐. 어른들도 가끔은 실수하지 않습니까? 괜찮습니다."

강지희는 어색한 미소를 지으며 말했고, 곧 아내가 식탁에서 일어섰다.

"이렇게 된 거, 제가 다시 음식을 장만할게요. 잠시만 앉아서 기다려 주세요."

두 아들의 심한 재채기로 인하여, 식탁 위에 놓인 모든 음식을 먹을 수 없게 되었다. 이에 아내가 일어서 냉장고 문을 열고 파와 양파 등, 다양한 요리 재료를 순식간에 찾은 뒤 바로 요리하기 시작하였다. 선우는 영민이에게 눈치를 주어 강지희를 소파에 앉도록 하였다. 그리고 식탁 위의 잔해들은 선우가 후다닥 치웠다.

"자, 오셔서 식사하세요!"

"벌써요?"

아내가 부엌에서 칼을 잡은 지 10분 정도가 지난 후였다. 아내의 고운 목소리에 선우와 두 아들이 후다닥 달려와 식탁에 앉았고, 곧 강지희도 다가와 앉았다.

"드세요."

그냥 계란 후라이와 함께 김치볶음, 그리고 햄 요리와 몇 가지 나물. 마지막으로 계란찜까지 있었다.

"이 많은 음식을 지금 10분 안에 하신 거예요?"

강지희는 놀란 눈으로 식탁 위의 반찬을 보며 말하였다.

"자, 먹자."

저녁만 벌써 두 번째 먹자는 선우였다. 선우가 수저를 들어 밥을 뜬 후, 김치볶음을 밥에 올려 햄과 함께 한 입을 먹자, 두 아들이 그대로 따라서 하였다. 입안에서 진정 맛있게 음식들을 굴리고 있는 듯 보였다.

강지희도 수저를 들고 밥을 뜬 후 김치볶음을 올리고, 햄을 얹어 한 입에 넣었다.

"어머."

절로 감탄사가 나왔다. 진정 태어나 처음 먹어 보는 듯한 맛이라 여기고 있었다.

강지희는 입안에 들어간 음식을 빠르게 씹은 뒤 또 한 수저를 떠먹었고, 그 뒤로도 폭풍 흡입을 하였다.

"죄송한데…… 한 그릇만 더 먹어도 될까요?"

강지희는 체면이고 뭐고 없었다. 원생의 집에 음식 대접을 하러 왔다가 오히려 자신의 배만 잔뜩 채우고 있는 상황이었다.

"잘 먹었습니다."

선우가 일어서고 두 아들도 일어섰지만, 강지희는 벌써 세 그릇째 밥을 먹었다. 곧 그 세 그릇째마저도 다 비운 뒤 아내에게 인사하며 식탁에서 일어섰다.

"선생님…… 괜찮으시겠어요?"

아내가 강지희를 보며 물었다. 깔끔한 치마 정장에 단추를 잘 잠그고 있었지만, 그 단추가 지금 옷과 분열을 일으킬 준비를 하고 있는 듯하였다.

"하하…… 너무 많이 먹었네요."

자신도 배에 과부하가 찾아오는 것을 느끼고 있었다. 하지만 흡입량을 줄일 수 없을 정도로 맛있는 음식이라 어쩔 수 없었던 것이었다.

저녁을 먹은 후 9시경에 두 아들은 방으로 들어가 잠이 들었고, 거실에서는 선우와 아내, 그리고 선생님이 앉아서 대화를 나누고 있었다.

"이만 가 보겠습니다."

강지희가 일어섰다. 진작 일어서서 가야 했지만, 아내의 말처럼 단추가 옷과 분열하는 사태를 막고자 소화를 시키고 일어선다는 것이 벌써 시간이 이렇게 되어 버린 것이었다.

"그리고 아버님."

강지희는 집을 나서기 전, 선우를 불렀다.

"네."

"영민이가 아버님을 무척 존경한다고 했습니다. 보통의

여섯 살 아이들이 하는 말은 아닙니다. 그리고 아버지는 특별하다고 했습니다. 그 특별함이 자신을 행복하게 해 주는 것 같다고 말했습니다."

"정말…… 우리 영민이가 그런 말을 했습니까?"

선우보다 아내가 더 놀라 물었다.

"네, 사실 저희 유치원 선생님들도 놀랐습니다. 여섯 살이면 그냥 어린 아이입니다. 누구를 존경하고 또 누가 특별하다고 말할 수 있는 나이는 아닙니다. 그런데 영민 이가 그런 말을 해요. 그만큼 아버님이 영민이에겐 특별한 존재인가 봅니다."

강지희의 말을 들으면서 선우는 임무 중 강지희가 한 말이 떠올랐다.

그녀가 하는 말들. 어쩌면 지금 영민이가 한 말일 수도 있다는 생각이 들었다.

강지희가 돌아간 후, 선우와 아내는 침대에 누웠다. 그리고 잠시 동안 천장을 바라보며 아무런 말없이 누워만 있었다.

"영민이 담임선생님 말이야."

선우가 먼저 말문을 열었다.

"네."

"그냥…… 좀 특별하다는 생각이 들어. 마치 훗날 미래에서도 우리 영민이를 위해 뭔가 해 줄 것만 같은 사람 말이야."

선우는 임무 속 강지희를 떠올리며 말했고, 아내는 그에 대한 답은 하지 않은 채 여전히 천장을 보며 미소만을 짓고 있었다.

Episode 4

Chapter 6

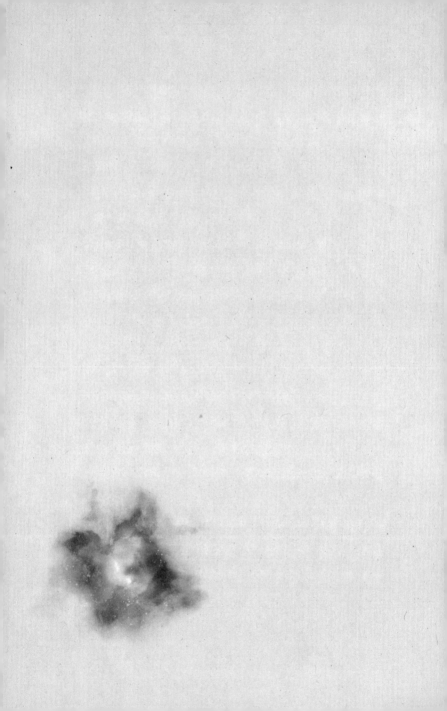

"아빠 다녀오세요!"

아침 일찍 일어나 회사로 나서는 선우에게 두 아들이 우렁찬 목소리로 인사하였다. 그리고 선우는 영민이를 보았다.

"영민아."

"응, 아빠."

"우리 영민이는 만약에 혼자 있고 싶을 때가 있으면, 어디에 있을까? 아빠 옷장? 아니면 욕실? 아니면 베란다?"

"난 혼자 있고 싶은 생각이 없어. 항상 아빠 하고 같이 있을 거야."

선우는 혹시나 하여 물었다. 지금 임무 속 영민이가 사라졌으니, 혹시 지금 영민이가 하는 말이 그 답을 줄 수 있을 것이라 생각하였다. 하지만 역시…… 여섯 살 아이가 할 수 있는 답을 하였다.

선우는 그저 웃으며 영민의 머리를 쓰다듬어 주었고, 곧 지민이의 머리도 쓰다듬어 주었다.

"난 혼자라면 당장 영민이를 찾아나설 거야. 혼자 있는 것은 싫으니까."

지민에게는 묻지 않았다. 하지만 지민이는 묻지 않은 말에 답을 하였다. 선우는 지민을 보고 웃었다. 아내도 지민을 보고 웃었고, 곧 영민이가 지민이를 꼭 안아 주었다.

"그래, 너희들은 형제야. 형제는 혼자가 아니야. 항상 함께 있는 거야. 알았지?"

"응, 아빠!"

두 아들의 힘찬 목소리를 듣고 난 후, 선우는 아내에게 가벼운 키스를 한 뒤 집을 나섰다.

"오늘은 임무 6일차입니다."

회사에 들어서자, 실장이 인사보다 먼저 임무 기간을 말해 주었다. 그만큼 마지막이 중요한 날이기 때문이었다.

"오늘은 결정을 짓겠습니다. 그리고 내일. 내일은 이미 일어나 버린 또 하나의 미래의 일이, 제가 임무 중인 미래에서는 일어나지 않도록 하겠습니다."

선우는 사무실에 들어서자마자 자신에게 말한 실장의 얼굴을 보고 답을 하였고, 곧 서 팀장이 따뜻한 커피를 들고 그의 앞으로 다가섰다.

"아직 시간이 있으니 커피 한잔 하십시오."

선우는 그녀를 보며 미소를 지었고, 곧 커피를 들고 휴게실로 향하였다.

"제가 어제 말씀 드린 부탁은⋯⋯."

"진행해 두었습니다. 강지희 씨⋯⋯ 그분에 대한 기억을 다시 조정하지 않았습니다. 처리반도 어제 투입하지 않았습니다. 이선우 씨가 임무차 미래로 가게 되면, 어제의 강지희 씨와 같은 강지희 씨를 만나게 될 것입니다."

선우는 실장의 답을 들은 후 미소를 짓고 커피를 마셨다.

"오늘도 수고하십시오."

시간이 되었고, 선우가 LED 위로 오르자, 실장이 말했다.

"다녀오겠습니다."

선우는 짧게 답하고는, 곧 눈을 감았다.

"어서어서 움직여!"

선우의 귀가 먼저 주위의 소리를 듣고 있었다. 눈을 살며시 뜨자, 회사 입구에서부터 꽤 많은 트럭들이 들어서고 있었다.

"오늘은 2차 테스트가 있는 날이라고 했는데, 트럭들이 벌써…….."

선우는 이 트럭들이 K—Soldier를 태우고 이 회사를 나갈 트럭이라고 생각하였다.

"이지민 씨, 여기…….."

선우가 회사 안을 멍하니 보고 있을 때 곧 그의 뒤에서 강지희의 목소리가 들렸다. 그는 재빨리 그녀의 곁으로 이동하였다.

"안녕하세요."

그녀를 보며 인사하였다.

"어제는 아무 일 없었습니까? 저와 영민 씨의 아버님이 회사를 나간 후, 다시 제가 회사로 왔지만, 지민 씨를 보지 못해서요."

그녀는 어제 다시 돌아온 모양이었다. 하지만 선우는 그녀가 나간 뒤 곧바로 현실 세계로 소환되었었다.

"아무 일 없었습니다. 저 또한 강지희 씨가 회사를 나간 후, 바로 나갔습니다. 이곳에 혼자 있어 봐야 오히려 위협만 당할 것 같아서요."

그녀의 말에 답하며 주위를 다시 둘러보았다.

"아저씨는 오늘 출근하셨습니까?"

"아닙니다. 제가 나오지 못하도록 하였습니다. 아무래도 내일이 마지막 결전의 날이라, 이런저런 문제가 많을 듯하여 오늘과 내일까지는 집에서 쉬시도록 하였습니다."

"잘하셨습니다. 어차피 내일이면 모든 것이 정리되니, 그 후에 마음 편하게 출근하시는 것이 더 좋을 듯합니다."

선우도 강지희와 같은 뜻을 말하였고, 곧 두 사람은 다시 회사 안을 보았다.

"오늘 2차 테스트가 있다고 했는데, 사람들은 보이지 않고 트럭들만 많이 보이는군요. 무슨 문제라도 생긴 것입니까?"

테스트에는 항시 많은 사람이 모인다고 하였다. 비록 내일 있을 최종 테스트에는 극소수의 군 관련자 및 과학기술자들만 참석하지만, 오늘까지는 일반 시민은 물론, 국회의원과 경제인들도 참석하는 것으로 알고 있었다.

"저도 오늘 아침의 내용은 아직 듣지 못했습니다. 어제 그렇게 하고 회사를 나갔으니, 이택수가 저에게 정보를 줄 리가 없으니까요."

맞는 말이었다. 이미 이택수는 강지희가 이영민을 찾고 있다는 것을 알고 있었다. 그래도 그녀의 마음을 자신에게로 돌리고자 노력하였지만, 어제 결정적으로 5년간의 노력은 수포로 돌아간 것을 경험하였다.

그리고 무엇보다 선우에게 협박 아닌 협박을 당한 상태라, 그가 쉽게 회사 내에서 선우의 눈에 띄지는 않을 듯하였다.

"일단 저 트럭의 용도가 무엇인지를 알아야겠습니다."

선우가 먼저 회사로 들어서며 말했고, 그의 뒤로 강지희가 따라 움직였다.

"오늘은 이영민 박사를 무조건 찾아야 합니다. 내일 있을 K—Soldier의 소유권에 대한 결정도 중요하지만, 모두가 알지 못하는 또 하나의 거대한 일이 일어날 것이기에, 그전에 모든 것을 다 밝혀내야 합니다."

선우는 그녀의 앞에서 이동하면서 몇 마디 대화를 하였다. 그의 말을 들은 강지희는 두 번째의 말에 대해 궁금증이 있을 것이지만, 그에게 묻지 않았다.

"최 박사……."

회사 안으로 들어선 뒤 트럭들 사이로 이동하고 있을 때, 전면부 건물의 한 사무실에서 최 박사가 이리저리 왔다갔다 하고 있는 모습이 보였다.

"트럭이 모여들고 있는 것을 보면서도 나와 보지 않는다는 것은 이 트럭을 집결시키는 사람이 최 박사인 것으로 보입니다."

선우가 말했다. 그의 말처럼 만약 자신이 내린 명령이 아니라면 당장이라도 나와서 고래고래 소리를 칠 것이었다. 하지만 그런 것이 없다는 것은 그가 이 트럭을 불러들인 것이라 말할 수 있었다.

반면에 이 트럭에 대해 모르지만, 안다고 해도 무작정 나설 수 없는 인물이 이택수였다. 비록 어제 선우에 의해 자신은 물론, 경호원들이 겁을 먹고 물러서긴 하였지만, 그것만 가지고 선우를 피해 다닌다고 단정 지을 수는 없었다.

"제가 최 박사를 만나 보겠습니다. 지민 씨는 이택수를 찾아보십시오. 최 박사가 아니면, 이택수, 둘 중 한 사람은 영민 씨의 현재 위치를 알고 있을 테니, 두 사람을 만나 설득하는 방법이 우선인 듯합니다."

강지희가 말했다. 그는 그녀의 말에 응하는 듯 어제 이택수를 마지막에 보았던 그 비밀의 방이 있는 곳으로 향하였다.

그리고 강지희는 최 박사를 만나기 위하여 바로 움직였다.

"아무도 없군⋯⋯."

예상은 하고 있었다. 어제까지만도 절대 누구도 들어서지 못하도록 철통 경계를 서던 비밀의 방이지만, 오늘은 그 누구도 지키고 있지 않았다.

선우는 어제 강지희와 함께 들어섰던 문을 열고, 안으로 들어섰다.

"어찌⋯⋯ 된 거야?"

안으로 들어서자마자, 선우의 눈동자는 휘둥그레지고 있었다.

"분명⋯⋯ 이 문을 열면 길게 연결된 짙은 어둠이 있어야 한다. 그 어둠 속을 걸을 때 자동으로 조명이 밝혀졌고, 그 길의 끝에⋯⋯ 하얀색으로 도배된 방이 있었다. 그런데⋯⋯ 그런데."

선우의 눈앞에 보이는 것은 그저 평범한 하나의 사무실이었다.

필시 같은 문을 열고 들어왔지만, 어제 강지희와 함께 보았던 그 길은 존재하지 않았다. 그냥 일반적인 하나의 사무실만 있을 뿐이었다.

"여긴 관계자 외 출입금지 구역입니다."

곧 한 사내가 그의 곁으로 다가서며 말했다. 지난날,

전면부 건물 좌측을 돌아갔을 때 그곳을 경비 서고 있던 그 경비원이었다.

그런데 그가 지금 이곳으로 자리를 옮겨 근무를 서고 있는 것이었다.

"이곳…… 예전부터 계속 있었던 곳입니까?"

선우는 그에게 붙들려 나갈 때 나가더라도 궁금증은 풀고 나가고 싶었다. 그래서 다가서는 그를 향해 먼저 다가서며 물었다.

경비는 선우를 보며 그를 끌어내려 하지 않고, 오히려 그의 질문을 들은 후, 그를 가만히 보고 있었다.

"한 5년 됐습니다. 5년 동안 사용하지 않았던 사무실인데, 희한하게도 먼지 하나 없지 않습니까?"

선우는 그의 말을 듣고는 방 안을 살펴보았다. 그냥 평범한 사무실이었다. 경비원의 말처럼 먼지 하나 없었다. 마치 매일같이 누군가 청소를 하는 듯한 사무실이었다.

그리고 경비는 의외로 선우가 묻는 질문에 대한 답을 다 해 주고 있었다.

"혹시 이택수 사장님을 어디로 가면 만날 수 있는 것입니까? 오늘 만나기로 하였는데……."

"사장님은 금일 외부 일정으로 인하여 회사에 나오지 않으십니다."

"……!"

경비원의 말에 선우의 눈동자가 커졌다. 오늘은 꼭 그에게서 무언가의 답변을 들어야만 하였다. 그래야 내일 있을 일에 대한 대책이 만들어질 것이었다.

"외부의 일이라면 어디로 가야 하는 것입니까? 외부라도 근처에 어디 있을 것 아닙니까?"

선우가 경비원을 재촉하며 다시 물었지만, 경비원은 그에 대한 답은 하지 않은 채 그를 끌고 다시 밖으로 나오고 있었다.

"그만 가십시오. 금일은 2차 테스트가 있는 날이라, 외부인의 출입을 엄격하게 금하고 있는 중입니다."

경비원이 재차 말하였고, 선우는 그가 밀어낸 사무실 앞에 서서 고개를 숙이고 있었다.

"최 박사……."

그는 최 박사가 있는 곳으로 향하였다. 이택수가 한 일은 최 박사도 함께 한 일이기에 그에게도 물을 것이 많았다.

"썩 나가! 감히 여기가 어디라고 와서 이택수의 편을 들고 난리야!"

선우가 최 박사의 연구실로 향하던 길에 몇 무리들에 의해 쫓겨나듯 밀려 나오고 있는 강지희를 보았다.

"무슨 짓입니까!"

선우가 달려가 그녀의 앞을 막으며 소리쳤고, 그의 출현에 의해 최 박사와 그의 일행들이 선우를 매섭게 노려보았다.

"자네도 똑같은 놈이야! 내가 그리 부탁했는데 들어주지 않더니, 이택수가 다른 궁리를 하도록 시간을 벌어 줘? 내 오늘은 테스트고 뭐고, 이 회사에 있는 모든 K—Soldier를 다 다른 연구실로 옮기고 말 것이다."

"안 됩니다! 이건 불법입니다. 이곳은 방위산업체입니다. 우리나라의 국방에 관련된 장비를 만드는 곳입니다. 그런 곳에서 만들어진 것을 개인적인 공간으로 옮기는 것은……."

"법? 그래. 법 좋아하나 본데. 법대로 해 봐! 그렇지 않아도 내일 이 모든 것에 대한 소유권이 판결나는데, 우리끼리만 한 이야기로 끝나는 게 아니야! 이미 여기에 있는 모든 K—Soldier에 대한 소유권을 확정해 달라는 진정서를 제출하였고, 그에 대해 이미 법원에서 판결을 준비 중이니, 그 판결이 나면 이택수고 뭐고, 그 누구도 나의 K—Soldier에는 손도 대지 못할 거다!"

선우의 말이 끝나기 전, 최 박사가 고래고래 소리쳤다. 그는 이미 많은 것을 준비해 두었고, 그것에 대한 시발점을 알리는 것을 선우가 우연찮게 한 것이었다.

선우는 자신이 임무 첫날 이곳에 왔을 때 그가 한 말을 떠올렸다.

선우가 그 당시 말을 꺼내자마자 이것에 대한 판결을 일주일 후에 내자는 말을 바로 뱉은 사람이 최 박사였다. 그 당시에는 그 말을 새겨듣지 않았다. 하지만 지금 생각하면 최 박사는 이미 일주일 후에 법정판결이 내려지는 것을 알고 있었던 것이었다.

'그런데 왜…… 왜 아직도 이곳에 있는 것이지? 이미 법정에 판결을 요구한 상태라면 굳이 이런 위험한 곳에 있을 필요는 없지 않는가?'

선우는 그가 하는 말과 함께, 지금의 행동도 생각하였다. 모든 것을 다 준비하여 법원에 제출한 상태라면 여기에서 이택수와 실랑이를 할 필요가 없는 것이었다.

'연구실……?'

그러다 문득 떠오르는 것이 있었다. 최 박사는 엊그제 선우에게 이택수를 잡아 달라는 말을 하였다. 그리고 그사이 자신은 연구실에서 무언가를 가져와야 한다고 하였다.

그 말이 지금 떠오른 것이었다.

"우린 이대로 물러나겠습니다. 그러니 더 이상의 협박

은 하지 말아 주십시오."

선우는 그사이 몇 개의 생각이 떠올랐고, 최 박사에게 말한 뒤 몸을 숙이고 있는 강지희를 부축하여 그곳을 벗어나기 시작하였다.

"젠장. 하루다…… 하루만 더 버티면 이 모든 것이 다 내 것이 되는데. 어디서 저런 놈이 갑자기 튀어나와서……."

최 박사는 선우와 강지희의 뒷모습을 보며, 홀로 중얼거렸다. 진정 이 모든 것을 혼자 다 가지려는 듯 욕심에 찬 표정이었다.

선우는 강지희를 데리고 건물 좌측 끝 뒤편으로 이동하였다.

그곳에 있었던 경비원이 어제 비밀의 방으로 통하는 길목에 있다는 것을 조금 전에 보았기에, 그곳을 지키고 있지는 않을 것이라 여겼다. 그리고 예상대로 그곳은 아무도 지키고 있지 않았다.

"괜찮으십니까? 여기서 잠시만 쉬겠습니다."

경비원이 없는 틈을 타 지난날 이택수와 함께 들어섰던 창고 안으로 들어섰고, 곧 한쪽으로 강지희를 앉히며 물었다.

"네, 괜찮습니다. 그런데…… 아무것도 알아내지 못했습니다."

"저도 마찬가지입니다. 이택수가 외부 업무로 인하여 오늘은 회사에 오지도 않는다고 하는군요. 이럴 줄 알았다면 어제 모든 결판을 다 짓고 헤어지는 것인데……."

선우는 어제 소환 시간이 빠르게 다가온 것이 아쉽게 느껴지고 있었다.

"우선 여기부터 다시 찾아봐야겠습니다."

선우는 그녀를 앉혀 놓은 뒤 다시 일어서며 말했고, 곧 사무실 안으로 더 들어섰다.

"이곳은……."

"지난날 이택수가 나를 데리고 온 곳입니다. 이 안에서 전혀 새로운 K—Soldier를 보았습니다. 그리고 그중에 한 대가 바로 K—Soldier지희였습니다. 강지희 씨를 그대로 옮겨 놓은 K—Soldier였습니다."

강지희는 그의 말을 들은 후 서서히 자리에서 일어섰다. 자신과 같은 로봇이 있었던 자리라고 하니, 자신이 직접 확인하고 싶었다.

"여기는 5년 전 폐쇄된 연구실입니다."

"네? 여기가 연구실? 그것도 5년 전이라면 설마……."

"네, 바로 이영민 박사가 K—Soldier의 두뇌를 연구하던 곳입니다."

선우는 주위를 둘러보았다. 이택수와 함께 들어왔을 때
는 별다른 생각이 없었다.

하지만 강지희의 말을 들은 후, 영민이가 이곳에서 연
구를 하였다는 말에 혹시 영민이가 무언가 남긴 것이 있
을지도 모른다고 여겼다.

"모든 것이 다 치워졌습니다. 영민 씨의 기록들…… 그
가 손으로 만졌던 수많은 책들과 도구, 재료와 자료……
다 치워졌습니다."

당연히 다 치웠을 것이었다. 무언가에 의해 일이 틀어
졌고, 그로 인하여 이영민을 여기서 쫓아낸 뒤 그 비밀의
방인가에 감금하였고, 또 어디론가 이동시켜 두었을 것이
었다.

선우는 또다시 주먹이 꽉 쥐어지고 있었고, 눈빛이 매
섭게 변해 가고 있었다.

"참, 제가 이곳에 처음 왔을 때 이 안으로 두 개의 문
이 더 있었고, 그 두 번째 연구실에 일곱 대의 K—
Soldier가 있었습니다. 그들의 성능은 지금 모두가 본
수백 대의 K—Soldier보다 더 월등한 힘을 가지고 있다
고 하였습니다. 그리고 마지막 방에는 작은 PC 한 대만
이 있었습니다."

선우가 말을 이어 하자, 그녀는 더 안으로 들어섰다. 그리고 곧바로 또 하나의 문을 활짝 열었다. 하지만 그 안에도 여전히 텅 빈 연구실이었다.

강지희는 다시 움직였다. 마지막 문을 향해 움직였고, 곧 그 문도 잡고 활짝 열었다.

"……."

강지희는 아무런 말없이 가만히 서 있었다. 선우도 그 안을 보고 가만히 서 있었다.

"저것…… 입니까?"

강지희가 나지막한 목소리로 말했다. 그 안에는 선우가 보았던 그대로 일곱 개의 박스가 있었다. 그리고 그 안에는 각기 다른 성질을 지닌 K—Soldier가 들어가 있었다.

하지만 지난번과는 다른 점이 있었다. 바로 두 번째 연구실에 있었던 이들이 지금은 마지막 방에 있었다. 그리고 그 방에 있던 PC 한 대는 그 자리를 그대로 유지하고 있었으며, 그날 이택수에 의해 파손되었던 모니터는 새것으로 다시 교체되어 있었다.

"일단 외관상은 맞습니다. 하지만 내부를 확인해 봐야……."

선우의 말이 끝나기 전에 강지희가 움직였고, 그녀는

곧바로 가장 앞에 있는 박스를 잡아 뜯기 시작하였다.

"진정하십시오!"

그녀의 행동에 선우가 소리쳤고, 그녀의 곁으로 달려갔다. 그녀는 선우가 말려도 계속하여 박스를 손으로 뜯으려 하였지만, 박스는 열리지 않았고, 뜯기지도 않았다. 오히려 강지희의 손톱이 부러져 손에서는 피가 흘러내리고 있었다.

"그렇게 연다고 열릴 것이 아닙니다."

선우가 박스 앞으로 섰다. 그리고 그는 어제 이택수가 한 것처럼 박스의 중간 부분을 이리저리 더듬었고, 곧 뭔가 작은 스위치 같은 것이 느껴지자, 살짝 눌렀다.

지이이잉!

그리고 곧 박스는 스스로 분열되면서 내부를 보여 주고 있었다. 외부의 모습은 그저 흔한 박스의 모양이었지만, 그 내부는 강철보다 더 강한 철근으로 이리저리 복잡하게 얽혀 있는 형태였다.

이런 것을 손으로 뜯으려 하였으니, 강지희의 손이 남아나지 않는 것은 당연한 것이었다.

띠리리리.

같은 시각. 선우를 피하며, 단 이틀만 시간을 벌자는

식으로 회사 외부로 나와 있던 이택수의 휴대전화가 울렸다.

"응? 이것은……."

이택수는 자신의 휴대전화에 찍힌 번호를 보며 인상을 구겼고, 곧 통화 버튼을 눌렀다.

―이 로봇이 전혀 새로운 기술로 만들어진 K―Soldier라는 것입니까?

"……!!"

통화 버튼을 누르자마자, 귀에 익숙한 강지희의 목소리가 들렸다. 이택수는 놀란 눈으로 그 즉시 차량을 멈춰 세웠고, 기사에게 차를 돌려 회사로 향하라는 소리를 질렀다.

"어떻게…… 어떻게 이놈들이 여기를 간 것이야!"

이택수가 들은 말은 지금 세 번째 연구실 안에서 첫 번째 박스를 개봉한 후에 박스 내부에 있는 K―Soldier를 보며 강지희가 한 말이 그에게 그대로 전달된 것이었다.

지난날 이택수는 이 로봇들을 선우에게 보여 주면서 자신의 모든 것을 바꿔 줄 로봇이라 말하였다.

하지만 지금, 그 로봇을 개봉하고 있는 인물이 선우이며, 강지희라 그의 분노가 더 치솟고 있는 상태였다.

"이 로봇들이 그렇게 우수합니까?"

선우는 사실 로봇들을 본다고 하여도 자세히 알 수 없었다. 하지만 강지희는 이쪽 계통의 일을 하고 있으니 그녀는 알 수 있을 것 같았다.

강지희가 첫 번째 개봉된 박스 안에 있는 K—Soldier를 자세히 보기 위하여 다가섰다.

"섬세합니다. 피부 조직…… 머리카락, 눈동자의 반짝거림과 입술의 촉촉함…… 정말 사람과 같습니다."

강지희는 놀라움을 금치 못하고 있었다. 현재 메인 라인에서 생산되고 있는 K—Soldier도 섬세하다고 하지만, 이 정도는 아니었다.

그저 일반적으로 약간의 거리를 두고 볼 때, 섬세함을 나타내고 있는 생산형 K—Soldier로봇과는 달리, 현재 자신 앞에 있는 K—Soldier는 바로 앞에서 보아도 진짜 사람을 보는 듯하였다.

"그런데…… 이상합니다."

"무엇이 말입니까?"

자세히 보고 있던 강지희가 뭔가 이상함을 느꼈는지 뒤로 약간 물러나며 말했고, 선우가 그녀의 곁으로 다가서며 다시 물었다.

"이 로봇들…… 어디선가 본 듯한 느낌이 들어서요."

"그 말은 저도 이해합니다. 전 이미 이 로봇들 중 강지희 씨와 똑같이 생긴 로봇을 보았으니까요."

강지희는 이상하게 느끼고 있었지만, 선우는 아니었다. 그는 대수롭지 않게 받아들이고 있었다.

"네, 지민 씨의 말씀처럼 저와 닮은 로봇이 있었으니, 당연히 이 로봇도 누군가를 그대로 옮겨 놓은 듯 만들었을 텐데…… 그 사람도 영민 씨처럼 자취를 감춘 지가 꽤 오래되었습니다."

"……!"

조금 전, 누군가를 닮았다는 첫 번째 말에는 그다지 놀라지 않았다. 하지만 영민이처럼 사라진 누군가의 모습이 그대로 녹아 있다는 그녀의 말에 선우의 눈동자가 흔들거렸고, 그는 곧 다른 박스를 열어 보려 움직였다.

"저건…… 이택수의 차량 아닙니까?"

선우가 연구실 안에서 다른 박스를 열기 위하여 서둘고 있을 때 외부에 있다는 이택수가 회사 안으로 들어서고 있었다. 그리고 그 차량을 본, 한 박사가 최 박사에게 물었다.

"이택수…… 어딜 다녀오는지 궁금하군."

최 박사는 즉시 어디론가 연락을 취하였다. 곧 연구실 안에 있는 사람들에게도 몇 가지 명령을 하달하는 듯하였다.

아빠는
신입
사원

"이게 뭐야? 회사에 뭔 트럭들이 이리 많아!"

회사 안으로 들어서서 곧바로 뒤편 건물에 있는 연구실로 곧장 움직이려 하였지만, 너무나 많은 트럭들로 인하여 차량이 목적지로 바로 가지 못한 채 멈춰 섰다.

"내려서 움직일 것이다. 지금 즉시 경비원들을 연구실로 보내고, 또 경찰도 불러!"

이택수는 화가 나 소리치면서 서둘러 트럭들 사이를 뚫고 연구실 방향으로 향하였다.

"이택수…… 어딜 그렇게 다녀오는 것인가?"

이리저리 트럭들을 뚫고 지나쳐 갈 때, 최 박사와 그 일행이 이택수의 앞을 막아섰다.

"젠장, 지금 바빠서 노인네들과 실랑이 할 시간 없다! 다음에 말하고, 일단 길을 비켜라!"

이택수는 그들을 향해 고래고래 소리쳤지만, 최 박사 일행은 그의 앞길을 열어 줄 생각이 없었다.

"무슨 꿍꿍이로 외부를 그리 나돌고 있는 건가?"

"무슨 소리야! 내가 외부로 나돌든 말든 노인네들이 무슨 상관이야! 그리고 지금은 내가 바쁘니 할 말이 있다면……."

"이미 모든 것이 결정 난 상태다. 이 말보다 더 중요하고 바쁜 것이 있는가?"

"무엇이…… 결정 났다는 것이야! 결정은 내일이다. 약속한 날이 내일인데 무슨 놈의 결정이 어디서 벌써 났다는 것이야!"

이택수는 계속하여 목청을 높이며 소리쳤다. 하지만 최박사는 물론, 그의 일행은 차분하게 이택수를 막아서고만 있었다.

"어리석은 놈 같으니, 우린 이미 오래전부터 이 일을 준비했다. 과학은 과학자들이 주인이 되어야 하는 것이다. 돈 많은 인간이 주인이 되어서는 그 본질을 잃게 되는 것이야."

이택수는 최 박사의 말을 들으면서 자신도 모르게 눈동자가 떨려 오고 있다는 것을 느꼈다.

"오래전부터 준비했다는 것은……."

"K—Soldier. 그 엄청난 로봇을 돈에 의해 움직이게 할 수는 없네. 나라를 위해서 만들었다면, 나라를 위해서 사용해야지. 개인의 이익을 위해서 움직여서는 안 된다는 것이야."

"내 말에 대해 정확하게 답만 해! 오래전부터 무엇을 준비했어? 그리고 결론이 벌써 나와 있다는 것은 뭐야? 설마…… 이 모든 것을 너희들이 가져갈 수 있도록 준비를 했다는 말인가?"

이택수는 자신의 음성이 떨리고 있다는 것을 알면서도 하나하나 모든 것을 다 묻고 있었다.

"돈이면 모든 것이 다 될 것이라고 여겼나? 아니지, 돈은 그냥 돈이네. 그것으로 과학을 산다고 하여도, 진정한 과학자들의 머리는 살 수 없는 것이네."

최 박사는 자신의 머리에 손을 얹혔다. 그리고 매서운 눈빛으로 이택수를 보았다.

"내 돈 없이…… 연구를 계속 할 수 있을 것이라 생각하나? 정말 그렇게 생각해서 이런 짓을 한 것이야?"

"돈은…… K—Soldier를 판매하면서 자동적으로 들어오는 것이다. 이제 너의 푼돈은 필요치 않게 되는 것이지."

"……!!"

이택수의 몸이 잠시 휘청거렸다. 조금 전까지 진정한 과학자 어쩌고 말하던 최 박사였다. 하지만 결국 그의 입에서 나온 말도 돈이었다.

K—Soldier를 팔아 번 돈으로 다시 과학을 이끌어 나가겠다, 아주 보기 좋게 포장하고 있는 것이었다.

"사장님!"

곧 회사의 경비원과 함께 이택수의 개인 경호원들까지 모두 도착하였고, 그의 뒤로 섰다.

"당장 저 노인들을 한쪽으로 몰아서, 회사 밖으로 내쫓겠습니다."

한 경비원이 두 팔을 걷어 올리며 말하였지만, 이택수는 자신의 한 손을 들어 그의 움직임을 멈춰 세웠다.

"정말…… 박사님들이 이길 것이라고 생각하십니까?"

"오호…… 왜 갑자기 공손하게 말씀을 하시는가? 조금 전까지만 해도 노인네들 어쩌고, 이를 꽉 깨문 채 말하더니. 우리가 많은 것을 준비했다고 하니 마음이 약해지셨나?"

이택수가 갑자기 최 박사에게 말을 높여 하자, 최 박사는 그의 말을 비웃는 듯 고개를 살짝 젖히며 말했다.

"묻는 말에 대답만 하십시오. 그럼 됩니다. 정말…… 정말 박사님들이 내일 있을 결정에서 이길 것이라고 보십니까?"

"물론이네. 이미 법원에서 연락이 왔네. 나라에서도 돈보다는 과학에 손을 들어 주었네. 자네의 돈은 이제 필요치 않아. 그리고 자네가 투자한 금액은 아마 K—Soldier를 판매한 금액의 일부로 하여, 법원에 공탁을 걸어 둘 것이네. 그 돈이라도 받고 물러나든지, 아니면 승산 없는 법정 싸움을 계속하든지, 그건 자네가 알아서 하게."

최 박사는 자신의 할 말을 다 했는지, 그제야 이택수의 앞을 막고 있던 길을 열어 주었다.

이택수는 회사의 앞마당을 모두 장악한 많은 트럭들을 본 후, 천천히 걸어갔다. 서둘러 가 연구실에 있는 선우와 강지희를 막아야 하지만, 지금은 이택수의 머리에서 그 사안이 잠시 떠나 있는 상태였다.

"오늘…… 두 번째 테스트가 있는 날이었습니다. 테스트는 하지 않고, 이 트럭들은 다 무엇입니까?"

최 박사의 옆을 지나쳐 가다 트럭을 가리키며 물었다.

"신경 쓰지 말게. 이제 이 모든 것도 자네와는 상관없는 일이네. 그리고 자네의 사무실…… 아마 내일이면 모두 비워 둬야 할 것이네. 그 자리는 내일부로 내가 들어갈 자리니 말이야."

이택수의 표정이 일그러졌다. 진정 돈이 아닌 과학자의 본질을 말하던 그가, 지금 돈에 매수되어 움직이고 있는 인간으로 보이고 있을 뿐이었다.

"세상은 말입니다. 언제나 변수란 것이 항상 있게 마련입니다. 모든 것이 다 확정되기까지, 절대…… 마음 편히 계시지 마십시오."

이택수는 조금 전까지 많은 긴장을 하고 있는 듯한 표정이었다. 최 박사의 말에 제대로 한 방 먹은 듯한 표정이었다.

하지만 지금 그의 표정은 편안해 보였다.

무엇을 생각한 것인지는 모르지만, 이택수는 최 박사의 바람대로 모든 것이 흘러가도록 그냥 보고 있지 않을 것이라는 말을 표정으로 보여 주고 있는 것이었다.

"가자."

경비원과 경호원들을 데리고 그는 최 박사를 비롯하여 박사들이 모여 있는 곳을 지나쳐 갔다.

불과 몇 분 전까지만 하더라도 무엇에 의해 긴박하게 움직였던 그였지만, 지금은 여유가 있는 것에 최 박사의 표정도 변하고 있었다.

"무슨 생각을 하고 있는 것인가……."

최 박사는 이택수의 뒷모습을 보며 홀로 중얼거렸다.

"따라가 봐야 하지 않겠습니까? 저 인간이 무슨 꿍꿍이가 있는지를 알아야 만약이라는 것에 대비라도……."

"바로 사람을 붙이게."

"알겠습니다."

이택수는 건물 뒤편 연구실로 향하면서 조금 전의 긴박함은 아예 잊은 듯 보였다. 천천히 걸어서 연구실 앞에 멈추었고, 곧 강철문처럼 아주 거대한 문을 열었다.

첫 번째로 보이는 연구실은 아무것도 없었다. 이택수와

함께 경호원들이 들어섰고, 경비원들은 그 입구에 서서 주변을 막아 세웠다.

'쳇, 더 따라붙을 수 없겠군.'

최 박사의 명령으로 몇 사내가 붙었지만, 이내 얼마 가지도 못하였다.

연구실 입구에서 이미 경비원들이 입구를 막아 버리는 바람에 그 안의 상황을 볼 수 없는 상태였다.

"너희들도 여기서 대기하라."

두 번째 연구실 문을 열기 전 이택수는 경호원들마저 입구에 대기하도록 명령 내렸고, 홀로 두 번째 연구실로 들어섰다.

"잠시 만요. 문이 열리는 소리가 들린 듯합니다."

같은 시각. 세 번째 연구실에 있는 K—Soldier들을 자세히 보고 있던 선우에게 강지희가 말했다. 그녀의 말에 동작을 멈춘 뒤, 귀를 기울였다.

"사람이 들어왔습니다."

선우는 두 번째 연구실 문이 열린 것을 알 수 있었다. 그리고 곧바로 주변을 둘러보았다. 몸을 숨길 곳을 찾는 것이었다.

"이쪽으로."

이리저리 사방을 둘러보고 있을 때 강지희가 손짓을 하였다. 두 사람은 첫 번째와 두 번째 연구실에는 없던 작은 탈의실 안으로 빠르게 움직이며 몸을 숨겼고, 탈의실 문이 닫히자마자, 곧바로 세 번째 연구실 문이 열리고 있었다.

'이택수⋯⋯.'

탈의실 안에 몸을 숨긴 채 좁은 틈 사이로 문을 향해 보자, 이택수의 모습이 보였다. 그리고 선우가 나지막하면서도, 강한 억양으로 그의 이름을 불렀다.

이택수는 자신이 따로 만든 K—Soldier 앞으로 섰다. 이미 박스가 개봉된 것은 눈으로 보기 전에 알고 있었다.

그는 가장 앞쪽에 있는 K—Soldier를 본 후, 다시 그 뒤로 서 있는 K—Soldier를 시작으로 일곱 개의 박스를 하나하나 개봉하기 시작하였다.

그리고 강지희를 모델로 해서 만든 K—Soldier 앞으로 선 후, 그녀의 볼을 만지듯 어루만지고 있었고, 그의 행동을 본 강지희의 표정이 일그러졌다.

"무척⋯⋯ 아름답지 않습니까?"

"⋯⋯."

이택수가 하는 말에 두 사람은 잠시 놀랐지만, 이내 진정하고 아무런 말없이 다시 그를 보았다.

"내 K—Soldier를 본 느낌이 어땠습니까? 지난날 나와 함께 보고, 오늘은 강지희 씨와 함께 보니, 그 느낌이 달리 느껴졌습니까?"

"……!"

처음에는 그저 홀로 중얼거리는 것이라 생각하였다. 하지만 이어지는 말에 이미 자신들이 이곳에 있다는 것을 그가 알고 있다고 판단하였다.

선우는 강지희를 본 후 탈의실 문을 살며시 열었다. 그리고 그녀와 함께 모습을 드러냈다.

"그 좁은 곳에서 나의 여인과 함께 계셨습니까? 어땠습니까? 그녀의 숨결을 가까운 곳에서……."

"시끄러! 난 너의 여자가 아니야! 난 영민 씨와 결혼을 약속했어. 그런데…… 그런데……."

"……."

이택수의 눈매가 조금은 날카롭게 변하고, 그는 선우를 노려보며 물었다.

그러자 곧바로 강지희의 고함소리가 들렸다. 그와 선우는 아무런 말없이 그녀를 보았다.

"영민 씨라…… 이미 5년이 지났는데 아직도 잊지 않고 있다니. 참으로 놀랍군."

이택수는 그녀를 보았다. 그리고 다시 자신의 앞에 있

는 자신이 만든 K—Soldier지희를 보았다.

"내가 직접 만질 수 없으니, 이런 짓까지 하고 있지 않은가? 왜, 왜 난 이영민처럼 너의 사랑을 받지 못하는가! 왜! 왜!"

이택수는 자신의 앞에 있는 K—Soldier지희의 목을 조르며 소리쳤고, 순간적으로 자신의 목을 조르는 듯한 느낌에 강지희가 놀란 눈으로 그를 본 뒤 자신의 목을 잡는 행동을 취하였다.

"그만두십시오!"

그의 변태적인 행동에 선우가 소리쳤다.

"당신…… 당신이 누군지 도저히 알 수가 없어. 어디서 나타난 사람이야? 왜? 왜 갑자기 나타나서 나를 이 지경으로 만들고 있는 거야!"

이택수는 선우를 노려보며 소리쳤다.

"난…… 당신을 괴롭히기 위하여 온 사람이 아닙니다. 당신과 나의 첫 만남을 생각해 보십시오. 당신이 나를 이곳으로 데리고 들어왔습니다. 기억나지 않으십니까?"

"기억나지. 그래, 기억나고말고. 난 그냥…… 그냥, 나의 위대함과 우월함을 그 누구에게라도 보여 주고 싶었다. 모두가 외면하는 나의 천재성을 누군가에게 보여 주고 싶었다. 그래서 선택했지. 아무도 모르는 그저 평범한 사람.

그 누구의 편도 들지 않는, 그런 평범한 사람. 그 생각을 하고 있을 때 내 눈앞에 보인 게 바로 당신이야."

선우는 그의 말을 들은 후, 그를 향해 쏘아보던 눈빛을 조금은 편안하게 하였다.

외면, 고독, 외로움. 혼자라고 생각될수록 더 많이 찾아오는 것들이다.

단지, 이택수는 모두가 자신을 외면하며 돈으로만 계산하는 그런 사람이라 생각하는 것에서 벗어나고 싶었는지도 모른다고 여겼다.

"당신이 나에게 보여 준 로봇들…… 내가 군 관계자가 아니라고 밝혀졌는데도 당신은 날 믿었습니다. 그리고 그 다음 날에도 나를 이 회사에 들어서도록 해 주었고, 심지어 회사 안을 둘러볼 수 있도록 해 주었습니다."

이택수는 선우의 말을 들으며 서서히 K—Soldier의 곁에서 떨어져 벽에 몸을 기댄 후 천천히 주저앉았다.

"당신이 만든 로봇들. 지금 앞에 보이는 이 일곱 대의 로봇들과, 나를 만난 첫날 보여 주었던 또 하나의 로봇…… 난 기억합니다. 그리고 당신을 외면하지도 않았고, 당신이 돈으로만 모든 것을 계산하는 사람이라 생각한 적도 없습니다."

선우의 말에 이택수는 천천히 고개를 들어 그를 보았

다. 자신을 향해 손을 뻗을 것만 같은 그의 모습이었다.

"당신…… 누구야?"

이택수는 나지막한 목소리로 흐느끼는 듯 그에게 물었
다.

"난…… 그냥 사람입니다. 당신이 말한 그냥 평범한 사
람."

선우는 그의 곁으로 걸어갔다. 그리고 그와 함께 나란
히 벽에 등을 기댄 채 앉았다.

"이영민 씨…… 어디 있습니까?"

그리고 물었다. 지금이라면 그가 영민의 위치를 말해
줄 것이라 믿었다.

"이영민 박사…… 천재였어, 진짜 천재. 내가 꿈에서만
생각하던 이 K—Soldier를 직접 만들어 낸 인물. 난 그
를 위해 돈을 투자했어. 그런데…… 그런데 모두가 그만
을 봤어. 내 돈이 없었다면 결코 만들지 못했을 K—
Soldier인데, 왜, 왜 내가 아닌 이영민만을 모두가 올려
다보고, 그를 향해 박수를 보내는 거야. 난…… 난……
내가 한 것이 얼마나 많은데……."

이택수는 고개를 숙였다.

그도 영민이처럼 조명을 받고 싶었던 사람이었다. 단지
그 이유밖에 없었던 사람이었다.

아빠는
신입
사원

"이영민은 내가 태어나 처음으로 사랑하게 된 여인마저 빼앗아 갔어. 바로 강지희…… 당신."

"난 당신을 사랑한 적이 없습니다! 당신을 알기도 전에 난 이미 영민 씨의 여자였어요! 그런데 왜! 내가 당신의 사랑이 되어야 하는 것인가요!"

강지희가 그의 말을 들은 후 버럭 소리를 쳤고, 그의 곁으로 더 다가가 더 큰 목소리로 소리쳤다.

이택수는 아무 말 없이 그녀의 목소리를 듣고만 있었다. 그리고 미소를 지었다.

"강지희…… 너를 내 곁에 두고 싶었다. 이영민이라는…… 로봇에 빠져 버린 미치광이의 곁이 아닌, 내 곁에서 내 돈으로 당신이 원하는 모든 것을 다 가질 수 있도록 해 주고 싶었어."

이택수는 진짜 강지희가 아닌, K—Soldier지희를 향해 그윽한 눈빛을 한 채 말하였다.

"사람의 감정을 돈으로 산다고 해도, 그 감정은 진실이 아닙니다. 당신의 진심을 보였다면, 아마 강지희 씨의 마음도 잡을 수 있지 않았을까요?"

선우가 그를 보며 말했다.

"이 일곱 대의 K—Soldier. 어찌하실 것입니까? 비록 이 회사에 있는 모든 K—Soldier를 이영민 박사가 만든 것이라고 하여도, 이 일곱 대만은 당신이 만든 것입니다. 그러니 이 로봇들의 활용도 당신이 선택할 수 있습니다."

선우가 앞에 보이는 일곱 대의 K—Soldier를 보며 말했다. 세 대의 모습은 이미 박스에서 분리되어 나와 있지만, 나머지 네 대는 아직 박스 안에 있기에 그 모습을 알지 못하고 있는 상태였다.

"안 돼요. 비록 강화된 K—Soldier라 하지만, 이 모체는 이영민 박사가 만든 K—Soldier입니다. 그러니 이역시 이영민 박사의 허락이 있어야 사용할 수 있는 것입니다."

선우의 말에 강지희는 반대 의견을 내세웠다. 그녀는 이영민을 잃은 5년 동안 독해져 있었다.

오로지 이택수와 최 박사에 관해서만은 누구보다 더 독해져 있는 사람이었다.

"그래…… 이영민이가 다 했지. 하지만 이놈들은 내 것이다. 내가 마음대로 할 것이야. 그냥 모든 것을 다 주지 않을 것이다. 내가 만든 것…… 그리고 내가 가지려고 하는 것…… 그것을 모두 가지지 못하고 놓친다면…… 그누구도 이것을 가질 수 없다."

"……!"

이 한마디가 선우의 머리를 강타하였다. 내일 일어날 대규모 폭발은 아마 이택수에 의해 일어나는 것이라 말할 수 있는 단서였다.

선우는 그를 보며 놀란 눈을 한 채 그의 옆에서 조금씩 떨어졌다. 그리고 강지희의 옆으로 이동하였다.

"이택수를 감금해 두어야 합니다. 그가 생각하는 대로 두면, 아마 큰 화를 입을 것입니다."

선우는 강지희에게 조용한 어투로 말했다. 하지만 그녀는 여전히 매서운 눈빛으로 이택수만 보고 있었다.

〈『아빠는 신입사원』 제4권에서 계속〉

아빠는
신입
사원

1판 1쇄 찍음 2015년 3월 16일
1판 1쇄 펴냄 2015년 3월 19일

지은이 | 엉뚱한 앙마
펴낸이 | 정 필
펴낸곳 | 도서출판 **뿔미디어**

편집장 | 이재권
기획 · 편집 | 윤영상

출판등록 | 2002년 9월 11일 (제1081-1-132호)
주소 | 경기도 부천시 원미구 소향로 17(두성프라자) 303호 (우)420-864
전화 | 032)651-6513 / 팩스 032)651-6094
E-mail | bbulmedia@hanmail.net
홈페이지 | http://bbulmedia.com

값 8,000원

ISBN 979-11-315-6318-2 04810
ISBN 979-11-315-6221-5 04810 (세트)